怒海妖船

南派三叔 监制
雾满拦江 著

北京联合出版公司
Beijing United Publishing Co.,Ltd.

目录 | CONTENTS

第一章　怪船 / 001

第二章　船的奇怪结构 / 005

第三章　救人 / 008

第四章　船和三年前不一样了 / 013

第五章　三年前的福昌号 / 023

第六章　船是一口大棺材 / 027

第七章　踏上航程 / 030

第八章　从底舱传来的奇怪声音 / 034

第九章　船老大的脚 / 037

第十章　夜叉鬼 / 041

第十一章　拍花的 / 044

第十二章　世人 / 048

第十三章　公平 / 054

第十四章　外海 / 063

第十五章　第一个大麻烦 / 069

第十六章　安庆号 / 074

第十七章　海蛇 / 079

第十八章　神奇的海域 / 084

第十九章　蛟爷的病 / 095

第二十章　施恩 / 102

第二十一章　船舱下的病人 / 110
第二十二章　海蛟的女儿 / 120
第二十三章　飓风的传说 / 125
第二十四章　还愿 / 134
第二十五章　暴风雨再次来临 / 136
第二十六章　突如其来的死亡 / 140
第二十七章　混乱 / 147
第二十八章　苦果 / 150
第二十九章　囚鸟 / 154
第三十章　两天一夜 / 157
第三十一章　难解 / 161
第三十二章　九死 / 169
第三十三章　余生 / 172
第三十四章　残船 / 176
第三十五章　新生活 / 179
第三十六章　食饵 / 183
第三十七章　密谋 / 189
第三十八章　厮杀 / 194
第三十九章　大雾 / 199
第四十章　迷航 / 202
第四十一章　吞噬兽 / 208
第四十二章　大眼鱼 / 213
第四十三章　珊瑚岛 / 217
第四十四章　船契 / 222
第四十五章　托孤 / 233
第四十六章　龙船中的盐尸 / 241
第四十七章　海洋邪神 / 250
第四十八章　又一次醒来 / 262
尾声 / 264

—— / 第一章 / ——

怪船

我第一眼看到这艘船的时候，就觉得有异样。

这艘船正停在泉州的码头，离岸边还有一些距离。那是一艘典型的广船，也叫乌艚，是一种在福建很常见的船，大都用广东产的上等铁力木建造，铁一样的木头被锯成七寸厚的船板之后，就被放在长条巨锅里煮三天，等变软了才弯成需要的形状，放在海滩上曝晒三年，最后打制成船。比常见的福船要大一些，也坚固得多。

远远地看去，它似乎和码头内其他的乌艚没什么两样。但是，你只要看到它，就会有一股奇怪的感觉。这艘船一定在某个地方有些不对劲。它看着，很像一个东西，但是我说不出那是什么。我相信并不只是我有这种感觉，岸边排队的很多人，看着这艘船的时候，都露出了诧异的表情。

我是个郎中，学医十多年了，走在人群里，只要注意去看，自然而然就能分辨出哪些是病人哪些是健康人，这是一种训练出来的对细节的直觉。很多人都有这种直觉，看到一件东西，虽然表面没有问题，但你总会觉得哪里不对。而我相对于他人，这种直觉就更发达些。

一开始我想也许是船的颜色，或者是船上桅杆的位置，让人觉得有些泄气，但是仔细去看却没什么出格的地方。我又以为，是那种即将登船的心情影响了我的判断，但是这种挥之不去的异样，让我觉得这一定不是错觉。

在阴郁的天空之下，这艘古旧的乌艚漆黑的船身，安静地浮在海上，散发着一种浓浓的不祥气息。我感觉到非常不安，然而，在那一刻，我毫无选择，因为这是我躲避战火前往南洋唯一的机会。我必须登上这艘船。

现在已经是民国二十九年六月十六日。

自从前年厦门弃守，日本人的飞机就常常往泉州城里扔炸弹，两年来不知道炸死了多少人。就在本月，永宁和崇武火光冲天，听说烧杀死了几千人，船也被打沉几百条。如果不是国军逃跑时破坏了沿线的公路，怕是泉州也早就沦陷了。

世态动荡之下，就连独帆船都疯了一样往外海跑，而本来绝不可能出洋的乌艚也开到了外海，没有几块大洋根本上不了船，一张船票钱就能顶上普通人一个月的收入。最有名的，就是眼前的这艘黑船：福昌号。

我记得那天叔父偷偷数完钱给掮客，回头来安慰我："闽生，不要担心，福昌号是有点儿颠簸，不过船老大蛟爷是个厉害人物，他年轻时候一脚就能踢死一头牛，你只要上了船就没什么好担心的。"然后递给我一枚一分面值的镍币，上面斜打了一个"蛟"字，说到时候拿这个上船。

那时候的我不知道蛟爷能一脚踢死一头牛和出洋有什么关系，但我知道，叔父应该是找不到其他能让我安心上船的理由了。他对我说完话后，就在前面一步一顿地往回走，我望着他老迈的背影，心情也变得迟滞和沉重起来。

我并不明白叔父为什么要那样说，也没有对福昌号有任何的想象，等到三天前我回到泉涌堂，发现药堂人去楼空，心里才隐约有了一种不祥的预感。我找遍了泉州城，才从一个伙计那里打听到，叔父两天前就坐上太吉商行的“安庆号”走了，在伙计的沉默中，我终于明白过来——自己再一次被遗弃了。

“安庆号”是一艘英吉利商人的大轮船，半个月开一次，船票要两百个现大洋，还不收钞票折现。

而两百块大洋在当时是什么概念？卖掉我们整个药堂，恐怕也只能弄到一百多块大洋，叔父为了上那条船，必然是用尽了所有的钱财。叔父是个实诚人，在只能买到一张救命票的情况下，我能想象出他带我去付船票钱时，心中是如何忐忑不安。

但是，我从没料到实诚的叔父也会抛弃我，从我七岁那年从安溪县来泉州城投奔他算起，到现在已经十三年了。这些年以来，我们一直相依为命，他对我就像对亲生儿子一样，我对他恨不起来。十三年前，同样是在逃难途中，我弄丢了姐姐。在这个乱世，我以为自己已经没有了依靠，是叔父给了我衫食，教给我中医术，教我识字读书，给我讲微躯贱命，愿治世人百病，讲悬壶济世……现在还有这张船票和先前他给我的十元钱钞票，我没什么好怨的。

我只是伤心叔父偷偷离开却不告诉我实情，身为乱世贱民对这个世道并没有任何的奢望，其实他只要对我讲我就能理解，在这个动荡的年代，多少事情都已偏离了正常生活的航线。

当时，我认为一切事情都不会比那时候更糟糕，但是如今，我一个人面对这艘奇怪的“乌艚”，却发现，这才是我面临的最大问题。

我是第一批交钱的，最早一批上了船，我对守住舷梯的淘海客出示了手里印有特殊印记的硬币，这个硬币也就相当于船票了。他拿过检查了半天，不情愿地挥了挥手，我顺着舷梯爬上了船。

从露出水面的船舷部分可以看出，这艘船经历过很长时间的海上生涯，吃水线以下的船体上，好几块地方布满藤壶和数不清的壳状寄生物。而其他的船体则是看上去挺新的木材，也没有太多寄生物。这样一对比，更显得福昌号斑驳不齐，看上去令人很不舒服。看这样子，倒像是船体最近才经过了大的改造，难道是为了应付这次远航？

但是我知道这并不是让我觉得船异样的原因。上到甲板之后，我来到船舷，终于开始发现有些不寻常。

—— / 第二章 / ——

船的奇怪结构

高，是福昌号给我的第一个感觉。这艘乌艚好高，或者说太高了。

乌艚是一种内海船，船身硬得要命，非常耐用，而且船舱底下窄头顶宽，最适合在内海打鱼，一般情况下不开到外海。如果开到外海，乌艚就需要大量的压舱石，把船身压重，使吃水线降下。否则风浪一打就会因为船头重脚轻而不停摇晃。

但是，这艘乌艚明显比我之前坐过的几艘都要高，从我从船舷上往下看的感觉就能分辨出来。我想起之前听到的关于福昌号的传言来，感觉上，没有人说过福昌号的船身高度比较特别。在我这个高度，这一截几乎就是一截船舱的高度了。

本来也是，这样的高度，怎么可能出得了外海？只要有一点儿小浪，船肯定就会颠来倒去，风浪再大一些，说不定船就到不了要去的地方。而这艘船上有没有足够的压舱石，我就不得而知了。

也许是还没有上客人的原因，我想着，也只有这一个理由。

我是最早上船的，很多人还不知道福昌号已经靠岸了，货物和人都没上，也许人上了之后船身就会压下去一点儿。这个理由还算合理，而我看着临近停着的另一艘乌艚，又觉得不对，那艘船应该和福昌号的情况差不多，但是明显看着要比福昌号矮上一截，还是有些奇怪。

我心中疑惑，想找个淘海客问一下，但是从我身边经过的人一个个都面露凶相，我也不知道这么问会不会有什么忌讳，只好压住心中的疑问。

而且，即使问出什么来，我也只能在船上待下去，知道得太多，等于是自寻烦恼。

很快，之后发生的事情，让我知道了那些异样的感觉并非捕风捉影，也让我越发坚信，我对这艘船的直觉和判断不错。

远处的泉州城和陈古山顶还是人群熙攘，这些人都和我一样，很快就会踏上前途未卜的海上旅程。我还没上船的时候，很是羡慕出海的淘海客，现在世道动荡，反而他们的生活才是最安全简单的，但等真正置身陌生的福昌号上时，我却有些莫名害怕起来。

我定了定神，决定不去想这些没有结果的事情，还是看看有什么事情需要准备，这些人龙蛇混杂，这艘船又透着古怪，这一趟必然不会顺利。生活在这个乱世，提高警惕几乎成了必备的觉悟，我偷偷整理了一下包袱，又把身上一些值钱的东西，再往腰带夹层里塞一塞，才觉得妥当一点儿。

弄完这些，我忽然看到船舷的另一边，好多刚上船的客人正指着下面窃窃私语，似乎有什么热闹好看。

我来了兴趣，立即趴到船舷上，顺着他们指的地方仔细看过去。原来在人群中，是一位身穿红色旗袍的窈窕女子。

隔得远了看不清楚她的长相，但那女人身材高挑，加上皮肤白皙，在一群灰头土脸的逃难人中显得非常显眼。我身边的两名乘客显然很有兴趣，大肆谈论着女人的身材，不用回头我也知道他们这时眼睛里透出多少狡狯。

这些人……我心中叹气，都这个世道了，还想着看女人。刚想转身，我忽然又看到，在这个女人边上，还站着两个男人，似乎正在跟她谈话。一看到这两个男人，我心里就往下一沉，暗说糟糕。

我认识他们，泉州人不认识这两个人的，都要倒大霉，尤其是女人。

—— / 第三章 / ——

救人

这叔侄俩，年纪大的那个胖子外号叫全叔，年纪轻、一脸懒散的那个外号叫黑皮蔡，这两个家伙在泉州城里是出了名好吃懒做、无恶不作的泼皮。更加让他们臭名昭著的是他们的仙人党身份，这两个家伙专门以拐卖年轻女人为业。

大家都对这两个人贩子恨得咬牙切齿，但只是敢怒不敢言。在这个纷乱的世道，连官府都自顾不暇，一般的老实人更无力去管这种无赖，这也使得他们愈加地放肆。

这两个人惯常以一副善良老实的外貌，冒充回国省亲的南洋富商进行欺骗诱拐，女人一旦落入他们手中，本地的就会被卖到南洋妓院里去，外地的就会被卖到泉州窑子里。前几年甚至还有消息说，这叔侄俩专拐了不少女人，卖给被围困在德化县西山里的土匪头子张雄南，流言中传说那些被拐卖的妇女一天被几十上百个土匪强暴，下场极其凄惨。

不过近几年因为他们臭名远播，生意也没那么好做了，很长时间没看到他们的踪迹，没想到，会在这个地方看见他们。

现在看样子，他们似乎要对这个女人下手了。这女人看装扮就是苏北人家逃难过来的大家闺秀，没经过世事险恶，从那边千里迢迢逃到这边已经很不容易，她也许压根儿没想过在这时候，自己已经被骗子给盯上了。

这两个流氓平时我也不想去惹，但我被叔父丢下，心里本就有股辛酸之气，又想到如今国难家仇，大家都已经沦落到要流落异国他乡的惨境了，他们居然还在想着怎么害自己人，我心中有点儿火起，犹豫了一下，便拔腿冲下船，朝他们的位置挤过去。

到处都是人，周围的人挤得紧紧的，不用力划拉根本挤不动，情急之下，我也顾不得那么多，嘴里念着“得罪了”，一路使劲推开前面的人，眼睛一转不转地盯着旗袍女人，生怕一晃眼就丢掉她的行踪。

码头上的人群就像水流一样都往船的方向靠，我却在其中逆向穿行，立时招来好些谩骂，我一迭声说着抱歉，好容易又挤开几个人，离她近了些，顿时听到一个柔软甜糯的声音：“这位大哥，那福昌号到底停在哪一边？”

听口音，她果然是苏北一带的。看来情况基本如我所料，是那边逃难来的富人家眷。我叹了口气，再次感慨这女人实在是不容易，在这样的乱世里，一个漂亮女人孤身一人走到这里，一路不知道吃了多少苦头。我心里也有点儿着急，她既然能走到这里，怎么还是没有学会对恶意的提防呢？

这时我已经挤到那女人背后不远的地方，能清楚地看到那女人对面的两个家伙了。全叔是个大概四十岁的胖子，嘟着厚厚的嘴唇一脸憨实相。黑皮蔡则看上去黑黑瘦瘦、老实本分，穿着干净的西洋衬衫。对比周围衣冠不整、风尘仆仆又满脸憔悴的人，他们两个确实看上去比较可靠。

说实话，如果不知道他们的底细，很难不被他们这副样子迷惑，看来他们这一行也是靠脸吃饭，难怪这两个人在这一行能干这么多年。如果他们是一脸凶相，怕是根本就没有陌生人愿意接近他们。

听了女人的问话，全叔就抬手向远处指了指，然后装模作样地拉着黑皮蔡要走。女人赶紧拦住他们，小声说着什么，我这下没有听见，不过可以猜出她是在央求什么。全叔和黑皮蔡不断地摇头，最后他们俩交头接耳低声说了几句，露出一副不情愿的样子，转过身向人群外挤去，那女人迟疑了一下，跟着他们缓缓走去。

眼看那女人已经上当，我心里顿时着急起来，忽然后面有人重重地往边上推了我一把，同时听到后面有人嚷："你走不走？不走就让路！"

这一推，倒刚好把我从队伍里挤了出来，靠近了他们三人。我借这个机会赶紧往三个人的方向蹿了过去，直接几步冲到那个旗袍女人身边，一把抓住她的手腕，用带着泉州口音的官话喊道："秀芸表姐，你怎么又到处乱跑，福昌号马上就要开船了！"一边说一边拉着她往回走。

女人回过头，睁大眼睛惊奇地看着我，显然有些不知所措。我是个本分的人，口舌不灵，全叔和黑皮蔡嘴巴很刁，从他们几句话就能骗得这漂亮女人跟他们走来看，我知道我要和他们对上话会很糟糕。这叔侄俩反应过来我在救人，很可能会反咬我一口，到时候多半会反诬陷我是坏人。

所以此刻她如果一张口发问，就麻烦了。我赶紧对她使了个眼色，她脸上掠过一丝疑惑，嘴唇动了一下，但最终却没有出声，只是半信半疑地打量了我一眼。我不管那么多，立即拉着她往人群里跑去。眼角的余光里，可以看到黑皮蔡他们似乎还没有反应过来，眼睁睁地看着我们重新扎进人群里。

走在队伍里边，我才感觉到自己的手心全是汗，虽然是做好事，但现在的感觉就和小时候偷城外树上的果子一样，心惊胆战，生怕被人逮住，不由得骂了自己一声，果然这种事情我还是不擅长。

这时候我才后怕起来，随之感觉到两条腿也难以控制地抖动起来，忍不住回头看去。果然，全叔和黑皮蔡显然对我搅了他们的事恼火异常，正一脸阴沉地跟在我们身后，全叔还嘴皮翻动着，不知在跟黑皮蔡交代什么事情。看来他们没有想就此罢休，只是不知道准备怎么报复我。

这时，我才发觉自己还牵着那旗袍女子，赶紧松开她白软的手臂，低声对她说道："刚刚那两个人是人贩子。泉州城里没有不认识他们两个的。"

旗袍女子已经回过神，看样子是终于明白自己刚刚遇到了什么样的事情，眼睛大睁嘴巴微张，呼吸变得有些急促。

她现在一定也是后怕得厉害。我用手扯了扯后背的衣裳，这么一下子已经被冷汗浸透了，不由得有些后悔刚才的冲动，这两个人贩子在泉州一带心狠手辣是出了名的，这个时候兵荒马乱的，也不知道他们出现在这里是什么意思，如果只是趁着人多，在码头骗两个人走那还好说，若是我运气差到极点，他们也是准备和我上一条船，那搞不好为了这个不认识的女人，我一路上都会不好过。

不过我也明白，以我的性格，在这种时候怎么也不可能放任这两个王八蛋害人，此时也只能想着快点儿上船，别的再作打算。

那女人张嘴想问我问题，我猜到她要问什么，挥手打断她说话，指着那条黑船道："这就是福昌号，他们还在后面盯着，我们上船再说。"说完拉着她向前走去。

没想到那女人却顿了一下，不让我继续拉她了，我回头一看，见她脸色苍白地看着前方，似乎不是因为后面的人，而是面前的这艘"乌艚"。

我正在奇怪为何她会有这样的反应，便听到那女人问我："你确定？这艘船真的是福昌号？"

"是。"我道，以为她被我的举动唐突了，"千真万确，姑娘，我不是坏人，我不会骗你的。"

"真的是这艘船？"她喃喃道，"可是，为什么我感觉到不一样？"那个女人看着那船，“刚才我问了好几个人，都说这艘就是福昌号，别人也这么说，但是这船我感觉和以前不一样了。”

“你以前上过福昌号？”我惊讶道。

她点了点头，看着那船，非常疑惑地说道：“不一样了，这船和以前不一样了。”

—— / 第四章 / ——

船和三年前不一样了

我想到之前对这船的奇怪预感，不由得也困惑起来，但现在不是详细问的时候，我拉着她二话不说就往人群深处挤。

地上是一个皇帝，船上是一个皇帝，只要上了船，就不用害怕黑皮蔡他们。

正在慌乱中，拥挤的人群忽然开始骚动，后面的人一下冲了上来，我不知道被什么绊了一下，猛地失去平衡摔倒了，那女人也被后面拥上来的人流冲散了。

我心里腾地升起不祥的感觉，这种骚动意味着后面有人追上来了，正想挣扎爬起来，却看到黑皮蔡出现在我面前，居高临下地伸出左手扯住我的手臂，一脸亲切地问道："你贵姓？"我顿时愣了一下，条件反射地说道："我免贵姓程……"

话还没讲完，就见他右手寒光闪烁，直接向我胸口戳来。

我脑子一下就蒙了，早知道他们难缠，却怎么也想不到他们敢在全是人的地方，就这样直接动手杀人！

一时间我完全没有反应过来，只是下意识地想到要反抗，我的手本能地往上提，手中一直牢牢抓住的那个藤条箱就迎了上去，“嚓”的一声脆响，黑皮蔡手中那道寒光刺进了药箱里。

我一惊之下回过神，低头去看，就发现那道寒光是他们江湖中人常用的一种叫鱼棱的东西，和匕首差不多，只是更锋利，还带着倒钩和血槽。

那些常年在海边或者是海上的淘海客，尤其喜欢用这样的家伙，我在泉涌堂包扎过不少这样的伤口，扎在胸腹非死即重伤自不待说，即使是扎在四肢上，捅进去，用倒钩把肉拉出来，伤口就是一大片没肉的血窟窿，止住血也要养上两三个月才能好。

变故之下，黑皮蔡用力想拔出鱼棱，可能是藤条编得密实，他怎么拔也拔不出来。在人群的惊呼中，他一把甩开我的手臂，蹲下来左手使劲按住我的药箱，右手握住短柄就要用力往外抽。我知道他把鱼棱抽出来，肯定下一刻就要往我身上招呼了，正在这千钧一发之际，突然人群中有人尖叫起来：“快跑啊，飞机又来扔炸弹啦！”

话音刚落，犹如惊弓之鸟的人群马上就炸开了锅，四周的人哭爹叫娘不顾一切地四处乱窜起来，好在我是背对着人群，而且已经起身，就趁势提起藤箱向船上跑去。黑皮蔡冷不防被众人撞翻，接着便是数不清的脚踩在他瘦弱的身体上，只听见他哎哟连天的惨号声。

我脱了身，边挤边四处看，想找到那个女人，如果我不带她上船，等下她还是难逃这两个坏蛋的毒手。

精神高度紧张之中，一只手从侧边突然伸出来，牢牢抓住我提着藤箱子的手臂，将我往右边拖，我的心猛地往下一沉，暗想，难道黑皮蔡他们还有同伙？

待我用力定住转过头去看，我眼前出现的是一条白润光滑的手臂，手臂的尽头一直延伸到旗袍肩口，竟然是那个女人。她脸色有些难看，慌张地拉住我就走。

我放下心来，又觉得好笑，刚刚还是我牵着她逃，转眼就反了过来，这短短一会儿发生的变化也太快了，不过这姑娘倒也义气，还敢回来帮我一把。

顾不得说话，我们朝船的方向跑去。几番挤压之下，我们已经冲入了混乱的人群，在拥挤中，两个人渐渐来到了船边，回头只看见无数陌生人惊慌害怕的脸，却看不到黑皮蔡他们的影子了。

排成“品”字形飞过海边的三架日本飞机没有往下扔炸弹，也没有用机枪扫射，径直地往福州方向飞走了。对日本飞机的恐惧却没有消散，四处都是哭骂发泄声，骂日本人凶恶的，骂国民政府无能的，骂天老爷不开眼的……我看着上船的踏板就在一边，担心着黑皮蔡他们不知道什么时候又会蹿出来，心想不管怎么说，在船上有淘海客的规矩，他们定不敢这么乱来，上去就安全了，于是手上强拉那个女子往船上走去。

不知道为什么，我拉了几下明显感觉到她有一丝犹豫，回头看去，她看着这艘乌艚，似乎有十万分的忌讳，但是，在后面人群的拥挤和我的强拉下，她也被挤到踏板边上。我正想踏上船去，忽然踏板一缩，竟然缩了回去。

挤在前面的几个人顿时踏空摔到了海里，我急刹住才没有掉下去，抬头一看，船上一个人哈哈大笑，那是一个胡子大汉，带着几个人抽回了踏板。没等我问，他便对着人群大骂：“吵什么吵？都这么挤还不他娘的给你们挤翻了，给我一个一个地排好队把蚊币举起来，否则你们自己游到南洋去！”

这个满脸大胡子的淘海客站在船上，穿着没有衣襟没有袖子的上衣，前胸敞开露出满胸的毛，下面穿了条肥大的短裤，显得如凶神恶煞。

然而这话完全没有震慑作用，话没说完，拥挤在海滩上的人群依然黑压压地向船拥来。后面的人看不到踏板已经被收了回去，直往前推，前面的人又被挤下去好几个。为了不掉下海，在船边上的人开始抓住缆绳，往船上爬去。我比较瘦小，抓着那女人的手夹在人群里，倒是没有被挤到最外边。

船上的淘海客看见人拥过来，就开始挥舞着鱼棱赶人，鱼棱的三个尖刺后面都带有锋利的倒钩，挨上就是一个个的血口，一扫之下，缆绳上的人全摔进了海里，溅了我一脸的海水。

“我说的话没听见？你他娘的聋了？一个一个来！否则谁也别想上去！”大胡子对着我们大声吼道。水里有人挣扎着想爬上船，靠近了又被两个家伙打了回去，只得一边朝岸上游来，一边回头大骂道：“干你个臭巴拉的，老子交了钱还不让上船，你娘的知道老子是谁吗？”

“我管你是谁，老子就是捏你卵蛋你能怎么样？”大胡子噗地往海里又吐了一口，看着我们，“谁他娘的还要挤？”

岸上的人这才安静下来，我帮忙把海里的人拉上来，还听到他们在暗骂。大胡子又在船上吼了一声：“给我听好了，我管你们以前是大爷二爷还是贝勒爷，到了咱们蛟爷这里，就是福昌号上的‘货’，老子心情好的时候给你饭食，心情不好的时候，老子想把你喂鱼就喂鱼，想把你喂王八就喂王八！听明白没有？”说完后看没人说话，他才冷笑了一声，把船上的板子举起来，“退后三丈再来上船！”

几个淘海客从船上一下子就跃到岸上，拿着鱼棱一顿乱舞，所有人吓得都往后退去，岸上随之出现了一块空间，我护住那个女子，一直后退，等到退出三丈的距离，大胡子就把踏板往岸上一架：“上货！”

人群缓缓松动，有一个人先往船上走去，看淘海客没有打来，才有勇气往前冲。这么一来，人群慢慢地安静了下来。我回头看，没看到黑皮蔡他们，看来是刚才的骚动完全冲乱了人群，不由得稍微松了口气。

我转身安慰那女子：“别害怕，等我们上船了就好了。”她听了感激地点了点头。不一会儿就到我们了，我松了一口气，拉着她往船上垂下的梯子走去，却被一双手给拦住了。

“小白脸，蛟币呢？”大胡子对我吼道。

我有点发蒙，解释道：“我是才从船上下来的，船钱已经给过了。”说着，想拿出那枚硬币给他看。但手伸进荷包里，触手的却只有几张不值钱的纸币。我顿时头就大了，把荷包翻出来，可无论我怎么找，却找不到那枚作为船票的蛟币。

难道刚刚在人群中时给遗落了？我感到血液一下涌上头，说不清楚是后悔还是着急，总之脸一下子红得发烫。

那大胡子看我翻找着荷包，最后手却伸进包里迟迟没有拿出来，忽然就笑了一下：“你小子还蛮走运的。”

我没明白他的意思，呆了一下，看见他笑容里不加掩饰的轻蔑，还没来得及说话，就被他推了一把，说道：“上船就是要收钱的，没有蛟币就赶紧滚蛋。要不就交大洋，少废话！”

我心里存着一丝希望，大声喊道：“我刚刚从船上下来的，有人可以给我作证！”说着扭头去找刚才上船时守住舷梯的那个淘海客，心想就算找不到这个淘海客，刚刚船上那么多乘客，总有人替我说两句话吧。

可还没等我仔细打量四周，那大胡子就一把将我推开：“你这样的无赖我见得多了，警告你，不要在这耍花招，没钱就快滚。”

我听了这话，心凉了半截。大胡子见我没动静，不耐烦地冲身旁人摆摆手，看样子就要准备把我赶下海，周围的人嫌我耽误时间，也在起哄，这时我身后伸出一只白手，手里捏着一把银元：“船票多少钱？给，这是我们两个人的。”

我迟疑地转过头，看见那旗袍女人对我笑了一下，她说完还特别对着大胡子指了指我。一时间我脑子有些转不过来，第一反应居然是：这个女人身上还真是有钱啊，随手就是一把大洋。

“你们的？”显然那大胡子也有些意外，“一个五块，两人十块！”大胡子一脸坏笑地看看我，他借着收钱的机会一把抓住女人雪白修长的手，一边打量一边揉捏着，还学着旗袍女人的甜糯语气，“可人家不管怎么看，都看不出你们是两口子呀，啊？哈哈哈！”当下淘海客与前面听到了的乘客，顿时就发出一阵哄然大笑。

穿红旗袍的女人听他们哄笑完，红着脸瞄了大胡子一眼，啐了一口：“呸，你可不要乱讲，他是人家的表弟。”

“表弟？”大胡子怪笑起来，“这年头的娘儿们真是越来越骚，小白脸拿手指一勾就乖乖跟着人家走，等到被卖了，才知道你这个表弟有多疼你了……”船上的淘海客又发出一阵哄笑声。

这种在众人前被侮辱的愤怒，让我感觉自己的鲜血往头顶一涨，马上就想冲上去一拳。那个旗袍女人拉了我一下，睁大双眼瞪了我一眼，挑眉对我微微摇了摇头，然后转头就对大胡子道：“别开玩笑，我表弟没见过世面，别吓唬他。”

大胡子收了钱，看着我做了一个让我上船的手势，我松了口气，却听他阴阴地说了一句：“天堂有路你不走，地狱无门你闯进来。”

我觉得有点儿奇怪，这两句话不太对劲，以为他在阴阳怪气地嘲笑我，抬头去看他，却发现他的表情有些古怪，但来不及细想，被后面的人催着，我顺着船上放下的梯子爬上了船。

跟在我们后面上船的是一个年轻的带着孩子的妇人，她把孩子用背带裹着背到后背上，在胸前打结绑好，双手抓住甩来甩去的舷梯试了试，就开始往足有丈高的船舷上爬，爬了不到一半她扭头往下一看，顿时吓得尖叫了起来：“啊！好高啊！我害怕啊，帮帮忙，谁拉我上去啊！”

“哈哈！”另外一个淘海客凑在船舷上，居高临下俯视着拼命尖叫的女人，得意地嬉笑道，“怎么啦！我的雷嫂，你害怕了？害怕也没办法啊，哈哈！”

雷嫂双手抱着舷梯浑身哆嗦拼命尖叫：“啊，快拉我上去，你快拉我上去啊，啊……”

那个叫钟灿富的家伙抱着膀子，站在船下笑说：“雷嫂，咱们不沾亲不带故的，再说这龙王爷的规矩，你又不是不知道，从来可都没有白借人东西的道理啊！你空口让阿奎拉你上去，这恐怕不太合适吧？”

“救我，救我啊！”雷嫂先前看着红润的脸色已经变得惨白，双手牢牢地抓住舷梯，只知道喊个不停。

“要不然这样好啦。”大胡子哈哈大笑道，“我让阿奎拉你上去，你以后跟我睡算了，反正雷大哥都死一年多了，你这么闲着也是闲着，把床铺让给我老钟一半你也不会吃亏。”那几个相熟的淘海客，听了马上就大声叫好起来。

“狗日的，你这个杀千刀的，当初你们雷老大就是这么关顾你的？”那个雷嫂倒还没有失去理智。

“你如果依了我，我才好帮雷大哥在这福昌号上照顾你们孤儿寡母的啊，这年头，好人还真的不太好做呢，雷嫂，你说是不是啊？”钟灿富一边说一边使坏地一下一下地摇晃着舷梯。

雷嫂一副六神无主的样子，眼看着舷梯晃动得更厉害，马上尖叫起来：“钟灿富你这个臭不要脸的王八蛋，好啦，老娘依你，都依你，都依你，快点儿拉我上去……”

大胡子钟灿富哈哈大笑打了个手势，那个叫阿奎的俯身往上一收舷梯，然后把雷嫂和她后背的孩子轻轻一提拎了上去，随后，就响起了响亮的耳光声和喝骂声：“狗日的，看我不打你这个乘人之危的王八蛋！”

那些淘海客也不着恼，全都哈哈大笑起来。

我看着这一幕，心里很无语，心想这些人到底是水手还是流氓啊？！

后面陆续还有人上船来，旗袍女人拉着我让开梯口，重新站在船舷边。距离现在不过一炷香时间之前，我也是站在这里，心情悠闲而复杂地打量着下面，有些期待新旅程的开始。现在又能站在这里，我的心里却感觉有些恶心，憋屈的感觉充满了胸膛。

也不知道是被气的，还是因为刚刚一番惊吓还未平复，我感觉有些气喘，想不到短短十几分钟，我会经历那么多事情，直到此时，我才有机会安定下来，仔细看着旁边的旗袍女人。

她也是气喘吁吁的，两个人相视一笑，想到刚才的狼狈和各种转折，不由得又是一笑。

“谢谢你。”她道，“你真是一个好人。”

我局促地一笑，虽然来药堂里抓药的不乏女人，但大部分都是各家的杂役妇女，一般的大家闺秀都足不出户，甚少有机会能见到这么漂亮富贵的女人。

“我要谢谢姑娘才对。”我真诚地回道，“如果不是姑娘，我可就上不了船了。”

“如果小兄弟你上不了船，也是由于我的原因，我代缴船费更是应该的。”她笑道。

她这话我也不否认，我刚才差点儿被捅个透心凉，虽说是我自己头脑发热去救她怨不了别人，不过费了她几个大洋，也不至于内疚。两厢你笑笑，我笑笑，我不由得更加尴尬。之前形势紧急，只是抓着她就跑，现在冷静下来也不知道说什么好，其实说起来，我们两个只是刚刚说过几句话而已，不久之前完全是陌生人。

看着她的脸也红了，我挠头道：“我们去船舱里吧，这里龙蛇混杂，那两个坏蛋等下说不定也会上船，我们最好先找几个通风人多的好位置，这样能尽量避开他们。”

她点头，看着船下立即就显出一丝忧虑，我便想带着她往里走，她却摆手道：“不，我们应该先在这艘船上四处看看。”说着一下挽住我的手，“先知而后匿，才能立于不败之地。”

我看着旗袍女人的表情，她的眼睛里有一股自若的光芒，让我吃了一惊。

很多人会疑惑我为什么会奇怪，那是因为，在那个时代，能从女性眼里看到这种光芒非常罕见。这种感觉，让人心中一定，我忽然就意识到，这个女人能从苏北孤身一人逃到这里来，可能并不是我想的那样，她并不是一个弱者。

她看到我的表情，朝我嫣然一笑，就拉着我开始向船里走去，我们在船上东走走，西走走，可能是因为她的关系，船上的人看着我都露出一种羡慕的眼神。他们一定认为我艳福不浅，可实际上，我也不知道这是福还是祸。

不过，船上能供我们走动的地方并不多，我并不能看出一个所以然来，但是我发现这个旗袍女人对船上的很多东西，都露出了若有所思的表情。

在兜圈的过程中，我和她互道了姓名，我知道她叫阿惠，如我猜测的那样，来自苏北，具体的没有说太多。作为礼貌，我也把我的身世和姓名对她简单说了一遍，不过看神情她似乎不是那么有兴趣。

兜完一圈之后，我们在狭窄的船舱内找了一个靠窗但是不靠门的位置，从窗口看出去，我以为能看到岸另一边的海平线，但港口里其他的船遮盖了大部分的视野。这个位置，可以避免其他人进进出出，风大可以关窗，热了又可以通风，外面也有人群包围着，不容易直接和别人起冲突。不管位置怎么样，还是先安顿下来再说吧。

她还是看着这船的窗户，露出了同样若有所思的表情，我看着，就想起她之前说的，福昌号不一样了的事情。看样子，她这一圈，可能是想找为什么船会不一样的答案。

之前刚看到船的时候，我自己也感觉到这船有些不是很对劲，便问她，到底是怎么回事？

阿惠看着窗外，对我道：“因为我在三年前，坐过一次福昌号，当时这艘船，和现在完全不一样。”

—— / 第五章 / ——

三年前的福昌号

三年前，阿惠从苏北到泉州探亲，然后坐船到上海准备坐马车回苏北，坐过一次福昌号。她说当时福昌号虽然也是这样狭窄，但是船身是棕色的，并不是像现在这样，完全是黑色，黑得让人心寒。但是这黑色的船身又不似是被漆上去的，好像是从夜晚漆黑的海水中染到船上的，让人觉得十分奇怪。

而且，比起三年之前，这艘船有很多地方都不一样了，但是她又说不出到底是什么地方，这些不同似乎是无数刺眼的小刺，让她觉得坐立不安。

不过她刚才看了一圈，却并没有发现什么，只是在很多的地方，发现了一些不知道用处的木结构部件。

她记得在三年前，船上并没有这些木结构部件，但是，这些东西又非常简单，似乎只是用来加固的。

说着她指着窗的上方，我抬头，看到船框上面的横梁上，果然有一块三角形的木块，上面竟然雕刻着一些什么花纹。但是，除了这些，似乎也没有什么奇怪的地方。

在船下是看不到这些的，她说，船的不同不应该是这些东西造成的，这艘船，在这三年里肯定发生过一些事情才会这样。

我的心里已经从最初的异样转为妥协，安慰她说，既然上了船，那么宁愿相信所有的事情，其实都是因为我们要离乡背井的心理在作怪而已。她点点头，并没有异议，但是我看着她的眼神，总觉得她其实并不是这么想的。

福昌号上货要上一天，各种货物和人陆续都上了船，让我心里忐忑了一下的是，当天晚上我便看到黑皮蔡他们也在船上出现了，但只是阴冷地看了我一眼便离开，也不知道是什么意思。

我被他们搅得心神不宁，晚上睡得极不安稳，在摇晃的船身上休息，我还是第一次。第二天醒来，发现连夜上船的人已经把船舱挤满了，岸上还在上人，我听到船上淘海客路过时的交谈，说这船人比货多，这辈子还是第一次。

要等开船了才会发饭吃，我咬了几口自带的干粮，却发现阿惠不在身边，探头出窗口，哪儿也见不着，不由得就有些着急，难道昨晚在我睡觉的时候黑皮蔡把人又拐去了？这时候就听到阿惠的惊呼声从一边传了过来。

我出了舱，天色倒是出奇地好，简直可以说是晴空万里。阿惠又叫着我的名字，我循声过去看，见阿惠站在上船踏板的地方，走过去后我便看到她正在看什么。

有一个长衫生意人正一手提箱子一手抓着缆梯，在半空中荡来荡去，许多人在惊呼，大声喊叫让他丢掉箱子抓住梯子，其中钟灿富的声音特别响亮："干你娘，要钱不要命。"

我看在眼里，觉得钟灿富实在太过分，对待船客就像对待牲口般随意辱骂，但是生意人那样的确危险，绳子都快要抓不住了，还提着那箱子。他像是被周围人的骂声和叫声给弄糊涂了，不光没丢掉箱子，反而应该是手上使了力，“咔嚓”一声，缆梯断成了两段。与此同时，他发出一声尖厉的怪叫，一头栽了下去，扑通一声沉进了海里。

顿时所有人都伸长脖子张大嘴往海里看，海水浑浊地翻涌着，什么也看不清。

“救命啊，谁救救我先生啊！”和生意人一起的那个女人喊叫起来，声音软弱无力，透露着凄惶和绝望。

“救人啊，快点儿救人！”两声吼叫在我的耳边响起，我正觉得耳朵要被震聋了，身体却突然腾空被举了起来，我顿时挣扎起来，斜着脑袋往下一看，却是被全叔和黑皮蔡面目狰狞地托着，不知道他们是从哪儿冒出来的，突然就出现在我背后。

我刚想大叫，他们就吼叫道：“这里有一个会水的，他要下去救人……”之后，我瞬间被抛出了船外，迎面砸在了海面上。

直到落入水中的这一刻，我才愤怒地反应过来，全叔和黑皮蔡并没有放过我。可我没想到，他们竟然就敢明目张胆地，在光天化日下做出这种杀人谋命的事！

这时候愤怒已经没有任何作用，我努力克制着自己的心情，憋住气，挣扎出水面，大口地呼吸着。尽管已经是六月，但漂在水面上，还是感觉水面下的海水冷得要命，身体变得非常僵硬，手脚完全不听使唤，像要抽筋。幸好我在海边长大，遇到这种事情也没有太过慌张，咬牙活动着身体，过了片刻总算踩住了水，紧蹬几下终于游到船边，手立即死死地抓了上去。

这时旁边不远处传来喊救命的声音，我转头看去，那个落水的生意人好像不通水性，正在拼命挣扎，已经被海浪拍出去好一段距离，他好像已经坚持不住，喊声低了下去。我动了恻隐之心，身为一个郎中，我见不得活人在自己眼前就这样被淹死。我深吸一口气，咬紧牙关拼命踩着水，心想不管怎么说，既然都下来了，还是先把人救了再说吧。

远远地，船舷边上的乘客们挥着手在喊些什么，但我在水中听不清，也没有时间去理会。一片海浪打过来把我压了下去，等我浮出水面抹了把脸，就看到生意人在不远处的海面上下挣扎，已经听不到他的叫喊声，我只能看到他在水里忽沉忽现，面色已经扭曲得可怕，嘴里不停地往外冒着气泡。

在海里救人非常危险，我没有马上拉他，而是谨慎地绕到他身后，才架住他的手臂向船边游去，但他的挣扎非常剧烈，搞得我也几乎失去平衡，最后他昏迷过去才算消停，看他已经双眼紧闭紧咬牙关，我只好努力托着他朝船游去。

可这一番折腾实在是让我有些吃力，等游到离船没几步路的时候，我再也没有一丝力气，冰冷的海水像是有一股强大的吸引力，我的身体不停地往下坠，我向舢板船上的淘海客伸出手去，那个晕死的生意人突然转了个身，翻着眼白抱住我的一条腿往海水里面拖。

“妈的……”我顿时大喊起来，却听不见自己的声音，海水灌进了嘴里，我的肺顿时像炸裂一样疼了起来，眼前是一片蓝色的画面。就在我快要失去意识的时候，我模模糊糊地看见福昌号吃水线以下，好像有点儿不太对劲的地方！

—— / 第六章 / ——

船是一口大棺材

它水下部分的样子我一看就觉得和其他船都不一样，船底要比其他船厚得多，从海里这个角度看上去，突然让我腾起一股不祥的感觉——这，简直就是一口活生生的大棺材！

我不知道为什么它给我这样的感觉，我的身体已经不由自主地下沉，脑海里翻起往事，像放无声电影一样。小时候围坐守岁吃年夜饭的全部家人，本来我已经忘记了他们的模样，现在却清清楚楚地想起来了；失散时留在我脑海里的姐姐慌乱的眼神；叔父一步一顿离去的背影……又慢慢都模糊起来。

就像做梦一样，不知道过了多久，突然声音变得清晰起来，我能感觉自己被扔到了硬邦邦的地上，剧痛中我顺势趴了下去，鼻孔和嘴巴都往外涌出咸涩的海水，眼泪和鼻涕也不停地淌下来。我呻吟着费力地睁开眼睛，恍惚中看到一只粉色的绣花鞋，在刺骨的寒冷中，我猛地打了个喷嚏，坐起了身。

但是我没有看见穿粉鞋的女人，反倒是大胡子钟灿富蹲在我面前，水顺着他的短裤和毛茸茸的小腿往下滴，见我坐起来他一脸失望："他娘的，好人不长命，祸害留千年，我就知道这个小白脸死不了……"听他巴望我马上死掉的口气，我心里涌起一股怒意，这个可恶的淘海客，我并没有去招惹他，为什么对我有这么大的偏见？

人在屋檐下，不得不低头，我知道在船上想跟钟灿富理论是很可笑的事，只能不去理他，慢慢地半跪在甲板上，低头呕吐着，希望这样能尽量把喝进肚子里的水给吐出来。这时一条棉帕子从后头递了过来，我转头去看，发现是红了眼睛的阿惠，她轻声道："还好你醒了，吓死我了……"

我接过帕子擦着水，勉强笑道："是那两个王八蛋。"说着心中暗骂，全叔和黑皮蔡两人，船还没开他们就这样，我不能想象之后会发生什么事，这次是抬我下水企图淹死我，下次会不会就是半夜摸过来直接拿刀捅死我？

瞬间，我就想到在水下看见的奇怪船底，那样厚的船底，简直是一半的船体都浸在水里，显然船水下的部分极其厚，说明船的底舱，有相当巨大的空间。

这有点儿让我毛骨悚然，之前我还觉得船上没有压舱物，但是一看这水下的空间有那么大，说明这船不仅有压舱物，而且在舱底的东西，必然极其沉重，才能把那么厚的部分全部压入吃水线下！

可是，那水下部分的船底的形状，我仔细一想，那极像一口反扣的黑色巨棺，这艘乌艚，竟然是这种形状的，难怪我看着觉得那么不舒服。

这是不可能的事情，不可能有船是这种形状的，我觉得事情越发变得不妥，坐着棺材船出海，那不是出殡吗？

我越想越不安起来，忽然我就起了一个念头，觉得无论如何，我必须下船。

几乎我产生这个念头的同时，阿惠扶我站了起来，我却发现脚下不太对劲，猛然间，听到船下传来一大片凄凉的哭泣声，撕心裂肺，紧接着船猛地一抖，岸边的景色开始缓缓移动起来。接着，我听到一连串淘海客的吆喝声。

我立即冲出去，发现船竟然开了，船帆正在一个一个立起来，船舷慢慢地离开岸边。我看到下面那些没能上船的人，哭喊着瘫倒在地，一股奇异的感觉传来。

我已经回不去了，这艘诡异的船，即将带着我们漂洋过海，从此之后，我们就像一群无家可归的亡灵，到达千里之外的异域。同时，我有一种非常糟糕的预感，将有很多可怕的事情，发生在这艘棺材一样的船上。

而我只能面对，别无选择。

—/第七章/—

踏上航程

船离开岸边已经有一个时辰，岸边的景色早已经看不到，四处望去，已经是汪洋一片，只有海水的颜色还能告诉我，这里只是内海，并不是风浪不可测的外海。甚至我想，只要船老大愿意，掉头不久，我们就能回到岸上，只这么一会儿，我已经开始怀念双脚站在地上的那种安全感了。

天渐渐地黑了下来，我的心情也平静了下来，刚才那种想下船的冲动，现在想来觉得十分可笑。与此同时，身体也恢复了感觉，竟然火辣辣地疼了起来。我检视了一圈，才发现落水救人的时候，我身上被那个穿长衫的抓出了很多伤痕，还有很多地方也撞出了瘀血，可能是钟灿富救我的时候搞的。阿惠也看见了我的伤，眉头立刻蹙了起来，就说要给我擦药酒。我有些难为情，支吾着推辞，反倒是她嗔怪起来，我才勉为其难地答应了。

为了避嫌，阿惠找了远离船舱的僻静地方，我一边看她帮我擦药酒，一边悄声把之前在船下看到的情形告诉了她。

她一边帮我在有瘀血的地方使劲揉搓，好让瘀血尽快消散，一边看着我道："出来行走江湖，讲究眼观六路，耳听八方。你知道仇家就在船上，都不去防备，这是兵家大忌。"

我听着好笑："为什么你说得一套一套的，好像侠女似的？"

"听过评书吗？评书里都那么说。"她道，"而且你不会自己琢磨吗？"

我心说要不是你自己去凑热闹，我担心你找过去，才不会中招呢，不过毕竟不算太熟，也不好说出来，只好笑笑。我对阿惠的感觉有点儿异样，总觉得她不同于一般的女子，也许是她的美丽，也许是她临危不惧的神情。我又想到那船给我的感觉，对她说了我的顾虑："看来我们之后得小心一点儿，我现在倒是不怕黑皮蔡。他们最多只敢暗中害我，我们注意点儿还可以抵挡。我反倒觉得这船肯定有问题，我们得在这上头小心点儿。"

见我下了这样的结论，阿惠却并不害怕，反而笑道："我不想上船的时候，你非拉我上来，现在你又要下船，我们已经到了外海，再说这些也晚了，你看船上有这么多人，就算有事，未必会落到我们头上，还不如放宽心。"

我听了觉得颇有道理，我总不能比一个弱女子还胆小，不过，这女人还真不能说是弱。

正要表态，船体猛然一抖，我们被狠狠地晃到船壁上，接着，一个奇怪的声音，几乎是在耳边响了起来。

我和阿惠的身体同时一僵，阿惠诧异地看了我一眼，我对她轻轻摇摇头使了个眼色，示意她不要动，在船体接连的摇晃中，我又听见这个声音断断续续地传来。

什么情况？我疑心起来，这个声音听着让人有说不出的压抑和难受，我简直要喘不过气来。停了一下，它还在响着，我终于忍受不住，屏息静气轻轻地走了一圈，感觉声音像从海下传来，我听得不太清楚，那有些像是一个女人发出的声音，但我不太肯定，甚至连那声音是因为痛苦所发出的号叫，还是某种动物的嘶叫呻吟声都难以分辨清楚。

从阿惠的表情看得出来，她和我一样也听到了，这不是我的幻觉。我有些奇怪，趴下身去，耳朵贴着舱板，却发现那声音似乎是从船底传来的，给人的感觉就像有个透明的鬼魂在耳边嘶叫。

这船太奇怪了！阿惠的目光里也充满了疑惑，我们都从对方眼中看到了好奇和一丝害怕。愣了两秒钟，阿惠指了指下面，显然好奇心占了上风，她这是在询问我是否要去一探究竟。

我正在犹豫，阿惠打量了一番，见四周没人注意，已然朝旁边的货舱里走去，我只得跟上她。

货舱里堆着的东西很多，只有一条不大的通道朝里。阿惠在前面走得很快，我有些奇怪起来，这里面一片漆黑，怎么她的好奇心这么重？都不害怕吗？

我加快脚步追上她，两人走到货舱深处，我看见这里已经没有了货物，舱壁上有一盏油灯，地上摆满了长方形的压舱石，看上去非常厚重。而且古怪的是，这些压舱石竟然围出了一块地方，空地里只有一块不大的像磨盘的圆形石头，一下和其他压舱石区别开来，不光是形状，颜色似乎也有些奇怪，只是离得远看不太仔细。阿惠就站在那里，看着那块石头，脸上一副吃惊的样子。

我站到阿惠身边，她转过头看着我，眼睛亮亮的，轻轻说道："闽生，这下面不像是装人的地方，你看那石头。"

我凑近那块不大的压舱石，赫然发现上面贴着一张黄纸，上面鬼画符一样很潦草地写着什么字，在昏暗的舱里看上去有些诡异。难怪刚刚觉得颜色有些不对。

这时外面似乎有一阵浪打了过来，脚下传来微微的晃动，我听了听外面，海水发出有韵律的拍打声，感觉我们刚好就在吃水线的位置，那么吃水线以下，也就是底舱下面，一定还有一层舱室。

我想起了早先在水里看到福昌号船底的情形，福昌号是渔船，凭空多造出这么一层舱室做什么?

我又仔细去看那道符，发现那是张手掌宽的黄表纸，写着鲜红的朱砂字，在昏暗的光线下，透着一股压迫感，看得久了似乎都有些喘不过气。字的最末是巨大的锤子一样的笔画，印象里祭祀龙王爷的吉符，一般都是红纸黑字，这种黄纸可是代表阎罗王的东西，倒像是用来驱邪的灵符。我以前随叔父出诊，就常在一些病人家里看到类似的，都是道士或者巫师写了降妖驱魔的。

阿惠显然也看出来了，对我说道："这是……用来辟邪的道符……这下面有个妖怪。"

——/第八章/——

从底舱传来的奇怪声音

辟邪？道符？我猛然醒悟，没错，早就听说如果淘海客在出海时遇见死了人，他们一定要把死人带回到陆地上来，否则下次出海的时候，隔绝阴阳两界的门户就会打开，船会不知不觉驶入冥海。只有这道灵符才可以关上黄泉路的门户，地狱里的冤鬼才不会沿着黄泉路逃窜到阳间，活人才不至于永远漂泊在冥海。

为什么这道符会被贴在这块压舱石上？难道压舱石下装了尸体？可这也说不通啊，福昌号才起程，如果真的是海上丧生的淘海客，靠岸后也应该入土下葬了，不可能把尸体长期封在船上的。

下面的空间这么大，到底是什么尸体要占一舱的空间？

况且尸体怎么可能发出压抑的呻吟声？

难道是诈尸了？我吓了一跳，情不自禁拉着阿惠往外退了一步。忽然，又一阵幽深的呻吟声清晰地从压舱石下传出，这次可以听出，是一个女人的声音，在这寂静的空间里，难以分辨到底是人是鬼，顿时在心里搅出一种惊骇的感觉。我有些害怕起来，死死地盯着那道符，很怕下一刻就有什么东西破舱而出，就算我不是手无寸铁，也对付不了那样的妖邪。

我不敢再想下去，心脏疯狂地跳动起来，犹如黑皮蔡他们追杀我时那么紧张，赶紧拉着阿惠一通狂跑，脚踩在木板上发出啪嗒啪嗒的声音，呻吟声夹杂其中，简直像后头有什么东西正在追赶着我们。我强自镇定，头也不回地跑着，一直跑出了舱门，刚松了一口气，身后突然响起一声怒喝："站住！"

我身上一下出了白毛汗，心想这回躲不过去了，嘴里喊着救命还是要跑，却有一只手死死地按住了我的肩头。我一下慌了，挣扎起来，却被整个拉向后头，与此同时阿惠喊道："钟灿富，放开他。"

钟灿富？怎么回事？我停下了动作，回头看见钟灿富不知道什么时候到了我们的身后，正冷冷地盯着我们。

"你怎么在这儿？"我奇怪地问道，刚说出口就知道问错了，在这条可怕的船上，他们才是主人，而我没有经过船主人的允许就跑到底舱乱看一通，他们肯定不会放过我们的。

我又想起了可怕的呻吟声，紧张地往后看了看，那里一片漆黑什么也看不清，好像灯不知道什么时候灭了一样。没等我说什么，钟灿富拍了拍手，立刻蹿出了两个人，拿着尖利的鱼棱，把我夹在正中："你们他娘的不要命了，敢到这里来？走，跟我去见蛟爷，看他怎么收拾你！"

钟灿富摆了摆手，瞪了他们一眼，然后又回头对我们说道："赶紧滚吧！"

我冷汗直冒，再看阿惠，她在边上面色惨白，捂住了嘴不敢说话。虽然不清楚钟灿富怎么会那么轻松就放我们走，但现在也没时间来细想，我始终对底舱的东西感到恐惧，既然这么容易过关，又能远离底舱，我当然不会自找麻烦。

二话不说，我拉着阿惠就往上面的船舱跑去，刚跑到甲板，隐约听见钟灿富的怒骂声：“妈的，让你们守好，你们都去吃屎了吗？蛟爷怎么说的都他娘的忘了？让蛟爷知道有人下来了，你们就等死吧！以后再有外人下来，都给我自己跳到海里喂鱼！”

看他们没上来，我松了口气，看来他们是失职在先，怕那个蛟爷才不想对付我们，真是运气。

就在这时，甲板上响起一种特别的声音——啪唧啪唧，啪唧啪唧，好像有很多人用整齐的步子大踏步向这边走来，但是，却又像是一个人。瞬间，下面的钟灿富他们就安静了下来。同时，甲板上其他淘海客的声音也消失了。

我转头看去，一下看到一个人影，出现在夜幕之中的甲板上。

—— / 第九章 / ——

船老大的脚

我转头看去，只见沿着船舷走来一个身材矮小壮实的人，看上去四十岁左右，肤色黝黑，模样普通得不能再普通。他穿着海船上只有船老大才能穿的绣着龙凤图案的黑色肥大龙裤，上面穿着一件对襟扣短衫，露出的手臂肌肉看上去像铁一样硬。更奇特的是，我一眼就注意到，他光着的两只脚上各有七个脚指头。

六个脚趾的人倒是偶尔能见到，长七个脚趾的却从未听说，更奇怪的是两只脚都是七个脚趾。

这个人在甲板上行走的时候，七根脚趾就像七枚铁钉，落下时牢牢地钉死在黑黑的擦得发亮的船板上。难怪他走路的时候，会发出那么响的声音了。

一直以来福昌号随着海浪来回摇晃着，刚上船的时候我们只有抓着东西，才能够站稳脚跟，但这个矮小的男人，却因为脚上有着七个脚指头，在船上如履平地。

乘客们显然也意识到这个人在船上的地位，一下被这个人的气势震慑，都安静了下来。

怪人走到了我们身后的舱口。所有淘海客都在低头忙着找事做，没有一个人抬眼看这个刚刚走过来的矮个子男人。

我心里正犯嘀咕，疑惑刚才还嬉皮笑脸的淘海客怎么突然就变性了，就听那个怪人哑着声音对舱里问了句："刚才怎么回事？你在底舱吵什么，连你也不晓得规矩吗？"

钟灿富从舱里走出来，脸上全是讨好的神情："蛟爷，那边这条舷梯，昨天收起来的时候我检查了的，明明是好的，刚才有人上船却断了，一个倒霉虫差点儿摔死。你说要不要修修？"他竟然有点儿语无伦次。

"我问刚才是怎么回事！"怪人打断了钟灿富的话，从甲板上俯视盯着钟灿富冷冷道。

"不知道谁弄断了舷梯，我让虾仔去弄，没想到他在这儿偷懒，我就骂他几句。"钟灿富低着头飞快地说。

"说实话！"矮个子男人抬了抬眼睛。

"真的。"钟灿富好像有些害怕，"我不敢骗你……"

我心中凛然，这个凶悍的大胡子竟然在帮我们隐瞒，但肯定不是要帮我脱身，因为要是这个蛟爷知道我们下了底舱，他们可能也会倒霉。

看来底舱里的东西，这个蛟爷是下了死规矩了，这里面的东西肯定非同小可，一碰就有麻烦。不过话说回来，这蛟爷在这船上的权威也太大了些。

这时那个怪人转过身来，正对着我，一道精光从他眼中闪过："还有毛客跑到舵盘后头。福昌号什么时候有过这规矩？"

"蛟爷，我马上让他们滚！"钟灿富说道，立即就爬了上来，没等他动手，阿惠一把就拉着我混在乘客里向船舱走去。接着就听到钟灿富大声地吼叫："你们两个奸夫淫妇，再到后舵来我把你们直接丢海里去！"

进舱的时候，我回头看了一眼，蛟爷已经转身一声不吭往回走了，这个长了七个脚指头的矮个子，原来就是福昌号的船老大，大名鼎鼎的蛟爷，我们的这次远行是否平安，就掌握在他手里。

忽然想起叔父之前安慰我时说的话，现在我有些相信这样一个人物，说不定真的能够一脚踢死一头牛。不过，他刚才的表现，分明已经证实了我的推测，这船的底舱非同小可。

可这艘船的底舱里到底藏了什么呢？回想底舱里传出的呻吟声，要么是妖邪要么是什么快死的人——我的心头再次浮现出了先前的疑惑，到底是什么情况？如果如阿惠说的，三年前的船不是这样，那么在三年中这艘船到底遇到了什么事情，让它看上这么诡异？

正想着，忽然又是一声呻吟，接着四周的船客就是一阵骚动。因为这一声呻吟，一下变得离我们很近，几乎就在船舱之外。

刚才我们听到呻吟声的时候，这些船客一定也听到了，我看到几个人开始窃窃私语，有些人看了看我，有些人则把耳朵贴到甲板上。

我也立即学他们的样子，一听，还是刚才的那几声怪声，应该是同一个东西发出来的，这一次却像是在我们的甲板之下，似乎它从刚才我们待的位置，走到了船舱下面。

有人在舱口那里轻声道："这船上是不是不干净啊，我怎么听到有女鬼在叫？"

立即被他旁边的人捂住了嘴巴："你不想活了，这种不吉利的话，怎么可以在这儿说？如果让淘海客知道，你肯定活不了。"

那个人被吓得脸色煞白，但是他的话已经被很多人听到了。"是船被浪打的声音，这船板子肯定有几块老旧了，我做过船工，我知道。"有人说道。

我心中苦笑，这声音怎么可能是船板的声音？这东西一定是什么活物发出来的。而且，这活物一定就在我们船舱下面。

我往外看了看，淘海客们似乎并不在意，看来他们应该早就知道底舱里有东西，早已经习惯了，我心中的怀疑就更强烈了。

正想着，忽然阿惠猛拉了我一下，我回头，竟然看到黑皮蔡和全叔正在人群中向我走过来，一边走，一边看着我们。

—— / 第十章 / ——

夜叉鬼

我心说糟糕，难道他们要在这个时候对我动手？我一手摸住了包袱里捣药的药臼子，护住阿惠往后退，心里十分地诧异，因为潜意识里，我觉得他们不可能在这种场合对我们下手。大家都在舱里休息，再怎么样总不可能看着我们打起来。而且人多拥挤，他要打我，我即使不躲，也免不了会殃及很多人。

看他们摸到我的面前，我已经站了起来做了搏命的姿势，黑皮蔡立即摆手："小兄弟，别急，这一次咱们不是来找你麻烦的。我们叔侄有话要说。"

"我没什么和你们这些人说的。"我道。

黑皮蔡看了看四周，其他人都把注意力投在那怪声上，只有少数几个人发现这里情况有些不对。他嘿嘿一笑，就拉着全叔坐了下来，对我道："坐下坐下，别紧张小兄弟。"说着他就从口袋里掏出一些东西丢给我，"这点钱就算我们为之前的事情赔不是。"

我条件反射地接了过来，一看，竟然是两块大洋，那可是一笔不小的数目，这不是随便谁都能给得出的，更加地惊讶，黑皮蔡不耐烦地继续喊我坐下。

我看着四周的人，又看了看阿惠，阿惠一把把钱拿了过来，塞到我的口袋里，说道："谁怕谁，看他要干什么。"

我只好坐了下来，但是身体还是很戒备的，黑皮蔡刚凑近我，我立即往后缩去。

黑皮蔡看了看四周的人，给我使了个眼色，似乎是不想让边上的人听到，轻声道："贼有贼道，我们都这样了，以后绝对不会再碰你，你放心，这一次不是来赔不是，是想找你打听点事情。"

"什么事情？"

他再次凑过来："刚才算你们命大，我们可是看得清清楚楚，你和这丫头下底舱去了，钟胡子帮你瞒着可瞒不过我们，不过你放心，我不是要找你麻烦，我就是想知道，你在下面，看到了什么东西？"

我不知道该不该说，却听阿惠问道："你们问这个干什么？不怕那大胡子找你们麻烦？我们可不想被连累。"

黑皮蔡看了看全叔，指了指甲板下面和四周的人："这声音你听见了吧，我跟你们说，老子坐过的船比你们看过的驴还多，这船上……"他几乎没发出声音，但是我还是从他的嘴巴里读出了"不是很太平"。

"什么意思？不就是有人在鬼叫吗？"阿惠道。

"你知道这是什么声音吗？"黑皮蔡道，"这儿的人不知道，老子可是知道，说出来吓死你。"

我来了兴趣，阿惠似乎也来了兴趣，我问道："是什么声音？"

黑皮蔡看着我们道："你先把你在舱下看到了什么告诉我，我再告诉你下面是什么。"

我看了阿惠一眼，阿惠道："告诉他，又不少块肉，反正我们也没看到什么不能说的。"

我点头，觉得有道理，就把刚才看到的符咒什么的，全说了一遍，说完之后，黑皮蔡就和全叔对视了一眼，说道："果然没错。就是那东西！"

我看着黑皮蔡，急问道："到底是什么？"

"你先别问。"他道，"要是我猜得没错，这船上，今晚肯定得死一个人。"他道，"这玩意儿是索命的。"

说着他就看向四周，我随他的目光看去，汽灯下的船舱里什么都看不清楚，阿惠道："瞎看什么呢你？到底是什么东西，说清楚点儿。"

黑皮蔡道："这东西，就是一只夜叉鬼，是一只妖怪，趴在舱底，一个晚上吃一个人，就这么叫几声，阳气弱的人就被勾魂了。这东西在，能保船平安，再小的船，有这东西护着，再大的风浪都不会翻，可这东西每天得吃一个人，我算知道都是一样的乌艚，怎么就福昌号敢出外海了，敢情船上养了这种东西，咱们这一路过去，死几个人根本看不出来，谁都不知道是怎么回事。"

"真的？"我将信将疑，我从来没听说过这种事情，觉得有点荒唐。黑皮蔡道："不信就别信，看来我们得找办法自保，你可记得那些符咒是怎么写的？"

我摇头，这东西谁能记得住？黑皮蔡和全叔对看了一眼，道："得，你这窝囊废，不过我也没指望你。"说着全叔对我耳语一番，道："这事情，你谁也别说，闹起来，我们几个先死，各安天命——"刚说完，猛然听到船舱外有个女人在哭喊："你不能就这么死啊……还没出海，你要醒过来啊。"

黑皮蔡看着外面，一拍大腿："中！有人着了！走，去看看。"说着就立即往外面走去。

—— / 第十一章 / ——

掐花的

我想了想，心中就一动，站起来对阿惠招呼道："我也去看看。"看着阿惠疑惑的眼神，我解释道，"我是郎中，到底是不是有鬼附身，我一眼就知道。这船确实古怪，要是真的，咱们也好做准备。"

顾不上船晃得厉害，我扶着边上的船板一路走一路看，等绕到舱门口，我一眼就看到舱板上躺着个人，再仔细看，是之前掉下去的长衫男人，他已经换了一身干爽的衣服，但依然昏在地板上，他身边坐着一个女人，正在抽泣。我觉得有些奇怪，这个男人不是早就已经被救上来了吗？看这样子，怎么好像一直昏迷到现在还没醒过来？

我站在那里，看见那个女人脸上已经没有了泪水，只是机械地抽泣着，又麻木地拍着男人的脸，掐他的人中，声音凄惨地道："雄哥，你醒醒，你醒醒啊，你别吓我……"

黑皮蔡看了我一眼，似乎意思是，就是这家伙。

我心中不忍，走过去道："让我来看看。"说着在男人身边蹲下来，发现他双眼紧闭嘴唇发紫，身边有一大摊水迹，看样子是他落水时喝了很多海水，昏迷中吐出来的，发出一股奇怪的腥臭，我皱眉问那女人：“这摊水是他吐的？”

她点头，我立即就知道是怎么回事，道：“你的男人是白天灌多了海水，当时没有吐出来，现在摇了这么大半天，海水在肚子里作怪才让他一直没醒过来的，只要能把他肚子里的海水倒出来就没事了。”

“怎么倒？我不会啊，是不是把他翻过来？”那女人马上手忙脚乱地把她男人翻身向下。

全叔和黑皮蔡阴笑起来：“我们倒是会，不过……”他们扫过女人清秀的脸，全叔腆着肥胖的肚子走到她身后，俯身吞了一口口水，“妹子，你别再鬼哭狼嚎了，你这男人一时半会儿又死不了。你叫什么名字？”

我一看他的样子，就知道糟糕了，这两个王八蛋老毛病又犯了。

“我叫陈水妹。”那女人失魂落魄地说，“他是我先生邱守雄。”

“哈哈，守雄？”全叔和黑皮蔡又笑起来，“怎么叫这么个名字？你说他一个大男人守什么雄呢，男人嘛，就应该守雌嘛，你说是不是？”

我心想这就是狗改不了吃屎！我见这女人傻傻的，再这么下去就要受骗，实在有些看不过眼，正要说我是郎中，来给那男人看看是什么病。阿惠也走了出来，对我们道：“那声音跟出来了。”

“什么？”我问。阿惠就道：“你听！”

我静下来，就在这时，我再一次听到了那个奇怪的呻吟声，这一次，果然是从我们脚下发出来的。

“果然没错。”黑皮蔡道，“这人不行了，声音就出来了，待在这船底的，果然是个吃人的夜叉！这蛟爷他妈的走的也是歪门邪道啊。”

这么一说，我浑身顿时起了鸡皮疙瘩，因为我忽然感觉到，他说得好像没错，从后舵到船舱，到甲板，这声音竟然好像是在跟着我一样。

正想着，嗖的一声，一柄粗大的鱼棱从船首射出来，雪亮的棱尖深深地扎进了甲板里，吓得大家一个激灵。

大胡子钟灿富带着两个气势汹汹的淘海客冲到了鱼舱门口："干你老母，刚才谁在说夜叉？给我滚出来！"

黑皮蔡早被吓得缩了进去，钟灿富走了几步猛一用力，把鱼棱从甲板上拔出来："敢作不敢当，怎么，有种说没种认是不是？黑皮，是不是你。好像是你的声音？"

"不不不，我们这么熟了，我怎么会坏规矩？"黑皮蔡立即道。

钟灿富刚才被骂，似乎憋了一肚子气，大骂道："你别以为老子不知道你是个什么东西，你不坏规矩我怕这船上没人敢坏规矩了！走，跟我走一趟见蛟爷！"

这时全叔上前一步，指着我说："阿灿兄弟，你眼花了吧？看不到骂蛟爷的人就站在这里啊？"

顺着他指的方向，钟灿富狠厉的眼睛一下转向我，一看是我，立即骂了一声，显然发现我就是刚才害他挨骂的人。他大踏步向我走过来，我下意识往后躲了躲，阿惠随即挡在了我面前，着急地大声道："他胡说，刚才骂人的不是他！"

黑皮蔡阴腔阳调地说："不是他难道是你？"

阿惠拿手一指黑皮蔡："你们少在那里贼喊捉贼，刚才明明是你骂的蛟爷。"

钟灿富马上凶狠地转向黑皮蔡，全叔急忙护住侄子："老钟，你可别缺心眼，你难道还看不出那娘儿们是在栽赃陷害吗？"

钟灿富闷哼一声："这小娘儿们跟你有仇？"

全叔不愧是跑江湖的，反应极为迅捷："仇是没有，但是骚娘儿们为了护着她的野汉子，还有什么不要脸的事儿是他们干不出来的？"

钟灿富刚想说话，就听到舱下有人在叫他，他不耐烦地掏了掏耳朵，对着舱下吼了几句，又转身对我们说道：“船上的人都给老子听好了，今天这事可还没算完，不管是谁骂，等我查出来以后，老子一定叫他后悔得要钻回娘肚子里去！”说完这话，他一挥手就要带着淘海客们离开，我在后面叫了一声：“钟大哥，请等一下。”

钟灿富停下来不耐烦地在船舷边吐出一口痰：“干你老母，有屁快放。”

我不顾阿惠的拉扯阻拦，高声问道：“这动静是怎么回事？能不能给我们个说法，大家这么待着也不安心啊！”

钟灿富突然暴怒着吼起来：“你他娘的嫌命长是不是？你给我听着，你在船上就是个货，少给我管闲事！”他走到我面前指尖戳到我鼻子上，“听好了，以后再让老子发现你不安分，就把你和那个骚娘儿们，一齐剁碎了扔到海里喂鱼！”

说完转身走了，我吓得出了一身冷汗，就看到黑皮蔡和全叔在边上看着我古怪地笑了起来。我忽然有一种奇怪的感觉，我好像进了他们的圈套之中。

—/第十二章/—

世人

钟灿富走了以后，船舱门口的全叔竟然开始对长衫男人邱守雄施救。他们毕竟是生活在海边的，又长期在外厮混，救落水的人还是有一套的。他先把头放在邱守雄胸部听了听，又拿手试了试鼻口，然后双手按在邱守雄的小腹上，慢慢加大了力道，没过多久邱守雄猛地挺起来，张口喷出一股十分腥臭的黑水，跟着又躺下了。

船舱门口的旁边，黑皮蔡还用力攥着邱守雄女人陈水妹的手臂："你不能过去，救人的时候最害怕的就是女人的阴气，你的阴气一冲，他身上那点阳气立刻就散了，恐怕就再也活不过来了。"

听了黑皮蔡的顺口胡诌，陈水妹吓得面色青白，摇摇晃晃地任由黑皮蔡把她拉到角落里嘀咕去了。我心中着急，心说要坏事，却被阿惠拉住了。

全叔又按了几下，邱守雄坐起来又吐了一大摊散发出恶臭味道的黑水，终于睁开了茫然的眼睛。

"我这是在哪儿？"邱守雄用长衫袖子擦擦嘴边的水，好像是察觉到有臭味，拿起袖子闻了一下。

全叔故作豪爽地把西洋衬衫下摆往后一撩，把手插进裤子口袋里哈哈大笑：“兄弟，你刚才掉进海里去了，快谢谢我吧，要不是我刚才当机立断跳下水去救你，现在你恐怕早就见龙王爷去了。”

邱守雄虚弱地摆着头：“是你救了我？刚才我好像昏过去什么都不记得了，我记得我在舢板船上的啊，怎么会掉到海里去？”

“你的眼睛长在屁股后面，能看清楚个鬼啊。”全叔一巴掌拍在邱守雄的肩膀上，“兄弟，人帮人，人抬人，我好歹救了你的命，你也不用重谢啦，给三五块大洋意思意思就算啦。”

“大洋？”邱守雄伸手摸向腰间，忽然叫起来，“大洋呢，我的大洋呢？”

“我就说过你爱犯糊涂，果然没错！”全叔蹲在邱守雄身边，“兄弟，知道是谁把你推下去的吗？你看那边，和穿着红旗袍的那个骚娘儿们在一起的，那个小白脸，就是他把你推下海的。你的大洋就在他身上，他趁你昏迷的时候从你身上顺过去的。”

邱守雄向我看过来，眼神里充满怨毒。我一下闪过一个念头，心说糟糕，下意识就摸我放着大洋的口袋。

那边陈水妹和黑皮蔡从侧边的角落从舱门口朝我们走了回来，陈水妹一脸惊恐，跟在黑皮蔡身后，一只手紧紧地揪住黑皮蔡衬衫分衩的后襟，生怕黑皮蔡丢下她不管似的。我和阿惠对视一眼——不知道黑皮蔡用了什么厉害的仙人党手段，居然几句话的工夫，就骗得那个女人死心塌地了。我吃惊之余忽然想到，如果当时没有我的提醒，阿惠说不定就是现在的陈水妹那样了。

全叔这时也不跟邱守雄说话了，迎了上去对黑皮蔡笑说：“阿蔡，你来得可正好，这个人已经被我救醒了。”

奇怪的是，陈水妹听说她先生醒了，却一点儿反应也没有，依旧拉着黑皮蔡的衣服不撒手。黑皮蔡皮笑肉不笑地把陈水妹往前一推，邱守雄一见她，顿时数落起来："水妹，你跑到哪儿去了？刚才我被人推到海里去，要不是这位大哥救了我，我肯定就死了——咦，水妹，你怎么了？你怎么不回答我？"

陈水妹不大对头，她的身形很僵硬，眼神也十分呆滞，本来还算清秀的脸板得像木头，对邱守雄的问话置若罔闻。

"水妹，你怎么了？"邱守雄挣扎着站起来，伸手想捉住他太太的手腕。陈水妹突然爆发出一声惨叫，拽着黑皮蔡的衣服往后倒退了几步，两只手生硬地乱舞着："别碰我，别碰我，我不认识你！"

"水妹，我是你的先生守雄啊，我是邱守雄啊！你怎么不认识我了？"邱守雄惊呆了。

"先生？守雄？"陈水妹眼神直直的，冷冷地道，"你胡说，我不认识你，我没有先生！"

"水妹……"邱守雄还想去牵陈水妹的手，这时陈水妹又发出了可怕的尖叫声，伸手抓向邱守雄的脸，幸亏全叔把他往旁边推了推，否则肯定被抓出血。

"这，我醒来怎么就这样了……这到底是出了什么事？"邱守雄接受不了这个事实，失声大叫起来。

全叔在边上阴森森地说："你真傻还是假傻啊，你难道还看不出？你的太太是被拍花子下了迷药啦！"

冷不防我心里一阵发寒，对即将发生的事有一种极其不祥的预感，全叔和黑皮蔡他们又在搞什么阴谋诡计，他们要算计什么？冲着我们来的吗？阿惠抓着我手臂的手也紧缩了一下，她的面色在这昏暗的船舱里，已经从原本的娇艳变为青白失神，看来她也预知到了危险。

我拍了拍她，心里疑惑地想，陈水妹表情痴呆行为怪异，肯定是黑皮蔡把她领到角落后做了什么手脚，那他们为什么还要把陈水妹带回来？如果只是为了骗女人，在已经得手的情况下，把昏迷的邱守雄往海里一扔，不就什么事都没有了吗？就在我不解的时候，全叔难听的声音响了起来：“拍花子的迷药虽然厉害，但一般都只能暂时迷住人的神志，只要泼泼凉水就可以恢复清醒。阿蔡你看着他们，我去找点冷水。”

说完，全叔推开围观的乘客往舱外跑去，不一会儿拎了一只画着海鱼的皮桶回来，马上举起桶把水呼一下全泼在陈水妹脸上，顿时一阵海水特有的咸腥味散了开来，比我身上的味道还要浓。

被海水浇得一头湿的陈水妹打了个激灵，像是才看到她面前的邱守雄，失声叫起来：“先生，我怎么浑身都湿了，我……你什么时候醒的？”

“你……我……”邱守雄明显也糊涂了，说不出一句整话来。

全叔冷笑一声，推开邱守雄问陈水妹：“你别怕，我问你什么你都老实说，你刚才怎么了？”

“我……”陈水妹摇着头，一脸茫然的表情，“当时我先生刚从海里被捞上来，我哭着摇他，这时候来了一个人，我闻到一股香气然后就什么也不知道了，迷迷糊糊像在做梦一样，然后被泼了一身水就醒了。”

“果然，我说得没错吧！”全叔嚷嚷起来，“这船上混进了拍花子人贩子，你快告诉我们那人是谁！”

听到这些话，一股寒意从脊背升起，我什么都明白了，我没想到他们会用这种手段来栽赃，眼睁睁地看着陈水妹在船舱里四处辨认，围观的人都尾随着她，然后她的目光就落到了我身上。

她的手一抬，指着我：“就是他！”

虽然我已经知道自己马上要面临什么局面，但还是回头，左右看是否我身后还有别人，但我只看到船舱的木板，再回过头就对上了陈水妹充满愤怒的目光：“就是这个人！我绝不会认错！他刚才走过我身边，我闻到一股香气，然后就迷糊了，就是这个家伙用药迷住了我！”

此话一出，本来坐在我和阿惠旁边的几名乘客立刻像躲瘟疫一样，匆匆爬起来跑去和别人挤成一团，而我却是气愤得说不出话来。

在其他乘客随之而来的辱骂中，阿惠用力拨开陈水妹的手，大声说：“你胡说！他才没有用药迷你！”但她的话根本穿不透那些辱骂声，甚至还有人趁乱把我从阿惠身边推开。

我被胡乱推搡着，看着黑皮蔡叔侄俩来到我面前，几下就在混乱中把我架住，从我的口袋掏出了那两块大洋，众人见到这个场面，忽然一下安静了下来。我心知掉入他们的陷阱里，却不知道如何应对这事情，只能气愤地大声喊道：“是他们两个陷害我，你们不要听这个女人胡说……”

但根本没有人听我怎么讲，片刻沉默后，乘客们一下炸了锅，他们都在愤怒地指责我，大声地对我吼叫着，我在众口责难中，耳朵嗡嗡作响，看着他们愤怒的脸庞，却一句也听不清，心里简直万分委屈。但看他们的样子，似乎比我还要委屈，我愣在那里，忽然醒悟过来，他们的怨怒不只是针对我，他们只是在发泄，发泄对战乱的国家、丢弃的家园、失散的亲人以及沦落到这条黑船上的不满和怨恨，人人都喷出胸腑中的怒火：“去你妈的！死拍花子！”

忍无可忍之下，我大声吼了回去：“我不是拍花子，我是被冤枉的！”但还是没人理会，正在百口莫辩的时候，船舱外有个声音炸雷一样响起来：“吵什么吵啊，都给老子闭嘴！”

几乎是同时，舱外探进一颗毛蓬蓬的脑袋，又是大胡子钟灿富：“干你老母，你们到底什么毛病？一船人叫成这副鬼样子？”

吼叫声停了，全叔嘿嘿一笑：“阿灿兄弟，你来得正好，咱们逮到一个人贩子。”

“人贩子？”钟灿富的声音透着诧异，“哎哟老全，还有人敢抢你的生意？我倒要瞧瞧那个胆大包天的人贩子是谁。”

其他人齐刷刷的眼光顿时扫向全叔，他马上面色一变：“老钟你别乱说话，在蛟爷的船上我可是从来不乱打主意的。”

钟灿富不理他，对着人群吼道：“拍花子是谁？”

众人都闪了开来，目光都瞧着我。

“又是你？”钟灿富故作诧异地看着我，“小白脸，你不是郎中吗？这么快就转行了？”

我正要辩解，忽然脸上一痛，同时啪的一声脆响，钟灿富愤怒地瞪着我：“老子问你话，你他娘的知道这是谁的船吗？”

“是蛟爷的船……”钟灿富一个耳光打得我脸都肿了，耳朵里全是嗡嗡嗡的鸣叫声，连话也说不清了。

钟灿富冷笑一声：“知道是蛟爷的船还敢胡来，你他娘的活腻了是吧！”

“他真的不是人贩子——”阿惠喊了一声冲过来，却被钟灿富的大手一掌当胸推开了：“来人，把这个小白脸的东西收拾一下带出来，海里那么多大鱼，总得有人喂它们两口饭食！”

众人齐声叫好：“淹死他，淹得好，把拍花子扔到海里喂鱼！”全叔和黑皮蔡乐呵呵地起哄：“阿灿兄弟，果然是条好汉子！”

我惊讶地看着众人的反应，觉得非常不可理解，就是这样几句话，就要把我扔进海里吗？没有任何证据，就算我真的是个拍花子，也不能这样轻易就决定一个人的生死吧！看着那些乘客兴高采烈的脸，我忽然觉得，他们根本不在意我是不是坏人，他们或许只是想看一场热闹。

“这不公平！我是被冤枉的！”

“好，那我就给你公平！免得你到了阎王殿里告我的阴状！”钟灿富得意地回头看看被无数人打量着的阿惠，两个淘海客跑过来，一人提起我的藤箱子，另一个像捉小鸡一样，把我揪了出去。

—— / 第十三章 / ——

公平

钟灿富大踏步走在前面，那个淘海客拖住我紧跟着上了甲板，众人跟在全叔他们后面骂着追了出来，没追几步钟灿富停了一下，头也不回地说："都给老子滚回去，船上自有船上的规矩。"

凑热闹的乘客们不甘心地还在往前挤，全叔和黑皮蔡于是劝说起来："大家快回去，放心吧，有阿灿兄弟做主，我们等着看那个拍花子喂鱼好了。"

看见人都回了船舱，钟灿富使了个眼神，有个淘海客就蹲下来打开我的藤箱一阵乱翻，看见里面只有几件换洗衣服，然后还有一些装着药丸的瓶子，他气呼呼地把箱子合上踢到船舷边，一脸晦气地冲着钟灿富摇头。

我还是没能接受现在的状况，难道我程闽生就要这样不明不白地死在船上吗？我试图挣扎，但很快就被捂着嘴拖到桅杆旁边，被扔在地上。两个淘海客笑嘻嘻地抱着肩膀站在我身后，钟灿富背靠着船舷一手拿着鱼棱，一只手在锋利的尖刺上抹来抹去："好了，别说我不给你机会，现在把你的公平拿给老子看吧！”

我知道形势不由人，挣扎着爬起来，放软了声调道：“钟大哥，我是泉州城里羊公巷泉涌堂的学徒，我叫程闽生，以针灸闻名的程大海就是我的叔父，再有一年我就要满师了，我可以帮忙治病……”

看着钟灿富一脸不耐烦，我于是继续解释起来：“我只是上船的时候撞破了全叔和黑皮蔡的骗局，他们想要骗那个穿红旗袍的女人，我点醒了她，所以他们才暗害我的……”

钟灿富完全没有理会我说的话，而是冲我不耐烦地摆摆手：“我不管你是什么人，你们之间有什么事，但是在福昌号上，谁想要公正我都可以给他。可是这天下间没有白打的官司，咱们出海的人也从来不会白帮别人办事，别说那些没用的漂亮话，只说现在，你打算出多少块大洋买这次公平？”

我愣在那里，过了一会儿才明白过来，不禁在心里苦笑。原来是这么回事，他们根本就不在乎我是不是拍花子，只是想找个机会从我身上讹点钱而已！

我骇然看着三个淘海客，意识到这条船上已经没有人能主持公道了，我用舌头舔了舔嘴里的伤口，有些腥，应该是嘴里出血了。刚刚那一耳光被打得非常惨，现在半边脸感觉已经肿了，不过心知已经顾不上这些，我赶紧掏出口袋里的残存的纸币，只有一张十元的钞票。当时钞票贬值，比不了现大洋，但也总算是我身上唯一的财产，也算点小钱。不过我之前被推下水，被海水泡了那么久，这钱已经湿皱成一团，我尴尬地小心展开，将钱递到钟灿富手里说：“钟哥，我仓促逃出来，身上只有十元钞票，但是您听我说，我是个郎中，如果船上有人病了……”

没等我说完，钟灿富把十元钞票随手一团扔了过来：“你他娘的打发叫花子啊？小白脸，从现在开始，福昌号就没你这个人了！”

“你们还讲不讲天良了！”我眼睁睁看着那十元钞票滚到了自己脚下，

悲哀地发现在这里讲道理完全是没用的，一时间悲愤得胸口像要炸开，猛然吼道，“难道你们就不分个青红皂白，眼里只有钱吗？”

钟灿富不为所动，轻蔑地呸了一口，瞪着眼睛道：“你给老子听好了！老子最看不起你们这些书生小白脸，动不动满嘴仁义道理，背地里干的都不是好事情。天良，你他娘的要讲天良，你怎么不去感化日本人？”在我瞠目结舌的时候，他又一挥手，道，“你们两个赶紧把他给我丢下海去，没钱还他娘的啰唆半天，白费精神。”

马上有淘海客扑过来押着我，企图抬起来，我顿时吓得魂飞魄散，刚刚激起的愤怒瞬间烟消云散，手忙脚乱之下，只来得及用力抱住粗大的桅杆，发力之下，淘海客一时间拖不动我，也恼怒起来，扔了鱼梭，先来扒拉我的肩膀，又一人提了我一只脚往船舷边拽。

我生怕一松手就要被抛进海里喂鱼，下死力抱着桅杆不松手。那两个淘海客捉着我的脚，又把我绷紧的身体一松，我的腿脚顿时收力不及，他俩又“嘿”的一声，再使足了劲往外一拉，我就再也抱不住桅杆，脸朝下“砰”的一声趴倒在地。

这下算是彻底完了，我疯狂挣扎着，心里却充满绝望，想不到我年纪轻轻，却要命丧黄泉，这个念头一直不停在脑子里转着，感觉却是无比复杂，又是好笑又是荒谬又是恐惧。正在一片混乱中，一个白花花的东西不知从哪里掉了出来，一骨碌滚落下去，最后碰到桅杆改变方向往船舷边滚去。

“咦？”钟灿富和两个淘海客同时停下来，我心里奇怪起来，抬头看向那东西，居然是一块大洋。钟灿富旁边的一个淘海客“咦”了一声，喜笑颜开地追过去，一把抄起来，往天上抛了抛接住又仔细边看边说：“啧啧，有点意思，藏得挺深嘛。”

我目瞪口呆地看着那块大洋，明白那绝不可能是我身上的，紧接着又是一阵叮叮当当的响声，几块大洋纷纷滚落地面，一个男人正站在我们不远的地方，我刚好看到他手里的最后一块大洋正从手中落下。也不知道这个男人是什么时候来到甲板上的，在我的印象里，刚才看热闹的那帮船客里，并没有这么个人。

这下钟灿富他们也反应过来，放开我，走到那人面前。也许是拿不准那人要干什么，钟灿富打量了他一番，开口倒是出人意料客气："朋友，怎么称呼？这是什么意思？"

那个男人看上去不过三十岁，个子很高，长相和穿着非常普通，但看上去体格很强健，丝毫不输于那几个长年奔波在海上的淘海客，在钟灿富等人的面前气势丝毫不弱。而且他面无表情，看上去非常冷酷，给我的第一印象，他应该是当过兵的。不过最关键的是这个人很面生，我肯定不认识他，心里暗自奇怪这个人为什么会为我出头。

那个人听了钟灿富的问话，眉头微微皱了一下，开口说道："我叫宋宗德。有幸搭上福昌号，本来不应该多事，但这少年看上去也不像人贩子，你们何苦这么为难他？"

钟灿富之前对这个宋宗德挺客气，大概是摸不透他的来路，一听是给我求情的，顿时脸沉了下去："你的意思是说我们有意刁难人了？哼——"这声冷哼故意拖得长长的，我躺在甲板上听得心惊肉跳，生怕他忽然发飙。

宋宗德好像对他的威胁并不在意，扫了一眼滚落在地上的几块大洋，抬起头不卑不亢地道："朋友，你们无非是求财而已，何必非要伤人性命？船才出海就丢人下去，也不是什么好兆头。大家出这趟远门都不容易，我也是图个吉利。"说完一拱手，就转身走了，临去时深深地看了我一眼。

那两个淘海客已经把散在地上的银元捡好交给钟灿富，他看着宋宗德离去的背影若有所思，终于还是没有动作，转身蹲在我面前，捏着手里的银元在我眼前晃来晃去，直到我被他看得发毛，他才开口道："倒是小看你这小白脸了。记得既然在这福昌号上了，以后就给我老实点。"说完站起身，吩咐道，“虾仔，你去鱼舱里告诉那些蠢货，叫他们别闹了，谁再闹就把他扔到海里去！”

我努力挣扎着想站起来，辩驳道：“我真的是好人，你冤枉我了。”

“好人？”钟灿富一脸鄙视，“老天看谁不顺眼，谁就是好人。”说完大吼一声，“赶快滚，别在这儿碍眼！”丢下我头也不回地走了。

随着他的远去，一双手把我扶起来，阿惠轻柔的声音在背后响起：“你没事吧？”看样子她还是很关心我的，才从鱼舱里挣脱出来，就第一时间来看我怎么样了。

我一时间心情复杂，所有以前受过的委屈、被侮辱的清白、不公正的待遇，瞬间涌上心头，我直挺挺地站着，竟然鼻头有些发酸，喉咙也像堵上了石头一样。

阿惠轻轻叹了一口气，拍着我的后背安慰我，也许是为了岔开话题，阿惠问我道：“救你的那人是谁？你不是说你一个人上的船吗？”

海风吹在身上，惊吓过度的我才发现刚才那么一闹，出了一身的冷汗，现在浑身冷飕飕的，又重新想起宋宗德，摇摇头道：“可能你不信，但是我真的不认识他，也许他和你一样，都是好人。”

阿惠点头，我看着人群，却发现已经看不到那人的影子。

我们一路互相扶着往船舱走去，在船上没有水可以洗脸，我身上湿掉的衣服倒是风干了，身上这套蓝色的中山装，还是去年叔父请冯裁缝帮我做的，可惜早已物是人非，叔父丢下我跑路了，冯裁缝的裁缝铺子也早被日本人的飞机炸飞了。

我撩起衣服擦擦脸，阿惠替我拍拍身上因为浸渍海水形成的盐碱，忽然道：“闽生，都怪我，要不然那两个恶人也不会阴魂不散地缠着你。”

我摇摇头说：“别说这些了，更别说你还求钟灿富下海救我。”

看着善良漂亮的阿惠，我这才觉得，这次下南洋的逃亡路，也许并不是完全没有收获。正想着，阿惠已经伸出手来轻轻摸了摸我的额头：“你看你头上撞了好大一个青头包，回头我帮你擦一下药酒吧。”

我点点头道：“我先去向恩人道谢，你等我回来。”

我弯着腰在昏暗的船舱里看了半天，才在一个角落里找到那宋宗德，他正和身边的几个人有说有笑聊些什么，虽然坐在角落里，但看上去就是这群人关注的焦点。他身边的两个人我认识，是泉州城里的，没有什么交情，只是看着眼熟，想到这些认识我的人刚刚也不替我说句话，我心里就有些郁结。看我走进来，那两个家伙将头偏过去假装不认识我，也不知道是觉得不好意思，还是压根儿不打算搭理我。

我也没理他们，直接走到宋宗德面前，双手作揖，深深一躬，诚恳地道：“谢谢宋先生救命之恩。”

宋宗德没有说话，而是偏过头反复打量着我，不知道为什么，表情和刚才的冷漠大不相同。我被他看得有些不自在，见他也不说话，心想这人还真是奇怪，也许他真是出于侠义之心才出手相救，不屑于这种事后的感谢客套，于是又鞠了一躬，转身就走。

这时宋宗德的声音带着一丝戏谑，从背后传来：“闽生，你难道真的认不出我了吗？”

我疑惑地看向宋宗德，心里闪过一丝异样，不由得道：“宋先生，您这是？”

宋宗德微微笑了一下，拍拍我的肩膀示意我和他一起出去。我不明所以地跟着，心中的困惑越来越大，难道他来过泉涌堂求诊？但印象里又没有这样的面孔出现。

我们终于走到人少的地方，宋宗德道：“闽生，我可认出你了，你的样子一点儿没变，我是你七哥，你阿姐怎么样了？”

“什么？七哥？”我失声叫了出来，连忙仔细去看他，但眼前这个高大的有着冷硬棱角的人，和我记忆中那个眉目清秀的邻家小哥好像没有什么相似之处。而且，我想起了童年那段惨痛的经历，我以为只有我和阿姐逃了出来，难道七哥也活了下来？如果眼前的人真是七哥的话……

也许是见我依旧表情迷惑，宋宗德又道："你还是一样的呆。你忘了小时候我们一起总是去后山采野果吃，你还差点儿被毒蛇咬，是我拿棍子挑开它吗？那么多小时候的事情，你真的不记得我了？"

我又看了看他，心里相信了一些，问他道："我小时候的确差点儿被蛇咬不假，那我问你，我阿姐叫什么名字？"

"阿敏。"宋宗德拿出根烟在手里顿了顿，又从衣兜里摸出根洋火柴，在他的裤子后头猛地一划，哧啦一声，划亮了火柴。

如此说来，他果真是七哥？那我在这艘奇怪的船上岂非多了一个同伴？我有些激动起来，正想和他相认，但看他这种古怪的吸烟方式，又犹豫起来。

眼前这个人肯定是个当兵的，因为很多兵油子都喜欢在老百姓面前这样炫耀抽烟，之前他在钟灿富他们面前救下我来时，那种镇定的模样给我很深的印象，看样子他多半还上过战场杀过人的。

日本人到处烧杀抢掠，到处都在拉壮丁，他远远没到退伍的年纪，又怎么会出现在船上？难道是个逃兵？我实在难以把这样一个人和处处保护我和阿姐的七哥联系起来。

宋宗德抽了口烟，像知道我正在想什么一样，开口道："闽生，我的确是从部队里逃出来的。"我默默地点了点头，他又道，"这狗日的世道，人总得为自己多打算一点儿。"

我又默默地点了点头，他在烟雾中道："你阿姐怎么样了？怎么没和你在一起？"

我被他勾起伤心事，摇了摇头低声说了句失散了，就再也说不下去。我想起从前的时光，我和阿姐、七哥还有附近的其他孩子总在一起玩耍，七哥虽然年纪不是最大的，却因为他的义气和聪明成了孩子王，我们上山烤地瓜下田捉田螺，有什么事七哥总会出头，他对我们姐弟俩又格外好些。

宋宗德伸手挥散烟雾，我看见他的眉头皱了起来，问我道：“怎么会这样？那天我藏在废井里，听见你爹娘一路让你们快跑的声音，之后就再没看见你们，以为你们已经逃出去了。”他顿了顿，又叹口气道，“也难怪，当时你们年纪那么小。”

我鼻子一酸，喊了句“七哥”，就对他大概讲了讲那天遭遇土匪劫村之后的经历，两个人伤感不已，后来我问道：“怎么你换了名字？”

他想想就道：“土匪走了之后，村子里已经剩不下几个人，我爹娘也不在了，我被村子里的人指点着，去投奔了我的舅舅，改换姓名当他的儿子。后来开始打仗，我就去参了军，希望能在部队里学些本事，再也不让我的家人受到伤害。但是，我虽然学了些武艺，却对部队彻底失望了。”

我不懂军队上的事，但看他的神情就知道，他确实不是因为贪生怕死而离开。他拍拍我的肩膀道：“不说那么多了。你下海救人又被捞回来时我就觉得你面熟，后来又听你说话做事，又对那个大胡子说自己叫程闽生，我就确定了，我不能再遇事不管了。”

我后怕起来，幸亏有七哥救我，否则我就被钟灿富他们丢去喂鱼了。心情几番大起大落，遇到童年故交，着实有些开心。我们又叙了会儿旧，讲了分离后各自的遭遇，我才知道七哥这些年也过得不容易，他的舅舅早先没有子嗣，待他还算不薄，而他的舅母却是个刻薄的妇人，加上后来有了自己的孩子，总是疑心他会瓜分家产，对他越发严苛。

少年时的七哥经历了那么大的变故，又在舅舅家饱受艰辛，等到长大成人投了军，却又发现部队里蝇营狗苟，终于离开出走他乡。

我心有戚戚，又想起失散的阿姐，更加难过起来，对他道：“七哥，到了南洋就好了，南洋虽然没有那么多乡亲，但是总好过心惊肉跳，天天经受炮火。”

七哥突然面色一动，低声道：“闽生，你觉不觉得这艘船有古怪？我们要小心一些，否则能不能到南洋还要两说。”

我被他话里的语气引得一惊，想起底舱里的奇怪声音，莫非他也发现了？左右看了看，担心被钟灿富他们听见，才犹豫道：“你发现什么了？”

七哥用力抽了一大口烟，用脚碾灭：“我还不能确定，但是你务必小心。不早了，先休息吧，上这艘船本想着住舒服点儿，花了不少钱，在那些淘海客住的地方买了个铺位，就在你们顶上的船舱里，有事就招呼我。”

我点了点头，没想到他竟然住在顶上，那刚才怎么在我的船舱里和别人说话？特意来找我的吗？我不由得一阵感动，跟着他一直到船舱口才互相道别。

可谁也不知道，这一天的混乱之后，迎接我们的，将是一段地狱一般的经历。

—— / 第十四章 / ——

外海

在船上的生活很枯燥，大家最常干的事就是聚在一起聊天。我没有主动和那些人凑在一起，但周围人的话题，大多和航行线路有关，有些年纪大的人并不是第一次下南洋，甚至有些人祖辈上都有人去过南洋。我听了不多时间，就对下南洋的状况有了更详细的了解。

从泉州出发，穿过泉州湾，大概一两天时间，就算是真正到了外海。然后经南海到台湾北部，两天后沿越南海岸南下，一路向东南走，差不多半个月就能到达菲律宾，这就是福昌号的路线，也是我们这船人下南洋的终点。

至于到了菲律宾之后，是留在当地，还是向西南到达马来半岛南端，或者再以此为中转地，前往爪哇岛、印尼各岛等，就看自己的能耐了。

据说在清末的时候，这条线路上最大的危险是海盗，特别是越南的海岸线一带，海盗分布广泛，如果没有熟悉的领航人，要想安全穿过那片海域简直困难重重。

那时候，下南洋的人为了保命，通常都会准备好一笔钱用作“买路钱”，而海盗也只是求财，有钱后就会放人。

但日本鬼子打来后，控制了这条线路上的大片海域，现在海盗基本没有了，不过若有海盗也只是图钱，交了买路钱后也能相安无事，而一旦撞到日本人的巡逻艇，就没有那么好过了。他们的说法很多，不过无一例外的是非常悲惨，通常满船人都会被杀光。

一路艰险。这是我听完后对处境的唯一想法。前路漫漫，而我们现在还没有到外海，事到如今，只能说走一步看一步了。

在七哥救了我之后，那奇怪的声音再没有出现过，黑皮蔡他们也没有再找我麻烦，也许是七哥的气势震慑了他们，也许是钟灿富收了钱之后，还算讲信用。我知道钟灿富一定不是什么好人，之所以这样，也许是因为船上不守承诺，会被龙王爷惩罚。

船上的人很快忘记了这件事情，我也慢慢习惯了船上的生活，七哥大部分时间都会下到我的船舱里，我们聊着过去的事情，总是说着说着就感伤起来，最后总以七哥宽慰我收场。

出海以后，船上开始发饭，这一直要持续到我们到达南洋为止，费用是包含在船费中的。六个淘海客抬着三个大木桶到了舱门口，然后又抬了两筐碗出来，钟灿富出现在舱里，吼道：“开饭了，一个一个排好队来门口拿饭，不要乱跑也不要抢，人人都有。”

之前大家都见识过钟灿富的蛮横，所以没有乱挤，都排成了队往舱门口走去。向前走时，我看见分给每个人的都是一碗清粥，一条腌制好的刀鱼。不过刀鱼有大有小，有的拿到小刀鱼，难免嚷嚷两声，不过钟灿富大吼了两次以后，也就没有人再闹了，在船上又不做事，一条刀鱼一碗粥，差不多也能管半天了。

不过，让人郁闷的是，轮到我的时候，钟灿富瞟了我一眼，向发鱼的那个淘海客说：“给这个拍花子拿一条最小的。”

我不想跟他们计较，接过小得可怜的刀鱼和一碗清得可以当镜子的粥，在离甲板稍远的船舷边找了个空地坐了下来，也没什么心思吃饭。又看见在我身后排队的阿惠走到发鱼的淘海客面前，冲着钟灿富一笑，像洋货包装纸上的那些外国女人一样，露出一口白牙，笑着道：“钟哥，能不能给一条大的嘛？”

“大的？”钟灿富哈哈大笑，“你灿哥我那条就大，要不要啊？”

发食物的几个淘海客哄然大笑，排在附近的几个人也笑出声来，阿惠羞红着脸说：“你们这些人就是坏得很哪！”

我看在眼里不由得有些窘迫，不知道阿惠这么做的用意，还好，钟灿富没有太过纠缠，使了个眼色，分鱼的就给了阿惠一条很大的刀鱼，几个先前还在哄笑的乘客，一下都露出鄙夷的眼神。阿惠仿佛没看见似的，走过来在我身边坐下，夹过她那条大鱼递给我：“你吃这个，我吃不完。”

她是为了我才向那些粗鄙的淘海客强颜欢笑吗？我有些难过，明白了这个委屈是她为我受的，我如果早知道一定会阻止。

“怎么？你吃醋了？男人别这么小心眼。”阿惠笑嘻嘻地抢走那条小鱼，把大鱼架在我的粥碗上。

不知道是女人适应新环境的能力比较强，还是比男人更天真、想法没那么多，总之事情平息下来后，阿惠看起来心情很不错。不过我却怎么也提不起兴头来应对她的笑脸，只是默默地啃咬着难吃的刀鱼，心里有些烦乱。

阿惠又说了几句话，见我不高兴也就没再说什么。我一边喝着粥，一边看到那个全叔和黑皮蔡不慌不忙地走过去。全叔对着分食的淘海客说了些什么，淘海客趾高气扬地摇了摇头，接着全叔很不高兴似的从口袋里掏了一块大洋给他，那个人就递了三条大鱼给他。

看着船上人的形形色色，我默默苦笑，简单的一餐饭，真是可见世间百态。

吃完饭后，很快食具都被收了回去，我站在船舷边，一阵带着咸味的海风吹来，令人说不出是什么滋味。这时在一派平静的海水上，一座耸立在礁岩间、粉刷成白色的破旧灯塔出现在我的视线里。

很久没有看到突出海面的东西，猛然间看到，我想起了陆地的亲切，不由得多看了几眼。而这灯塔忽然出现在礁盘上，也让我觉得奇怪。

正在好奇这个灯塔是干什么的，阿惠的声音在我身后响起："你看，他们在干什么？"

我回头看去，发现其他乘客都拥了出来，围在船头的甲板周围在看什么。

阿惠牵着我往前挤了挤，透过人群，我看见淘海客在蛟爷的率领下跪在甲板上，手中都举着一碗酒，蛟爷面前摆着一个大盘子，里面装着一只煮熟的大猪头，向着陆地的方向摆着一尊不大的木头雕像，太远看不仔细，但我确定不像是平时见过的佛像，而是只长着一双人腿、人身、蛇头的奇怪形象。这神像全身都是黑色的，看着和福昌号这种不吉利的黑色很相似。

以蛟爷为首的淘海客们就跪在这个雕像前，一起大吼起来："泉州湾出头，跟着龙王走。过了南鸟礁，耳闻妻儿笑。海上是我家，天地是爹妈。淘海全凭命，生死天注定！"

然后，蛟爷拿出一把解手刀，把猪鼻子割下来，抛入海中，淘海客也站起身纷纷把酒掷向大海。蛟爷双手合十，向着北方拜了三拜道："妈祖菩萨保佑，龙王爷保佑，保佑福昌号船头压浪，舵后生风，一路顺风顺水，平安到达南洋！"

"要到外海了！"边上一个人说道。我转头一看，是七哥，他抽着烟看着那灯塔，"一过这片礁盘，就是汪洋大海，龙王爷的地盘。"

"难怪要祭祀。"我道。七哥把烟往海下面一丢，说道："如果祭祀有用也算不错，不过我看他们拜的佛像太邪了。”说完，拍拍我就离开了。

我看着他的背影，心里咯噔一下，不由得把注意力转回到祭拜的神像上，它已经被摆到了甲板的中间，我看得更加清楚了。

我在海边长大，看到过无数次这种祭祀，从拜词上看，这个祭拜仪式的对象是妈祖，但祭拜的神像一定不是妈祖，倒像是一些南洋邪神，那种形状，按道理是绝对不会在船上祭拜的。

另外更让我觉得奇怪的是，虽然淘海客们嘴里大声吼着号子，但除了蛟爷之外，其他人脸上完全没有即将到外海的兴奋感，气氛显得很压抑。我从他们没有表情的脸上，看到的却是隐隐的恐惧，似乎他们正担心着什么。

船上的仪式没有那么复杂，很快就结束了，钟灿富走过去把猪头肉割成块，递给几个淘海客分食了，惹得人们十分眼馋。吃完以后钟灿富狂笑着对围观的人道：“哈哈哈，看清楚没有？我们到外海了！这辈子你们就跟着蛟爷走吧，别再想回老家了！”

泉州湾已经过了，我们真的离开家乡了。本来已经过了这么多天，对出走他乡没什么感觉，被他这么一说，万般滋味涌上心头，周围响起了一些妇人低低的哭泣声，本来是一次逃难般的航行，结果现在跟被绑架了一样。

见没有热闹可看，其他人缓缓地散去，我不想回空气浑浊的舱内，趁着淘海客还没有赶我回去，我还想再呼吸一下海上的新鲜空气，很多人也是和我一样的想法，都三三两两地散在船上。

海水的颜色随着船的行驶，缓缓地变深，很快灯塔消失在海平面下看不到了，而船下的海水也变成了深黑色。虽然不是水手，我也知道，我们已经进入了另一个世界。

外海深不见底，可能有几千米深，风浪之大，这艘船犹如蝼蚁一般几乎不可抵抗，几百里内没有岛屿。一旦落水，只有沉入无尽深渊一条路可走。

当夜无话，进入外海又航行了三四天，除了比在内海的时候颠簸一些，倒也没有什么新的事情发生，连呻吟声也没有了。但是我看所有淘海客的表情就知道，他们都在等待，等待着一些必然会发生的事情。

果不其然，在外海航行了将近一周之后，我们遭遇了第一个大麻烦。

—— / 第十五章 / ——

第一个大麻烦

那天黄昏，我被淘海客们的叫喊声吸引，跟着其他人来到甲板上，就看到前方的海平面上，迎面飘来一大片乌云。

海平面太宽广了，视野内没有任何障碍物，那团乌云就显得格外清晰，我几乎能看到乌云的边缘。巨大的乌云犹如一团活物一样清晰地悬浮在远处的天空之中，那么低，那么黑。

一边的钟灿富陪着蛟爷也上了甲板，几个人都往乌云望去，能看到乌云之中有闪电在闪烁着，看着好像一个怪物一样令人胆寒。

“这云看着有点大，我们要不要从边上绕过去？”钟灿富道。

蛟爷平静地看了看黑蓝色的海水，骂了一声：“南面是沙头礁，等下天黑了什么也看不到，北面风向不对，我怕被这云追上，这雨还没下来，让兄弟们满帆，我们冲过去。”

钟灿富的神情顿时尴尬起来：“可是蛟爷，这云……”

“少他妈废话。”蛟爷满不在乎地说了句。

钟灿富才“哎”了一声，立即招呼淘海客满帆，船上所有的人都动了起来。顿时甲板上一片号子声。

片刻所有的帆全部满了起来，蛟爷上了舵头，我看到了惊人的一幕，蛟爷竟然跳上了舵杆，用他有七个脚趾的脚死死压在舵杆之上，手上扯着尾帆的帆绳。

我从来没见过这样掌舵的，看得目瞪口呆。

其他人全部就位，看向尾帆，蛟爷下盘一沉舵盘一转，帆立即就迎上了满风，其他人跟着一动，船朝着那片乌云急冲而去。

不到半个时辰的工夫，船已经冲进了乌云四周的风团，头顶上的渔灯剧烈地摇摆起来，一阵阵狂风吹来，福昌号随之摇晃起来。

淘海客开始赶我们进舱，慌乱中我试图抓住什么，就看到海浪剧烈地翻滚着，骚动的人群里有不知道情况的人喊道：“蛟爷，蛟爷，海浪这么大，船都要翻了，快想想办法啊！”他们的话没有得到蛟爷和淘海客的任何回应。

赶人的淘海客还没到我身边，我抓紧了船舷，阿惠不知道被晃到了哪里，我四处张望也没有看见她，就在这个时候，我看到远处一团浪花之中，出现一个奇怪的黑影。

什么东西？我心说，浪瞬间就打过来，那东西就看不到了，我在怀疑刚才是否错觉，一边听到钟灿富大叫，神情变得扭曲起来，喊道：“蛟爷，东南面！”

东南边，就是我刚才看到的方向。我再朝那边看去，又是一个大浪。满天的浪沫中，我果然又看到一个巨大的黑影穿过，我看得清清楚楚，那一大团墨影在翻滚着，竟然像是个活物！

我不可自制地叫了一声。那是什么？还没反应过来，就听到钟灿富大叫起来：“它朝我们冲过来了！”

“虾仔！顶着！”蛟爷大叫了一声，一个非常粗壮的淘海客应了一声，冲过来把住舵。蛟爷跳下舵杆，在颠簸的甲板上一条直线冲到钟灿富边上，搭手眺望。

“是不是去年那东西？”钟灿富问了一句。

蛟爷仔细看了看，摇头：“看不清楚，干他娘，先预防着，让所有的船客都回舱去。”说着大叫，“船客回舱，不然生死不管。虾仔，左满舵，龙王摆尾！”

全部的淘海客发出一声怒吼，那边的虾仔一转舵，瞬间船就倾斜了。蛟爷冲回到舵盘那边。

我在船舷边，这下子终于站不住了，一边的淘海客朝我大叫：“回来，我关舱门了！”

我想着刚才蛟爷他们的对话，“是不是去年那东西”，这话是什么意思？听起来，他们似乎在去年也遇到了什么。

但是我知道自己实在站不住了，再也待不下去，于是顶风就往舱口走去，几乎跌跌撞撞爬到了舱内，舱门立即就被从外面锁上了，阿惠一脸担忧地上前扶起我。

几乎在同时，我听到那个奇怪的声音，再次从舱底传上来，那就是之前听到的那又像呻吟又像嘶吼的怪声，但在风暴中，这次它似乎更加高亢和痛苦。

船舱里一片昏暗，舱房角落里的汽灯火苗一跳一跳的，发出微弱的光，看起来随时都有可能熄灭，冰冷的风呼啸着从遮波板露出的口子钻进来，发出鬼怪怒吼一样的声音。船不停地摇来晃去，有好些个晕船的人终于将刚才吃下去的粥和鱼吐了出来，不停地吐着酸水。

船舱底部那奇怪的呻吟声，非常凄厉，简直赶上了大风的呼啸声，没有任何间断，丝丝缕缕，呼应着风声，好比不祥的鬼鸟，飞翔在这空寂的海面上。

船舱里的人一个个面色如土，用双手掩住耳朵，带着一脸绝望与灰败的气色，委顿地倒在不停摇晃的舱板之上。看样子，这声音已经响了很长时间，只是我在外面没有听到。

我从船舱的通风窗子远远地往外看，外面开始下起了大雨，海风也更大了，我看蛟爷原本的意思是在下雨之前冲过乌云，但现在看来似乎不太可能了，一个大浪头打来的时候，我没坐稳，一头往前扎去，还好被阿惠一把拉住，我顺着她拉着的劲头一收腰，还是险些撞在了舱壁上。

上船时钟灿富说我们都是货，到现在我才算体会到这句话的含义。这几个浪头打过，舱里已经完全变得一片狼藉，所有人都乱七八糟地堆在一起，大部分人已经放弃挣扎，抱头蜷腿，无助地随着船的颠簸而滚动。船客们随身携带的行李更是散落得到处都是，混合那些晕船的人吐出的杂物，这种末日来临般的景象看上一眼，心里就充满了深深的绝望。

我和阿惠紧紧地抱在一起，她柔软的身躯此刻非常僵硬，想必我也是如此。我们能清晰地感觉到对方的不安。我艰难地抓住舱壁上可以勉强抓住的地方，耳朵里听着满舱惊恐的尖叫声。即使有着船舱的保护，但现在的情形已经是十分危急，不知那些在甲板上直面风浪袭击的淘海客经历的又是什么？我很怀疑，这种情况之下，他们是否有能力让福昌号安全度过这场灾难。

在这种时候，完全无法控制身体，只能凭本能尽量在颠簸中稳住，也不知道手臂、背上和腿上在碰撞中是否受伤，整个身体因为高度紧张已经失去了知觉。但其他的感官却敏锐了起来，我发现那奇怪的呻吟声在风浪中越来越高亢，似乎是有一个妖女正嚎叫着走来，叫声越来越近，最后简直就是在耳边发出。

伴随着清晰的呻吟声，扑来的是越来越大的海浪，我怀疑福昌号已经从颠簸状态变成了在海浪里翻滚，因为几次我都是凌空被甩起，然后重重地跌倒在甲板上，发出沉闷的砰砰声。我无法控制这一切，只能尽量在落下来的那一瞬，用身体来替阿惠垫着。

当再一次被荡起来，重新砸在甲板上后，我发现，除了身体落在甲板上时发出的响声，还有一阵让我寒毛倒立的声音传来。

趴在舱板上，我可以清楚地听到，那是从船底传来的声音，仿佛是有人在用手指抠刮舱底，但声音比手指抠木板的声音大上很多。黑皮蔡之前讲的那个夜叉鬼的故事浮上了脑海，难道真的有什么东西趴在船底，在抓挠船上的木板？

“天哪！”忽然有人叫了一声，我一下从这种梦魇中被惊醒了过来，所有人朝叫声的方向望去，就看到我身前挤满了往外看的人，全部探头够着窗口，不知道在看什么。

“怎么了？”黑皮蔡大声问道。

那几个人不回答，只是大吼道：“我们完了，我们完了！”

—— / 第十六章 / ——

安庆号

所有人都往那边挤去，要过去看但是人太多了，那边根本挤不过去。

我没有动，知道挤进去什么也看不到，反而很容易被人踩伤，一直看着前边一片骚动。有人在狂问："什么东西？什么东西？"

阿惠在我身后，我满头的冷汗，不知道是什么情况，只觉得她的手也在发抖。

我等着有人能说出来他们看到了什么，或者他们看清楚之后，能散开让我看一眼，我觉得他们肯定是看到了我之前看到的黑影子，而且他们说我们完了，那黑影一定极其可怕。

然而他们一直看着，几个人都道："没有东西啊。"我心急如焚，却见阿惠拉我的袖子，我转头，看到她正回头看着船舱另一边的窗户，要拉我过去。

闪电中，我看见外面有一个庞然的黑影，竟然比我们的船还要巨大，正在浪头中沉浮，并似乎正在朝我们靠近。

我冲了过去，贴到窗上，在闪电划过的间隙中，我发现那是一道巨大的桅影，而我们的船似乎在一边打转，一边被推向那个影子。

什么东西？我心中惊讶到了极限，僵在了那里。

很快船打着转回到了另一面，另一边张望的人中一下起了一连串的惊叫，接着船又转了回来，那黑影再次出现在我的视线里，它越发地靠近了！

“那些傻瓜到底在搞什么？”我心中惊惧起来，再这样下去我们岂不是要撞上去了？他们难道就看不到吗？怎么一点儿办法也不想？我一下就冲到被锁上的舱门门口，不停地敲击门板，大吼道：“要撞上了，快点儿转方向！”

看我这么一敲，其他人立即反应过来，全部过来帮忙，可是敲了半天，根本没有人理会我们，窗外的黑影眨眼间就近在眼前。我心生绝望，心说难道要死在这里？忽然有人惊叫起来：“啊，居然是安庆号！”

我大吃一惊，立即冲过去，向窗外靠近的黑影望了过去。这时倒没人挤我。我奋力眺望，看见迎面而来的黑影子，果然是一艘大轮船，那艘大轮船残破不堪，已经快要沉了，一侧的船头已经翘了起来，整个船斜插在水里，姿势诡异，露出水面的船头部分，隐约写着“安庆号”三个大字。

安庆号！我叔父就是乘这艘大轮船离开的泉州！我心里一凉，看着这艘不知遭遇了什么的船，几乎崩溃了。

船都成这样了，船上的人怎么样了？

几个眨眼之后，安庆号近在咫尺，几乎就在我们眼前，很多碎片已经被冲上了甲板。

借着闪电打出的亮光看向海面，我看得更清楚了。那艘看上去就比福昌号大很多的轮船，已经只能说是一大堆还没有解体的木板，勾连错合地勉强拼凑在一起，浮在被闪电光映得无比苍白的海面上，随着巨浪翻滚着。

它的船头和船尾翘出海面，船头上白色的“安庆号”三个字就像墓碑体一样阴沉。整条船体的中间，已经全部坍瘪了下去，就好似被发怒的龙王爷，用它那巨大的龙爪，猛然一击，将坚固的安庆号从中间击散了一样。

最让我们毛骨悚然的，是在那三根东倒西歪的桅杆上，从上到下密密麻麻地挂满了人，全都耷拉着脑袋，不知道是死是活。一瞬间我似乎看到了当时的景象，他们一定是安庆号遇难的时候攀爬上去，想在残骸上等待救援的。

整个场面就像一幅海上地狱受刑图，而这些人不知道死了没有。

安庆号竟然变成这种鬼样子，不知道之前发生了什么诡异的事情，但无论如何叔父都凶多吉少了。这个时候，我忽然想起叔父和我在一起的种种场景，一个可怕的念头吞噬着我的心：最后一个和我有血缘关系的亲人也不在了。不是抛弃我，再也见不到了的那种，而是真的不在了，从今往后，我是真真正正地独自活在这个世界上了。

我无措地转头看向身边，周围的乘客都阴沉着脸。

这个时候，有人忽然叫道："上面的人还活着。"

我心中一惊，转头，就看到在残骸上的那些人中，有人在朝我们招手。

"救人！"我心中一激动，立即冲到舱门口，像疯了一样猛踹舱门，"蛟爷，救人！"

没有人帮我，连阿惠都没有帮我，我也不知道是怎么踹开舱门的，一下冲了出去。

外面狂风暴雨一下扑面而来，几乎把我重新甩进了舱里，我咬牙冲了出去，一下就发现为什么不管我怎么踹门都没有人听到，因为整个甲板上全是暴雨打着船板的声音。那声音极其响，嘈杂过我听到的任何一种声音，在里面我什么都听不到。

甲板上一片混乱，淘海客慌乱地在船上跑动着，大喊声被风雨声给撕成碎片，我茫然地看着这一切，在这种场面下，别说救安庆号，就是福昌号也岌岌可危。可叔父就在安庆号上，我又怎么能看着他不管？

仅凭我一个人的能力，是不可能救人的。慌乱中，我的第一反应就是去找七哥，他一定有办法！

他住在顶舱，那就是和淘海客住在一起，我跌跌撞撞地跑到木梯边，想要爬上去找他。这短短的一节木梯，在这种时候却犹如攀爬天梯。福昌号不停地剧烈晃动，强劲的风夹带着雨水打在我的身上，隐隐作痛。好容易爬上去，看着走道两边的休息舱，我却愣住了，我不知道他住在哪一间里。

呆了片刻，我冲到走道里，发疯一样大声喊道：“七哥，七哥！”喊声刚刚出口，就被天地之威给淹没，连自己都听不太清楚自己的吼声。我挨着门敲打，却没有一扇门能敲开，不知道是淘海客都下到甲板上了，还是因为整艘船都在晃动，里面就算有人也不予理会。

我沮丧地在走道上蹲了下来，焦急得直想捶墙，但想到安庆号上的叔父，便咬了咬牙，重新往甲板上冲去。这么一会儿，风浪更大了，船身抖动中，我一个没有抓稳，从木梯上摔了下来。

抓住甲板的缝隙，我几乎是被浪和雨水压在甲板上爬，隐约间我看到所有的淘海客都已经在自己的位置上，扯动着帆绳。在这么巨大的声音中，人的声音太渺小了，根本无法用来对话，但是所有的淘海客都看着船的尾帆。

顺着其他人的视线搜寻了一番，我发现了蛟爷的身影，果然，那个尾帆是蛟爷拽着。他站在舵盘上，用脚踩着舵杆，一手拉着尾帆，其他的所有人就看着尾帆摆动的方向来拉动主帆。

我一下就知道为什么是这样的设计，像乌艚这样不算大的船，能够在外海航行，原来就是靠的这一手绝活。

风浪中，船甲板几乎倾斜得像个陡坡一样，我扒着甲板上的缝隙，竭力向蛟爷的方向爬去。另一边安庆号的残骸几乎贴着船舷，但是始终没有撞上去，似乎有一股奇怪的力量，在拽着两条船打转。

我无暇去看，爬到一个淘海客边上的时候，他几乎贴着我朝我大吼：

“你出来干什么？”我没回答他，但随即他就不理我了。显然他并不关心我的死活。

从甲板到后舵，平时走走只要十几步，但是我在风浪中感觉几乎爬了一天，我也不知道我是如何没有被冲下船去的。

我浑身湿透地爬到后舵，蛟爷看到我，很是吃惊，大吼道：“你来干什么？！”

我咬了咬牙，上前两步忍着眼中的泪大吼道：“蛟爷，我的亲叔父在安庆号上，现在不知死活，您大恩大德，派人救救安庆号上的人吧！”尽管我的心里不抱什么希望，但这是我唯一能为叔父做的了。

蛟爷看了我一眼，大吼道：“自身难保，不想死就回舱去。这儿谁也没功夫管别人！”

我不死心，就上去想抓住蛟爷的舵杆，可还没抓到，就觉得眼前什么东西一晃，我脑子嗡的一声，人立即飞了出去。从后舵摔到甲板上，撞到一根帆绳上才停下来。

我翻身起来，边上一个淘海客一脚把我踹到船舷边，我感觉到自己胸口火辣辣地疼，翻开衣服一看，胸口上竟有一个七个脚趾的脚印，我竟然是被蛟爷一脚踢飞出来的。

那一脚的速度太快了，我竟然什么都没有看到。我咳嗽了几声，终于吐了出来，也不知道是血还是食物，但是也管不了那么多，还想继续上去。但是，在颠簸的船上走了两步就站不住了，只好对着一边的淘海客大叫：“兄弟，有绳子吗？行行好救救他们吧。”

“滚开！”他对我大骂。

“可是他们还没有死啊！你看他们还在动。”我顾不得那么多，想爬上去拉他。

“放你妈的狗屁，没死，你仔细看看，那些到底是什么东西！”

—— / 第十七章 / ——

海蛇

我顺着他的目光看去，此时安庆号的残骸靠得更近了，几乎就贴在船舷上，我一看不由自主地一阵头皮发麻，浑身冒起鸡皮疙瘩。我看见那片海面里不光有残骸，竟然还有无数的海蛇，蛇头不停地窜动着啃食船板，看上去就像海水在不停颤抖，从而扰动了那些尸体。

那些海蛇，正在不停地啃食着那些遇难者的尸体。当时的整片海面就像是一碗面汤，里面正翻滚着无数细长的面条，缠绕着浮在海面的尸体，一条条海蛇黄蓝相间，闪着粼粼的荧光，而茫茫无尽的海面，竟是因为这种海蛇，完全变成了灰黄色。

我被这个恐怖的情景吓呆了，站立在甲板上，一动也不敢动。

“它们来了！它们往福昌号游过来了！蛟爷，那些海蛇往福昌号扑过来了！”有一个在船舷边的淘海客惊慌失措地叫起来，我抓住船舷往下看，那片灰黄色的海蛇群，竟然全部都在往福昌号涌来。

这种场面是我有生以来遇见的最像梦的场景，可惜却是一场噩梦。这时候我已经分不清，海面上蠕动着的海蛇和随时将会把船撕碎的风浪，到底哪个更恐怖一些。

残破的安庆号和福昌号几乎是并行着，马上就要撞在一起，安庆号桅杆上的尸体就在不远处摇摇晃晃，仿佛是在嘲笑般看着即将上演的惨剧，看着我们将一步步变成他们那样。

就在我不知道事情会如何发展的时候，边上淘海客一声大吼，我不清楚发生了什么事情，四处去望，就看闪电中，蛟爷高高地伸起手臂，拿着一把鱼刀，狠狠地朝手边的绳索砍了下去，随着绳索的断裂，被狂风吹得乱转的尾帆猛然泄了气一样落了下来。

我不明白蛟爷这么做的意思，但显然那些淘海客跟随蛟爷已久，一下子就明白了其中的含义，同时开始降帆，其中有几根绞索缠在了一起，他们干脆直接砍断，刹那间所有的帆都降了下来。

就在这时，一直向福昌号靠近的安庆号已经靠了过来，但降帆后的福昌号速度猛降了下去，安庆号几乎是擦着船舷过去，片刻就掠过福昌号，两船间轰然溅起的高高浪花，升到天上再淋到甲板上，几乎把我砸翻。

我来不及松口气，冲到船边，往下看去，发现海面上那些海蛇还没来得及靠上福昌号，就被这阵巨大的浪流给打散，很多海蛇被浪直接卷上甲板。

立即有淘海客拿出鱼棱把海蛇迅速挑回海里。我不敢帮忙，只看着安庆号逐渐离我们远去。我无法相信地看着这一切，完全不知道发生了什么事情。

半个时辰之后，我们缓缓地冲出了乌云，风浪平息了下来。

等重新看到还没完全落山的太阳时，我才终于从刚才恐怖的景象中缓过来。失去叔父的痛苦，似乎是在刚才被燃烧殆尽，我心中一下空空荡荡，什么也没有。

其他人开始陆续来到甲板上，淘海客们这时筋疲力尽，东倒西歪地躺在地上，也没人去阻止乘客出来。

蛟爷从舵上下来，默默地朝自己的舱走去，一看到他下来，好几个乘客就围了上来，问道："蛟爷，刚才是怎么回事？那些蛇，难道是龙王爷……"

蛟爷却不理他们，哈哈笑了几声，声音出奇地响亮，船上的人都被引得回头看他，钟灿富走到蛟爷身边，好像也有些不解："蛟爷，怎么……"

蛟爷笑得越发大声："看看你们那副熊样，几条小虫子就把你们吓得尿裤子了？你们就这点出息？说出去都给老子丢人！"

此话一出，问话的乘客不好意思起来，其他乘客木着脸，还是远远看着蛟爷，钟灿富则满脸惊疑地道："蛟爷，可这么多……"

一挥手，蛟爷打断了钟灿富的话，说道："自古龙蛇一家，它们这是在代表龙王爷来欢迎咱们出海。我们福昌号好运道啊！正是海蛇产卵的季节，这一次出海，就被咱们遇上了，这是繁荣昌盛的好兆头。你们去准备一下，咱们遇到那么凶险的事情都闯过来了，得顺便拜祭一下龙王爷。"

说完这番话，蛟爷深深地看了钟灿富一眼，然后拍了拍他的肩，走开了。钟灿富恍然大悟地点点头："我明白了，蛟爷，我马上就去安排。"

这番对话声音很大，船上的所有人都看着蛟爷，听他这么说，都松了一口气，甚至开始对着远处的海蛇群指指点点。我没有放下疑虑和担忧，蛟爷这番话明显是说给大家听的，简单的几句话就把恐慌气氛冲淡不少，果然是有些手段。

正思忖着，那边的淘海客们已经在钟灿富的带领下，分成两队走上甲板，开始拜祭不请自来的海蛇们。我虽然对出海人的规矩有一些了解，可还是第一次亲眼看到祭海。仪式并不复杂，但淘海客们还是神情肃穆，做得一丝不苟。

蛟爷在一个脸盆里净了手，接过钟灿富呈上来的三炷香，恭恭敬敬地插在香炉里，然后退后一步，带领所有淘海客跪在甲板上，祈求龙王爷保佑这满船的良善之辈。漫长的祈祷过后，有个被其他淘海客尊称为奎哥的人双手拿来一张黄表纸，铺在了蛟爷膝前，不知道作何用处。

很快，蛟爷一脸严肃地摊开右手掌，奎哥手执一柄鱼棱，飞快划过蛟爷的手掌心，之后，蛟爷突然握拳，牢牢地把刀刃握在手上。

鲜血，一滴一滴地从蛟爷的指缝中淌下来，落到黄表纸上，又飞溅开来。

我正看得莫名其妙，不自禁地开口对旁边的阿惠问道："这是在做什么？"话一出口，想到阿惠只是一个妇道人家，怎么会懂这些。

没想到，一个熟悉的声音接口答道："这是血卜，船老大要根据黄表纸上的血迹印痕，来占卜吉凶。"

我转头一看，是七哥，他正若有所思地看着船老大的举动，我不由得道："七哥，你知道这个？"

宋宗德盯着蛟爷的动作，说道："我有次在内河乘船的时候，大船经过洞庭湖，突然翻起了滔天巨浪，大船晃得随时会翻，船老大疑心是船上有人惹怒了龙王爷，就用血卜的方式占卜——和蛟爷刚才做的一样。焚香祷告之后，船老大就把血手掌印在了黄表纸上。"

"啊，然后怎么样了？"我被他说得好奇起来，不由得追问道。

七哥低声道："大家都说血痕像是一个女人，灵异得很，船上有一个年轻乘客见了那血渍形成的女人像，回过头就失魂落魄地自己投了湖，谁也不明白为什么。后来我听和他一同上船的人说，才知道他们那里有个大户人家的小姐，被那个投河的男人诱骗拐走了，中途因为这个好赌的男人输光了钱又被卖入妓院。小姐不甘心，就跳进了青楼背后的大河里，那个男人做了这件亏心事，原以为神不知鬼不觉，却不承想……"

他正要说下去，突然蛟爷闷哼一声，手掌猛地摊开，将掌上的鲜血印在黄表纸上，我见状也顾不得继续听，踮起脚想看个清楚。

船上都鸦雀无声，但人们都和我一样，拼命伸长颈子，想把那张纸上的印迹看清楚。没有一个人能看到，因为蛟爷把黄表纸拿在手上，背对着众人，一个人仔细端详着血痕。

正在大家都猜测的时候，蛟爷突然哈哈大笑起来：“好卦，好卦，哈哈哈，一帆风顺，大吉大利。”他一边开怀地大笑着，一边将那张纸卷了起来。奎哥伸手去接黄表纸，蛟爷却没有递给他，而是自己握在手心里，站起来往舵盘室走去。

奎哥没料到会是这样，虽然蛟爷走远了，他仍然跪在地上，双手呈接递状态，只是一脸错愕。钟灿富在他身边大笑起来：“老奎，你还傻跪着等圣旨下呀，哈哈哈。”

大笑声中，钟灿富跳了起来，对着待在当场的淘海客大吼道：“你们还跪着干啥？起身干活了！”

淘海客们这才乱纷纷回到各自的岗位，而那个奎哥却没有爬起来，只是瘫坐在甲板上兀自发着愣。

我不明所以，七哥忽然抽了口气，低声对我说：“闽生，你看这片海，很不对劲。”

我把目光从奎哥身上移开，投向海面，却发现海水不知什么时候变了颜色，幽绿中透出一股黑色，远远看去像是黏稠的酱汁。

我打了个冷战，疑惑地说道：“也许出了外海，海水都会变成这样？”

七哥摇摇头：“进了这海域以后，我能感觉到，有些事情要发生了。”

听了七哥的话，再看着周围船客们开心的神色，我有一种很荒唐的感觉。这些人难道都没有发现事情的不对吗？可七哥笃定的神色又让我无法质疑，况且，我的确也能隐隐感觉到这船还是有问题。

可能是见我神色不对，七哥安慰我道：“闽生，你也不要太担心，既来之，则安之。放心，有七哥在。”

我点点头，重重地“嗯”了一声。不管怎么样，现在船上有七哥在，我至少不会觉得孤单了。

—— / 第十八章 / ——

神奇的海域

祭祀完成了，回到船舱的我也已经被晃得头脑昏沉，好不容易起身走出舱外，企图吹吹风让自己能够清醒一些。然而刚走到船舷边，在昏黑的天光下，我却发现，这片海域如七哥所说一样，果然与之前所见大不一样了。

那不是见到安庆号前的蓝得发黑的颜色，也没有海蛇或者影子在其中游动，但看到这片海，却让我有一种腿脚发软的感觉。

放眼望过去，本来应该是或蓝或绿的海面，却变成了恐怖的土黄色，仿佛福昌号是行驶在一片黄土地上，这诡异的景象让我使劲揉了揉双眼，完全不敢相信眼前所见。

整个海面看起来明明是静止的，却出现了一个又一个旋涡。从我的方向看过去，福昌号就处在一个巨大旋涡的边缘，而我眼前不到十米的地方，明明海水往旋涡中心倾斜了下去，福昌号却稳稳当当地停着，没有风浪，没有人声，我们像停在了死海上，甚至像除了我以外的人都睡死了过去一样。

我睁大了眼睛看着，不敢相信眼前的景象，用力拍了拍船舷，船体没有任何振动。我不死心，绕着福昌号看了一圈，海上的旋涡还是静在那里，我的心脏剧烈地跳了起来，这是什么鬼情况？我跑回船舱里去喊阿惠，她却像个死人一样，眼睛紧紧地闭着，满头满脸都是汗，怎么也摇不醒。我又去看其他人，竟然都是一样的状况。

就像是一分钟之内，所有人都失去了意识。

我一下发了慌，起身又要往外去看，舱房里的汽灯发出诡异的光，几乎疑心整艘船上只有我和那跳跃的火苗还能活动。我跌跌撞撞地往舱门跑，却听见了一声幽幽的呻吟，我心里一惊，立刻想到了底舱里那不知名的东西——难道它是有意识的？

几乎是同一时间，随着这声呻吟响起，冰冷的风呼啸着从船舷口钻进来，发出鬼怪怒吼一样的声音，船只开始摇晃起来，我再回头去看，就发现船舱里的人好像都被晃醒了，一个个翻坐起来，一副慌张失措的样子，大声问着发生了什么事。

我顾不上他们，一口气跑到了甲板上探头往外看，那些大大小小的旋涡已经不见了，海面在夜里也重新变成黑绿色，浑浊的海浪拍打着福昌号。

许多人也抱头跑了出来，想知道到底发生了什么。我看着他们，完全不知道眼下是出了什么状况。为什么除了我之外的人刚刚都陷入了昏迷之中？为什么大海会变成那样的情况，一切仿佛静止了？而在呻吟声过后，为什么一切又变得更加疯狂？

呻吟声突然变得高亢，没有任何间断，丝丝缕缕，风声也尖厉起来，好像呼应着它，要刮到我们的心里去。

拥到我身边的人一个个面如土色，双手掩住了耳朵，一脸绝望与灰败，大多数人都倒在了地上。我想到了阿惠，这么混乱的情况下，不知道她怎么样了。醒过来了吗？全叔和黑皮蔡会不会趁这个机会作怪？

我越想越心急，赶忙往船舱跑去，一路留心看着人群里有没有她。

“咚，咚咚……”突然，福昌号的底部，传来了几声巨大的震响，就像有人手持巨大的铁锤，在水下重力敲击着这艘船。呻吟声被完全遮盖了，我被震得头皮发麻，刚才瘫倒在地的人都疯狂地尖叫着，钟灿富凶巴巴的吼叫终于出现：“鬼叫什么？不过是场小风暴，谁再鬼哭狼嚎，马上丢下船喂鱼！”

但是大家早被吓破了胆子，哪里是钟灿富一两句恐吓就能安抚的？而且现在的情况绝不可能是小风暴，船身这样剧烈摇晃，带着那恐怖敲击的巨大回响，我停下脚步，开始绝望起来。

那是什么声音，这么可怕？

钟灿富大声呼喊下着各种命令，淘海客们顶着大雨在外边拼命干活，好像就是眨眼的工夫，他们一个个冒了出来，有人在大声喊：“阿根，你不要命啦，还站在望斗上，赶紧下来啊。”

蛟爷暴戾的吼叫响起：“摔不死你个王八蛋，你们这些王八蛋一天到晚就只知道吃白饭！”

蛟爷的表情前所未有地狰狞，他抬着大脚板啪啪啪地走向钟灿富，这时呻吟声突然又高亢起来，海浪随之掀起小山一样的波涛，向着福昌号劈头盖脑地砸落下来。

我不由自主地趔趄了一下，倒向旁边的舱壁，下意识用手撑住才没倒下，再看蛟爷已经走到了钟灿富身边对他说着什么。淘海客们也都各就各位，开始对抗起暴风雨。

乘客似乎被海上频繁的风浪给搞得麻木了，虽然大家还是恐慌，但很少有人像之前那样，一个浪头打来就处在几近崩溃的状况了。有人大声念着佛经求妈祖，有人在低声地哭泣。在一片混乱中，也不知道过了多久，我忽然发现那个令人害怕的呻吟声渐渐消失了。

我敏锐地发现，虽然风雨还在继续，但福昌号晃动的频率和幅度都小了很多，现在基本已经处在遇到小风浪的正常状况下。只是船舱里混乱不堪，大家还处于惊恐的气氛里。

正待舒口气，忽然一声“咩”的声音在我身边响起。

我吓了一跳，侧头看去，发现一个孩子突然对着我翻了一下白眼，然后直挺挺地倒了下去，身体拼命抽搐起来，嘴里还慢慢流出了白沫。

这是什么情况？中邪？羊痫风！

我赶忙蹲上前两步，稳住身体，向那正在抽风的孩子半蹲着走了过去。果然我的判断没错，行进中福昌号虽然摇晃着，却不像之前几次那样猛烈得会把我甩出去了。

我抱住他，见他牙关紧闭，摸了摸他脖后的脉搏，第一反应就是，这是羊痫风。这个病说不好什么时候就会发作，一般也就是一盏茶时间，就会自己好起来。但若是出现意外，很可能把舌头咬断，或者脑里充血而死。

我得救他！作为一个郎中，这是我自然而然的反应，我从随身的口袋里取出银针盒，就想要替孩子治疗，却不料那个叫雷嫂的妇女，突然一把将孩子抢了过去，紧紧抱在怀中，惊恐地看着我大声哭喊道：“你要干什么？你想要干什么？”

“我是郎中，这孩子可能得了羊痫风，你放心，让我看看。”说着我很快就把银针盒掏出来打开，耐心道，“你相信我，我学了十几年医术，这个不难治。”

雷嫂望着我将信将疑，我诚恳地看着她伸出手去，她终于松了手把孩子递过来。我赶紧接过，稍微把了把脉，心里有了主意，立刻找准穴位，轻轻地旋转着银针扎下，针尖刺破皮肤后快速扎到了位置。这种轻、稳、快的针灸手法，我学了足足五年，这样扎既不会痛也不会偏离穴位。银针扎进穴位后，不出片刻，我马上看见孩子僵直的手脚猛然一松，抽搐终于停止了。

我松了一口气，拔出银针。随着我的动作，雷嫂却马上发出一声尖厉的哭号："天哪，你这个挨千刀的人贩子，你把我的小强怎么样了？你害死了我的小强！小强，我可怜的小强啊……"

她的孩子睁大眼睛抬起头来，茫然地说道："娘，你怎么哭了？"

"别出声！"看到孩子出声，雷嫂却没有喜出望外，反倒吩咐道，"小强，你别怕，看妈打这个人贩子给你出气……"话音未落，一个耳光照着我脸上扇了过来，毫无防备下我被打得眼冒金星，一屁股坐在了地上。

她居然还真的下死手打人啊！我完全没料到帮她把孩子治好了却还要挨耳光，马上喊道："你怎么打人？"雷嫂警惕地看着我："拍花子，你拿针扎我儿子，你说我干吗打人？"回头看见她的儿子不再抽搐了，好像清醒过来，复又转怒为喜："小强啊，我的乖儿子，你没事就好。"

我瞠目结舌，几乎气极反笑，没再继续说话，把银针收起来扭头就走。这艘船和这些人太他娘的邪门，在这里实在没有道理可讲，只能是以后少管闲事。

回到阿惠身边，见她面色苍白地坐在那里，我靠着她坐下来，刚想跟她说话，一个带着瓜皮帽、穿着半新不旧的马褂、看起来像个土财主的男人，往我这边挪了过来，半信半疑地问道："拍花子，你真会给人看病？"

不等我说话，阿惠正色回答道："他不是拍花子，他是真郎中。"

那面色蜡黄的土财主"噢"了一声，把脑袋缩了回去，往外看了看雷嫂他们，又拿胳膊碰了碰我："我不管你是拍花子还是真郎中，你那里有没有能治疝气的药？我老毛病又犯了，他娘的没事就疼，你不用号什么脉，随便给点药就行，老毛病，我自己知道。"

"药当然有。"我打开放在阿惠身边的藤木药箱，取出一盒药丸数出四颗递过去，"这是丁香导气丸，你找点热水，先把两枚药丸送下去，明天晚上睡觉前再服两枚，去不了你的病根，但总可以少受痛楚。"

土财主接了过去，立刻问我要给多少钱，我看他警惕的模样，心知他担心我多要银钱，就笑着说不用了，大家有缘坐一条船，治病救人本来就是我们学医人应该做的事情。于是他放松下来，千恩万谢地接过药丸，从身边掏出个小水壶，好像去外面找淘海客要热水去了。

马上一个瘦得像皮猴的乘客也凑近前来，对我道："郎中，自打我上了这条船，就总感到全身发冷，有气无力，还有就是，全身上下哪儿都不舒服，你能不能给拿点药吃？"

我看着他的气色想了想，给了瘦皮猴一剂家传的补益丸，他的病看上去就像因为过于恐惧导致邪气入侵，说明白点就是吓的，吃点补药，恢复恢复精神应该就好了。

又有人凑了过来："团仔，我晕船晕得厉害，上船以后就不停地吐啊吐，五脏六腑都快要吐出来了，你有没有什么现成的药给我一点？"

……

船上的乘客，居然有许多患病者，再加上许多人是第一次出海，不习惯海船摇晃，原本好端端的身体，这时全都疾病百出。我精神大为振作，像是回到了泉涌堂病人排队等着自己看病时，开始专心地给他们诊病抓药。

中间七哥下来了一次，我很开心地招呼他，他看着我面前排的长队却皱起了眉头。走到我身边，低声对我说道："闽生，你搞什么！"

我错愕地回答："在给船上的人看病啊，七哥，你是不是在怀疑我的医术？放心吧，我在泉涌堂都已经出师了……"

七哥挥挥手，打断我得意的诉说，表情怪异地看着我："你是傻了吗？别搞了，这样会出事的。"

我不太理解他的意思，因为看他的表情，仿佛我正在做一件不可思议的傻事，便努力辩解道："七哥，这些病症都是些小问题，反正我闲着也没事，帮大家看看病，也是做善事啊。"

七哥摇了摇头，叹了口气，没再说什么，自顾自走了。我虽然不明白为什么七哥非常不满意我给船客们看病，但心想这总不是坏事吧，也就懒得再去想了。

等我空闲下来，才发现福昌号的摇晃不知什么时候已经彻底停止了，太阳也落到了海平面上。等到金灿灿的夕阳光线一暗，它已经从平静的海面上落了下去。

我稍微休息了一会儿，黑暗很快降临，吃过船上发的咸鱼，一个淘海客提着汽灯走了进来，打量了一圈，又整理了一下遮波板，没多久就转身走了。汽灯随着船只的摇摆来回晃动，映照出舱内人们忽明忽暗的脸，我活动着身体，有人拍了我一把，瓮声瓮气道："我后背和腰上又酸又疼，有没有大力丸膏药给我贴一贴？"

我回头一看，一个瘦得像猴子一样的家伙，面冲向我，嘴里吐出臭气，露着几颗歪曲发黑的门牙。

怎么又是这个瘦皮猴？我很是吃惊，隐隐感觉到不妥，问道："我不是已经给过你一次药吗？"

瘦皮猴诡谲地冲我一笑，扬声说道："我浑身上下都不舒服，让你看看有什么不行的？你到底是不是郎中？"

我诧异起来，把手按在药箱上，看了看满脸挑衅的瘦皮猴，这才发现他后头还有几个人，好像白天都跟全叔和黑皮蔡一起闲聊过。我也回想起来，除了全叔和黑皮蔡，眼前这几个人都曾经让我给他们看病给药，而且一说病情就是半天。

原来他们根本不是什么病人，而是装病。

我的心顿时往下一沉，止不住地愤怒起来："你们想干什么？"

黑皮蔡的阴腔阳调在人群后面响起："还能干什么？别人就是一个生了病的人，以为你是郎中，所以才找你看病，你到底是不是郎中啊，可千万别是什么拍花子跑到船上来贩卖迷药啊！"

我想要找到隐藏在人群后的黑皮蔡，却看不见他，因为瘦皮猴那伙人挡在了我面前，并且有人开始起哄。我焦躁起来，冲着黑皮蔡说话的方向大喝一声：“黑皮蔡，你少在这里煽风点火，你们这两个人贩子骗人不成就害人，你们在泉州这些年干的坏事还嫌少吗？”

黑皮蔡没有吭声，反倒是那个土财主挤了进来，满脸怒气地冲我吼叫道：“拍花子，你到底给我吃了什么药？”

他的声音很大，尤其是故意叫我“拍花子”这三个字，叫得尤为响亮。他分明是在提醒船舱里的乘客，我是一个拍花子，而不是治病救人的大夫。

我一下怒气冲天，咬牙吼着：“你说你疝气发作了，是因为船上太湿太潮、邪气入侵导致的，我给你丁香导气丸，就是理气缓痛的，有什么不妥？”

“不对，不对，”土财主用力摇着头，“我以前发病的时候，吃了药从来就没有这么不舒服过，你的药，吃了就肚子痛，你给我的药有问题，老实说，你是不是对我下了毒？”

全叔阴腔阳调地说话了：“早就告诉过你们，药不能乱吃，也不看看是什么人给你们的药，现在好了吧？不听好人言，吃亏在眼前，说不定你们吃下去的全都是迷药和毒药呢。”

听全叔又在挑拨离间，阿惠也火了，质问道：“你这个仙人党，你想骗我，被闽生拆穿了，现在就跑来报复，你在胡说些什么？这药哪里不对？”

全叔阴笑道：“他的药对不对，大概只有你最清楚了，是不是？”说完，咯咯怪笑起来。

阿惠气得面色煞白，站起来还要再说，不想那个陈水妹忽然跳出来，质问道：“要是他的药对症，那你怎么就不吃呢？”

阿惠呆了一呆：“莫名其妙，我的身体好好的又没有病痛，吃药干什么？”

我面前的几个人全都哈哈笑了起来，黑皮蔡的声音尤其刺耳："看见了没有？这个拍花子的迷药就是厉害，这个婆娘吃了迷药，现在连脑子都糊涂了。可惜啊，这么漂亮的女人，却被这个小白脸哄骗得如此痴迷，等船到了马尼拉，小白脸把你往窑子里一卖，到时候你就算清醒也晚了！"

黑皮蔡这番话，起到了极大的效果，陈水妹突然就跳到我面前，将手中的药丸照我脸上扔了过来："还你的迷魂药，老娘不吃，想用迷药拐骗老娘，做你的春秋大梦去吧！"

随后冲上来的是土财主，他也将药丸照我的脸上重重一甩，大声骂道："难怪你不要钱！一对狗男女，都不是好东西。"

"你们……好心救治你们，你们怎么能这样不分青红皂白？"我气得发抖，他们打在我身上最后滚落在地的药丸，都是我费时费力亲自炮制的，现在被他们白白糟蹋不说，还要串通起来诬陷我！我为什么就那么容易相信他们说的话，而不先号一下脉呢？

我还是太大意了，以为全叔和黑皮蔡害怕蛟爷的规矩，不敢在船上再对我下手，所以放松了警惕。可谁料得到，他们竟然会煽动这些陷入疯狂的乘客，想借乘客之手除掉我。

这时候他们的情绪已经被撩拨起来，就听雷嫂大喊道："把这个拍花子丢下海去！"

我有些愣住，弄不懂雷嫂为什么这么激动，我明明救了她的小孩，她不感恩也就算了，怎么还一副恨我入骨的样子？

黑皮蔡马上阴笑道："雷嫂，你没听船上有规矩吗？随便扔人下海怎么行？万一触犯了龙王爷，一船的人都要遭殃。不如把他扔到底舱单独关着，免得一不留神他又给人下药！"

听了他的话，那些被煽动的人，眼神中充满疑惑和仇视，就在下午，我给他们看病时他们还都是一脸良善，有的还拉着我道谢。不过半天工夫，就

起了这样大的反差，一股苦涩涌到了心头，

我挥手大声申辩道：“你们不要听这几个骗子乱讲，我叫程闽生，泉州城里羊公巷以针灸出名的泉涌堂就是我们程家开的，你们之中肯定有谁认识我的叔父和我，麻烦出来帮我给他们做个见证，小弟在这里拜谢了。”

然而话音落下，全无反应，乘客们反而大声谩骂起来，黑皮蔡又站出来指着阿惠道：“大家请看，拍花子后面那个穿旗袍的漂亮娘儿们，就是被他在上船前下了迷药的，她现在已经被迷得神志不清了，还在帮他说好话。真是可笑啊，她可不知道小白脸卖过的漂亮女人数都数不清。”

这下大家的注意力又转到了正在为我辩白的阿惠身上，陈水妹愤怒地叫起来：“这个拍花子的心思太歹毒了，卖了别人还让别人给他数钱，大家一起上，打死他！”

她的话刚说完，船舱里的乘客就一窝蜂地怪叫起来，蜂拥而上，把我围在当中，数不清的手脚往我身上招呼。我躲闪不及，气怒之下反倒感觉不到什么疼痛，只是觉得脑袋嗡嗡地响，仿佛头皮都快要裂开了。我身边的阿惠曾努力想把打我的人推开，然而她力气太小了，被挤出去后再也挤不进来，反倒是有好几只手趁乱摸向她，我也只能眼睁睁地干看着，无能为力。

混乱之中，全叔又挤了进来拦在我面前，一边挡住那些疯狂的乘客，一边用忠厚善意的声调说道：“大家不要闹，也不要吵，咱们这是在船上，不像在岸上的时候，可以将这个拍花子扭送到官府去，在船上嘛，咱们就要遵守人家淘海客的规矩。”

“对！”黑皮蔡在外围振臂呼道，“大家一起上，先好好教训他一顿，然后把他扔到底舱，不能让他再祸害大家！”

全叔顺势点了点头，对大家说道：“这个办法好，大家先把他拖出去打一顿，出出气，一会儿我去把他弄到底舱去。”

马上几个身强力壮的乘客拥过来，拖手拖脚地把我拉出舱，几下把我打倒在甲板上，我死死蜷住身体，双手护住头颅，只感到无数拳头和脚砸在我身上，心脏剧烈地跳动着，几乎要跳出胸腔。我不知道是不是这就要被打死了，心里万念俱灰，索性闭上了眼睛。

死就死吧，我心里狠狠地想着：来世不要做好人了！

——／第十九章／——

蛟爷的病

在这生死关头，忽然身上的拳脚停了下来，接着听到有人怒气冲冲地喝道："大半夜的吵什么吵！怎么回事？你们不老老实实地在舱里待着睡觉，是不是着急想见龙王爷？！"

听见大胡子钟灿富的吼骂声，没来由地，我内心松了一口气，虽然并不指望钟灿富这些淘海客救我。边上的邱守雄急忙气愤地道："这人是个拍花子，他在船上给我们吃毒药丸，被我们捉到了。"

紧跟着，他老婆陈水妹迎向淘海客，笑了一笑："大哥，这个小白脸是个人贩子，拍花卖假药，把好人家的黄花大闺女拐骗了卖到窑子里去，甚至就连人家吃奶的娃娃也不放过。"

"好大的狗胆，竟敢在蛟爷的船上胡来！"钟灿富大声说着，把灯提高一些，照了一下这边。我看见他一脸厌恶地看了我一眼，马上皱起眉头道，"怎么又是你？"转而问陈水妹，"他把谁家的黄花大闺女卖到窑子里去了？"

陈水妹登时语塞，土财主急忙说道："听说他卖的女人多了去了，有名有姓的就有几十个——我从不骗人，我们家在花县乡下可是足足有三百亩好水田啊！”

钟灿富摇了摇头：“什么乱七八糟的，这年头，有几个是正经人？卖个大姑娘进窑子算什么事，值得这么大惊小怪，我先前就吩咐虾仔警告你们别再找他的麻烦了，你们现在这是干什么？”

阿惠这时抢上一步，着急地道：“他们要打闽生一顿，然后关到底舱去！大哥快救救他！”

邱守雄呸了一声，跑过来推开阿惠，又对钟灿富点头哈腰道：“我们是按船上的规矩办事的。”

钟灿富“咦”了一声，往前走了两步，吼道：“什么规矩我不知道？船上什么时候有这种规矩？福昌号，什么时候轮到你一个乡下土鳖来吆三喝四？”

邱守雄张着嘴眨了眨眼睛，顿时气馁了：“不关我事，这是大家的意思……”

“少他娘废话！”钟灿富晃了晃手里锋利的鱼棱，冷冰冰地道，“这个人，我不管他是拍花子还是卖假药的，我只知道他是给了钱上船的乘客，你们如果把他打死，等船到了南洋，他的家人找我们福昌号要人，我拿什么交代？”

众人还是心有不甘，望着钟灿富结结巴巴地道：“可这个人是个骗子，毒郎中，拍花子……”

“够了！”钟灿富高声喝道，“你他娘的，在福昌号上，规矩只有一条，那就是蛟爷的规矩，没有蛟爷发话，你们这些杂碎趁早给我把人放下，不然，老子把你们一个一个全都请去喂鲨鱼！”

“你这人，还讲不讲道理了？”有人冲上去想和钟灿富理论，却听一声喝叫，没等他冲到钟灿富身边，蓝幽幽的弧光一闪，就听他尖叫一声，已经被钟灿富一鱼棱挑得翻飞起来，黑暗之中也看不到人影，然后“咕咚”一声，接着传来痛苦的惨叫和呻吟声。我吓了一跳，心说不妙，不过再一看，他只是被挑翻撞到了后面的遮波板上，还好没有掉进海里。

这么一来，刚才还坚决围着我的那些乘客，忽然一哄而散，丢下我掉头就往鱼舱里跑，只剩下黑皮蔡和全叔两个人，看着钟灿富欲言又止。

钟灿富冷冷地看向我道：“你他娘的能不能少给老子惹麻烦？”

我呼呼喘着粗气，心有余悸地道：“是他们不分青红皂白，我是本分人。”

钟灿富一脸鄙夷地打断了我：“什么皂白皂黑的，刚才要不是我帮你主持公道，你他娘的都变成鱼饵了。你如果没什么可以孝敬老子的，好听的总该讲几句吧，现在还和我装孙子，也不看看你现在的熊样。你还本分人，从你一上船就和那个娘儿们明铺暗盖勾勾搭搭，难道这事还是别人错怪你了？”

“这明明是两码事！”我一时语塞，本来我是出于好心免费坐诊，还白送人医药，却没料到是这样的下场，而我和阿惠之间的关系就更是说不清了。

正想说什么，全叔抢先开口说道：“灿富头纤啊，你听我说，别被这小白脸的可怜样给骗了，船上的人都恨不得把他扔下海呢。依我的意思，他在舱里总是搞事，不如把他关到底舱去，大家眼不见心不烦……”

钟灿富听到这里，厉声打断他的话道：“你个杂碎是什么德行我还不知道？你到底是想干什么？为什么老想着把他丢到底舱去，你们昨天夜里就想摸进下面去，我还没找你算账！”说着揪住他的衣领就往船边拖，边骂道，“看来老子不发威，你们以为我说话是不算话的！”

黑皮蔡一看忙上前阻挡，但被钟灿富身边的淘海客给拦住。全叔顿时慌了神，鬼哭狼嚎地扯着嗓子叫了起来：“蛟爷，救命啊，蛟爷，你老人家救救我啊……”

我看着他们这副狼狈的样子，心中着实有些解气，全叔那死胖子居然中气十足，死死地抓住桅杆，一刻不停地高声喊叫着。很快，从上面的舱房走下来一个举着灯笼的淘海客，对钟灿富说：“蛟爷问你们在搞什么？”他的目光打量了一下周围，指了指我们，“蛟爷吩咐了，把这些人都带上去。他要看看是谁把下面舱里搞得乌烟瘴气的。”

说完，举灯的淘海客掉头顺着木梯上去，钟灿富悻悻地松开全叔，也跟着走了上去。这时阿惠从旁边冲了过来，我拉着她的手跟上钟灿富。我们从舵盘室旁边的一把木梯直接走了上去，之后到了主舱室。门口有两个粗壮的汉子双手环着胸守着，我拉着阿惠，硬着头皮走进去，迎面就看到了蛟爷。

出乎意料的是，白天总是一脸镇定的蛟爷，此时正面色铁青地抱着一条腿坐在船板上，手捏成拳头捶着腿，一副老年人腿疼病犯了时的模样。

他见我们进来，抬起头看过来，只这一眼，我就又感觉到那种压迫的气势。

蛟爷平静地问道：“怎么回事？”

我强作镇静道：“他们，他们要打死我扔我到底舱。”

“哦？哪个要这么干？”蛟爷顿时眼皮一抬，放出精光，全叔这时也进来了，一进门就满脸堆笑，冲着蛟爷点头哈腰道：“蛟爷，多时不见，您身体可好？”

我一看他们还接上头了，这两个家伙居然和蛟爷有交情！心里不由得紧张起来。但再看蛟爷，面色依旧淡淡的，看样子交情恐怕是谈不上了。果然，蛟爷板着脸问道：“你们怎么回事？想搞什么鬼？”

全叔“嘿嘿”了一声，说道：“蛟爷，这个小白脸是拍花子、假郎中，刚刚下药差点儿要了几个人的命，大家只是要扔他喂鱼。”

“你胡说！”随着他的话音落地，阿惠着急道，“你才是人贩子，想骗我结果被闽生撞破了，就想把闽生丢到底舱去！”

我拉拉阿惠，示意她不必多说，在这个世道，道理是讲不清的，在这条船上，更是没有道理可言，否则怎么会遇见那么多怪事？

随着我的动作，蛟爷喝了一声："闭嘴！照以前的规矩，女人是不准上渔船的，要不是世道太乱逼不得已，本来也不需要咱们的渔船载人去南洋。虽然收了你们的船钱，但在这条船上，还轮不到你们娘儿们来指手画脚，没你说话的份儿，你要是再嚷嚷，我把你们统统喂鱼！"

一通话下来，阿惠当即噤了声，然后蛟爷转头问全叔："他是拍花子，那你们不是正好同行？难道他抢了你的生意？"

全叔摆了摆手，讪笑道："没有没有，蛟爷，我们早就改邪归正做生意，不干这种事情了。"

蛟爷不置可否，想了想，对全叔说道："我懒得管你做什么，听说你们鬼鬼祟祟地老想往底舱下面钻，别的我不多说了，再发现一次，直接扔海里，到时候别说我不念一点儿旧情。"

这一番话听得全叔额头冒汗，连连点头答应，一句也不敢狡辩。我正暗自叫好，没想到蛟爷侧过身子，厌恶地看着我，冷冷地道："下迷药当拍花子，迷奸人家黄花闺女，卖假药毒害人，既然你干了这么多坏事，人家就算要打死你，也没什么不对吧？"

看来连蛟爷也误会我了，我辩解道："我不是拍花的，我真的是郎中。"

但是蛟爷根本不听，反而斜睨着我道："你拍花也好，祸害人家的闺女也好，给人吃假药也罢，都是你们自己的事情，老子不管，总之你不要在我的船上乱搞！"

看来自己这屎盆子是被扣定了，我受不得冤枉，直着嗓子道："我真的不是坏人！是全叔他们拍花不成反而诬陷我！"

"不可能！"蛟爷一口打断我的话，"你是好人？哈哈，这个年头，好人早就死光死绝了，要不然怎么会让小日本欺负到家里来呢？你如果不是坏人，早他娘死翘翘了，怎么可能还好好地活到现在？”

我被蛟爷的一番歪理邪说弄得说不出话，只能再次辩解道：“我真是一个郎中，我家是泉州城里出了名的泉涌堂，号称程一针的就是我的亲叔父，好多淘海客都找我叔父治过风湿腰痛症的。”

蛟爷不屑地笑了笑，冲着旁边的奎哥道：“既然敢号称程一针的高徒，那就让他看看我这是什么病症。”

说着挽起他那条只有船老大才能穿的、蓝色底上绣着八仙过海图的十字裆龙裤裤脚：“团仔，你来瞧瞧我这条腿，几十年的老风湿，难倒了不知道多少大大小小的名医，你说的这个敢叫程一针的人我没有听说过，但名师肯定出高徒嘛！”

我被他说得脸一红，倒像自己真是冒牌货一样，但这时候也不能退缩，只好走过去，仔细去摸蛟爷那肿大的膝盖，还有上下相关的经脉穴位，分别按住了问他这些穴位和经脉哪些地方痛以及痛的程度。了解清楚后，我心里已经有了比较准确的诊断，倒不是太慌，慢慢道：“蛟爷，您这不是老风湿，而是黑寒病，难怪总也治不好。”

蛟爷愣了一愣，看了看奎哥，奎哥哈哈大笑起来：“丢你老母，你也就只有睡人家婆娘的本事了，蛟爷明明就是多年的风湿病，你偏偏要冒充高明说什么听都没听过的黑寒病，团仔，你懂就懂，不懂就不要当庸医害人。”

“不对。”我摇摇头坚持说，“风湿虽然是南方跑海的淘海客常患的疾病，但也因为海上的冬天湿冷透骨，有个别的人就容易患上黑寒病，看上去表面的症状和风湿病差不多，但是它们的病理却是两回事，如果诊断错了，按风湿病来治黑寒病肯定是没有疗效的，所以蛟爷才会怎么也治不好。”

奎哥看了看将信将疑的蛟爷：“蛟爷，听他说得好像也有几分道理，要不，让他试试？”

蛟爷用手捶着膝盖不动声色，奎哥便对我道：“听说你下午在舱里给人治过病？”

于是我原原本本把事情讲了一遍，先简单地从不小心撞破全叔他们的骗局开始，指了指身后的受害者阿惠，然后说他们不停地报复我，接着重点讲了在船上发现雷嫂的儿子犯病，我扎针治好了他的羊痫风，别的乘客也来找我治病，结果全叔和黑皮蔡串通了陈水妹等人，诬陷我是假郎中。

“雷嫂？是不是就是以前咱们船上头纤雷海宁的娘儿们？”蛟爷问道，见奎哥点头，才点头说，“她那个独苗儿子倒确实有抽羊痫风的毛病，如果你真把他扎好了，那好，今天我就让你个囝仔帮我看看这个所谓的黑寒病！”

刚才在我讲述的过程中，全叔一直面如猪肝，但是碍于蛟爷在场，没敢造次，现在我马上要给蛟爷看病了，他终于忍不住道：“蛟爷，这个小白脸不可靠，小心着了他的道！”

蛟爷不耐烦地挥手：“你们往常干的那些事我又不是不知道，以后不许在我的船上搞三搞四。你们都先回舱里去。”

全叔终于满脸不情愿地推着黑皮蔡离开，我通过刚才的讲述理出了思路，犹疑了一下，说道：“蛟爷，我忽然发现，好像全叔他们并不是想陷害我，或者说，他们并不是想害死我，而是想逼我到底舱去。”

蛟爷眉头一跳，阴沉地看了我一眼，奎哥立刻在一旁道：“拍花子，你不用想太多，蛟爷自有主意。”

说实话，我也不知道自己的猜测是不是正确，也不知道这么做有什么用意，那底舱似乎是怪声的源头，我早从好奇变成了敬而远之。当即，我开始给蛟爷摸脉，做起熟悉的事情，我渐渐平静了下来，细心感受着手上的脉象，诊断蛟爷黑寒病的病情。

——/第二十章/——

施恩

当我准确地说出蛟爷的腿总在午后发痛，以及风雨过后湿气重的时候症状也加重时，被我示意坐下来伸直腿的蛟爷终于满意地点了点头，他的态度也和蔼了一些。

我从随身口袋里取出银针盒，看准了蛟爷腿上的穴位，一手虚按着穴位周围，另一手轻而快地旋转着将针扎下。这样行针，既不会让患者觉得疼痛，也不会刺偏穴位，叔父曾经手把手教了我五年针灸，现在捏着叔父传给我的温润的针盒，就总是想起叔父捉着我的手教我行针时的情景。而现如今，我的叔父，你到底在哪里呢？

委中穴、内外膝眼、足三里、三阴交、犊鼻穴，分别扎好以后，我挨个将银针轻轻地深入旋转几圈，蛟爷马上身体颤了一下，然后轻松地将腿放平在舱板上："歪头鸡碰到青溟虫，你这拍花子的银针，扎得还有点儿像是那么一回事嘛。"

我询问道："是不是觉得穴位上在跳动，整条腿上都很酸麻？"

蛟爷抬起头看看奎哥，然后点了点头，奎哥便闪身出了主舱。

想了想，我又正色道："您这条腿，主要是因为湿寒入骨，加上经脉堵塞，气血不畅，经络在膝盖弯处结成了淤积，一发作起来，就像是腿断了一样，疼得让人发狂，现在针在里面，就不会那么痛了。再扎个几次，把瘀血和经络化开，慢慢就会好的。"

蛟爷将身体慢慢向后躺倒："想不到你这么年轻的小白脸，居然就有这么一身本事，那你为什么还要去做拍花子呢？"

"我真的不是拍花子。"看到蛟爷这样，我的心里也轻快起来。就见蛟爷很是享受地眯起眼，瞄着穿着旗袍的阿惠，慢慢道："你不是拍花子，怎么人家一个粉白雪嫩的小娘儿们就心甘情愿地跟着你？"

一直在边上看着的阿惠顿时红了脸，我看着她这模样，心中一荡，立刻咳嗽了一声，装作没有听到发问，又算了算时间，把银针都旋转了一圈，绕开话题道："感觉好些了吗？"

蛟爷一手放在胸前抓了两把，舒服地道："不错，不疼了。还别说，你这拍花的，不光是会拍花、帮别人睡娘儿们，扎针的本事，好像也不错嘛。"

得到他的夸奖，我顿时松了一口气，想着离抵达南洋还有很长一段时间，全叔和黑皮蔡想必不会放过我，而眼前给蛟爷治病却是一个机会，如果治好他的黑寒病，我和阿惠就算找到了靠山。

踌躇了一下，我郑重其事地承诺道："蛟爷，我的确是个郎中，别的事情不敢说，您这条腿，我还是能打包票给您治好的。"

到了这时候，气氛已经非常融洽，阿惠趁机福了一礼小声向蛟爷告退，告诉我说她先回船舱里去。

等她走了一会儿，浑身舒坦的蛟爷起了兴致，一边咕噜噜地抽着水烟筒，一边继续跟我聊天，我俩就地盘坐在主舱室里，开始闲聊起来。

让我大为无奈的是，蛟爷三句两句总绕不开阿惠的事，一会儿说到她将来一定好生养儿子，一会儿说阿惠对我像是有几分真心的，让我别卖到妓院里去，否则也太狠心了。我不知道这个蛟爷是不是晕针了，为什么一直拿这个说事儿，只能认真地一遍遍说着“我不是拍花子，我不卖”。

这种谈话没完没了地进行着，我渐渐烦躁起来，但是蛟爷不开口，我又怎么能离得开？最后我彻底认了输，承认我是拍花子，并答应船老大，以后再也不去勾引别人家的黄花大闺女了，就跟小娘儿们阿惠安安生生地过日子，让她替我生养几个大胖儿子帮我们程家传宗接代。

就这么有一搭没一搭地说着，一直懒洋洋的蛟爷忽然睁开了眼睛，目光在灯下显得雪亮骇人：“这么粉嫩的小娘儿们你当然应该留着自己用了，但是，团仔你也要留一手防着，那小娘儿们的来历可能不简单啊。”

“我这双眼睛，很少看错人的。”蛟爷见我一副不敢相信的样子，他想了想又说，“你是个年轻后生仔，可能没有遇到过世事的险恶。你遇上的全叔和黑皮蔡这两个人贩子，只不过是江湖上不入流的小角色。如果遇到真正的恶人，依他们做事的狠辣劲儿，你去搅事的时候，马上当场命丧，哪里还会留你到现在！”

蛟爷顿了一下，估计是看到我面色不好，缓和了语气道：“我不是吓你，但你仔细想过没有，一个胆敢穿得如此招摇的漂亮小娘儿们，她凭什么在这样乱的世道里活下来？我早就说过，在这个世道，良善人早就死光了，活下来的都不是什么好人。”

我陡然困惑起来，难道阿惠真的有问题吗？我不愿意把她往坏处想。见我不说话，蛟爷也没有再深说，我见时间差不多了，开始准备拔针。

这个时候，变故突发，本来一直安静沉稳的船，突然剧烈地摇晃起来。蛟爷面色一变，马上作势要站起来往舱外冲去，我见状赶紧按住蛟爷：“别急，蛟爷，银针不取出来，断在里面可是天大的麻烦，而且你刚针灸完，全身酸麻，要休息一两个时辰身上才会有力气。”

就在我稳住蛟爷刚把银针悉数取完时，一个淘海客打开了舱门，外面顺势涌来狂风呼啸、海浪轰鸣的声音，那个淘海客又急忙把舱门关好，报告道：“蛟爷，快，她的病又犯了，这次好像比以前都严重啊。”

她是谁？我正不明所以，耳边突然响起了那可怕的呻吟声，清晰得好像就在身边发出的一样。我惊诧地看着蛟爷，他已经迫不及待地站了起来，一脸忧色地走了出去。

我见蛟爷话也不说地直接出门，也不好问，只好尴尬地跟着他走出来，一路下了楼梯，海上的风这么一会儿的工夫就变得剧烈无比，吹得我和之后跟来的淘海客几乎站立不住，只有蛟爷依旧步履稳健。

刚走到甲板上，一排城墙一样的巨大海浪，迎面就向福昌号的左舷砸了过来，我站立不稳，瞬间被抛上了半空，然后重重跌倒在甲板上，被浇得浑身淌水。等我再爬起来，就看见蛟爷仍然稳稳当当地走在甲板上，感觉在狂风暴雨中的他好比天神一样，不动如山。

我艰难地尾随蛟爷，却看到他向着底舱走去。我心里早就认定这里面一定有什么秘密，不愿意沾染上，就向蛟爷告辞，准备自己回舱去。意外的是蛟爷却叫了我一声，示意我跟上。

我无法推辞，只能疑惑地跟上，随着蛟爷打开底舱门钻了进去，门马上被关上了。光线一下暗了下来，却反而觉得安全多了，至少外面的狂风大浪暂时被关在外面了。

钟灿富带着几个淘海客站在底舱内，看见蛟爷到了，赶紧问道：“蛟爷，帆都收了，太平锚也下了，但船还是摇晃得厉害——这小子？”

蛟爷威严地盯了钟灿富一眼，钟灿富就闭上了嘴。这时那个奇怪而可怕的呻吟声又高亢地响了起来，夹杂在恐怖的风暴呼啸声里，我的头皮登时开始发毛。

一个淘海客小声道："蛟爷，这么大的风暴，恐怕咱们福昌号吃不消啊！"

蛟爷勃然大怒，说道："这么点儿风雨就乱阵脚了？你们第一次出海？！"

说着他捏了捏刚针灸过的腿，照理说他现在正是虚弱的时候，经络刚经过针灸的疏通，现在应当是全身酸麻使不上力气的，但他却依旧能够在大风浪中站稳，真不可思议。

被他这么大声训斥后，那个淘海客悻悻地闭上了嘴。另一个淘海客本来上前了一步，也准备说什么，迟疑了一下，忽然猛地跪倒在蛟爷面前。

我上了福昌号后，对那些淘海客最深的印象就是都很粗鲁、凶狠，而且浑身透出那种对生死毫不在乎的劲头，但此时那个跪在地上的家伙，声音发颤，显然心里已经恐惧到了极点，他简直是带着哭腔道："蛟爷，这样下去不是办法啊，虾仔我跟着您出海十几年，从没遇到过像现在这么急的风暴啊，这一次咱们可能扛不住了，蛟爷您得想想这船上有两百多条人命啊！蛟爷！蛟爷！"

一时间淘海客们都跪在了船板上，就连钟灿富也抱着蛟爷的腿道："蛟爷，这样下去是压不住的啊！风暴再这样下去我们迟早要翻船，看在我们跟了您十多年的分儿上，给大家一条活路吧。"

随着他乞求的话，其他淘海客也都眼巴巴地望着蛟爷："是啊，蛟爷！"

站在角落里的我心里惊疑不定，看不明白这是怎么一回事，蛟爷在他们当中就像是朝堂上的皇帝，而淘海客们都是一群犯了死罪正在求饶的大臣。只是隐隐猜到他们在求蛟爷做一种什么决定。而这个决定和这风浪似乎有着什么联系。

这种出乎意料的局面，让我有些紧张，身子不由自主地靠向舱壁，警惕着事态的发展，企图让自己的存在感越少越好。这些人虽然貌似卑微，但态度看起来很坚决，上船之后的经历让我知道，越少开口，越少麻烦。

蛟爷看起来非常地生气，我站在他的侧后方，能明显地看到他脸颊下的肌肉一阵滚动，看起来是咬着牙控制着怒火。他来回扫视着跪在面前的淘海客们，并且不时地瞪一瞪他们，那些跪在地上的家伙头深深地埋下去，我猜也许他们也很害怕看见蛟爷眼神中的怒火。

蛟爷重重地哼了两声，我正好奇他会怎么处置，他突然转头看向我，冲我招招手。

我头皮一麻，知道已经躲不过去，果然喊我跟下来就没好事。也许真是我命格不好，已经尽量低调不惹事，麻烦事却还是找上门来。

看样子蛟爷早有打算，我硬着头皮走了过去。蛟爷拍拍我的肩膀，然后用平静的语气对面前跪倒的淘海客们说道："行了，你们都起来吧。这个小伙子有套家传的针灸绝学，刚才他帮我治腿效果很不错。现在我就叫他看一下，如果不能治再说！"

淘海客们依然跪在那里，没有人说话，沉默的气氛一下子尴尬了起来。我悄悄又往舱壁靠了靠，生怕发生什么会波及我。

蛟爷看样子是真的有些发怒了，"哼"了一声，忽然猛地一跺脚，七指的光脚板踩在地上，整个舱室都抖动了起来，屋子里回荡着嗡嗡的闷声。

跪在他面前的两个淘海客被这一跺，吓得跌坐在地。蛟爷的怒火显然已经压制不住，指着他们大声吼道："你们是想反了吗？啊？"他中气十足，这一吼又是极其愤怒，我站在旁边都感到两耳嗡嗡作响，那些淘海客显然是怕极了他，开始相互顾盼，犹豫了起来。

蛟爷看他们犹豫的样子，更不耐烦了，抬腿就是一脚，把面前的一个家伙给踹倒在地，声音越发冷酷："谁还想要留在这里，不要怪我不客气了。"

话音刚落，那些刚刚还一脸坚决的家伙全都脸如死灰，不声不响地站起来，一个个低头走了出去。

片刻之间，舱里就剩下我们两人。我这才发现自己已经贴在舱壁上了，不免有些尴尬，上前了两步，却不知道说什么，只好站在那里，心里忐忑不安。

蛟爷叉着手，很酷地站在那里，看着那些淘海客都走出舱并把舱门关起来，才转身对我说道："小子，你不是说你医术高明吗，跟我来吧。"

我心里打鼓，隐约猜到蛟爷要干什么，这舱里无路可去，只有那个奇怪的压舱石，难道是要我跟他下去？还是有点难以相信，因为在我的心目中，这是船上的一个大秘密，就这样让我知道，一时间我的好奇心消退不小，反而有些担心知道秘密后是不是会有危险。

蛟爷却根本不管我那么多，不由分说一直走到底舱中间，中间那块贴着禁符的压舱石，看似沉重，但蛟爷随意地就搬开了，放在一旁。

我看到压舱石挪开的地方，露出了两块方正的活动舱板。下面果然有密室！

我紧张地看着蛟爷伸手向上提起翻开两块方正的舱板，下面有灯光泄出，照亮了舱板打开后露出的下面的木梯。这时，蛟爷回头看了我一眼。

我很难形容出这个眼神里想表达的东西。怎么说呢？我能感觉到他的犹豫，对我的怀疑，甚至还有一丝烦躁和无奈，有那么一瞬间，我甚至觉得他会把舱板放下，然后冲过来把我扔下海去。

这一瞬间我觉得无比漫长，蛟爷就保持着这个姿势片刻，然后视线从我身上收回，当先一步从木梯走了下去。

看着他整个人消失在舱口，我犹豫了片刻，我猜想下面可能是个病人。虽然不明白是什么原因让他们要搞得这么神秘，但从之前蛟爷和淘海客们的对话中，可以看出这个病人和风浪确实是有所联系的。

这艘诡异的福昌号，神秘的底舱里一定装着某种答案，可以解释种种奇怪，而我马上就能知道了。这个时候，我暗暗下了决心，一定要利用这个机会，彻底搞清楚这一切到底是怎么回事。这不仅仅是为了满足好奇心，在这险恶的大海上，船上的人举动又都奇怪神秘，如果我依然什么都不知道，是完全不能够保证自己可以生存下去的。

我终于还是没有勇气离开，深吸了一口气，也爬了下去。

—/第二十一章/—

船舱下的病人

因为这个秘舱修在下面，所以木梯几乎是垂直的，我小心地用脚踩住梯子，慢慢往下面挪动。脚落在梯子上，发出轻轻的响声，出乎我的意料，居然有回声。我不禁愣了一下，歪头向下看去，却发现蛟爷的身影已经快要没在黑暗里，但他下梯子的声音依然有节奏地传来。我顿时有点发蒙，这梯子到底有多深，又通向哪里？

复杂的心情，让我提高了警惕，借着下方不知道哪里传来的微弱亮光，我发现梯子周围的墙壁上，居然贴了好些那种奇怪的道符，从痕迹可以看出，也许是因为有些发潮，所以符上的朱砂已经有些洇开的痕迹，符咒已经模糊，看样子不是新贴上去的。

人总是这样，在紧张的时候会有意识地封闭一些感官，另外一些感觉则分外敏感，我发现这些看上去有些日子且有些潮迹的符咒的同时，鼻子里开始闻到一股奇怪的味道，我不能马上分辨出那到底是什么，但是直觉这是因为长久不见天日而导致的潮湿味，夹杂着一丝香火烧后的味道。

又往下走了几格，我就闻见下面一股刺鼻的药味扑面而来，立即分辨出药味中含有马钱子、茯苓、三星草等药草。如果是之前，我闻到这些药味，一定会想，这起码肯定是个活人，至少不会是什么鬼怪之类，心里可能会稍稍放松一些。

现在我无法做出任何判断，因为我马上听到了那微弱下去，但又熟悉得要命的呻吟声。这次不是响在耳边，而是在遥远的地方若隐若现。我继续往梯子下爬去，忽然有一种感觉，仿佛我这是在往地狱的深处自投罗网地走去。

这时梯子已经到了底，我怀着忐忑的心情爬下最后一格木梯，转过身去，发现身边的角落里有一盏油灯，而前面是一条幽长的走廊，我站在油灯旁边，反而看不到黑暗里的任何东西。这时候我心里已经完全处于震惊中，完全不能理解为什么这样一艘普通的渔船会有这么复杂的密舱，这里面到底有什么样的秘密？没有时间给我多想，因为蛟爷毫不迟疑地走了进去，我只好快步跟上。

这条长廊倒不是很长，行了几步，拐了一个弯，蛟爷就站定脚步。我适应了黑暗，发现面前是一扇门，让我头皮发麻的是，门上贴满了道符。在这诡异的福昌号的船底出现这么多道符，让这扇门看起来更像是关押着地狱恶魔的入口。

蛟爷再次站住，回头看了我一下，再度犹豫了片刻，终究没有说话，轻轻推开门。这个时候我的恐惧已经到达了顶峰，我甚至猜想，按照话本小说里讲的，蛟爷应该是一个恶魔，把我带到这里，是为了杀掉献给邪神。

胡思乱想只是电光石火的一刹那，门开了后，我顿时呆住了，因为里面只有一个人。

一个躺在天蓝色床单上的小女子，正好奇地看着门外的我。

仅仅是这一眼就已经勾魂夺魄，在我的心里掀起了滔天巨浪，就好比眼前这个小女子，有着通神的魔力一样。我没料到自己竟然会看见一个这样的小女子，而且她只是看着我，就牢牢地抓住了我的心神，迫使我的注意力必须全部集中在她身上。

事先在我的想象中，所有人提到底舱都是一副神秘莫测的样子，从他们的对话看得出下面应该是个病人。我之前已经有了这样的猜测，并且进一步推断，这个病人一定是已经病入膏肓，形容枯槁，甚至有可能是满身溃烂，流淌脓水的那种。我已经做好了心理准备，可眼前的这个病人却完全出乎我的意料。

这是一个身材纤瘦的小女孩，乍一眼看去，不过是十六岁的模样。她穿着一件月白色的过膝高领对襟衫，衣襟、领口和袖边都镶着天蓝色的布花边，黑长浓密的头发可能和她的衣衫一样长，一绺一绺地顺着她的身体曲线流淌婉转，就像是盛开在天蓝色床单上的一朵黑色大花，紧紧地裹缠着她一身素衣的身体，在那张毫无血色几近透明的脸上，有一对弯弯的黑色浓眉和一双大得惊人的眼睛。虽然看上去有些没精神，但如果我是在其他地方看到她，一定不会觉得她有什么大病在身，最多也就是下个体质柔弱的判断。

还有一个稀奇的事情是，我有生以来，从未见过有谁有这么大的眼睛，就像她的整张脸被这双眼睛占据了一半。那望向我的目光飘忽不定，幽深得好似遥不可达，就像那双眼睛里有一片秘密而美丽的大海。

我失神地望着她那双似睡非睡的大眼睛，直到蛟爷闷哼一声，一巴掌拍在我的肩膀上，才听见他道："拍花的，赶紧瞧瞧她的病。"

我这才醒悟过来，赶紧上前一步放下藤箱，对大眼睛女孩说："这位姑娘，麻烦你把手腕伸给我，我好帮你摸脉诊病。"

说话的同时我也注意到，这个女孩单手紧紧地抓着一只匣子，虽然匣子隐在衣袖之内看不清全貌，但单就我能见到的一角来看，那精致的雕工和光滑内敛的木纹却已显露出，那一定是非常华丽的。

大眼睛女孩好似没看见我一样，往我的方向看了一眼，很快眼神又转向了别处。我这才发现，她的眼睛虽然很大，却没有什么神采，就像是两颗没有光彩的宝石。甚至我再细看，陡然就升起一种奇怪的感觉——她的眼里根本就没有看到这个船舱里的任何东西，她的心思，好像根本就不在这里，或者，根本不在这个世界里。

那么，这个女孩和风暴之间有什么关系？这个问题让我回过神来，重新打量起这个女孩和这间密室。

这间屋子的外面用古怪的压舱石和道符压住，但屋子里却没有什么道符之类的东西，看上去就是一个普通女孩住的屋子，除了一扇不大的窗外，就是一个柜子还有一张小桌子，桌子上放着一盅药水，旁边还放着些药丸。虽然简单了些，在这样的海船上有这么一间安静的小屋子已经算不错了。整个屋子显得非常干净整洁，比我们住的鱼舱显然好太多了。

这个女孩待在船上似乎已经很久了，我甚至怀疑她有没有下过船。因为她看我的眼神，是带着好奇和新鲜，给我一种感觉，那就是她很少见到生人。她的头发很长，又黑又密，因为蜷在床上，给人的感觉好像是整个人都被裹在黑发里。

头发从头到脚缠得满身都是，露出来的脸和手腕都白得接近透明，甚至能清楚地看见一股股青红的血脉。她浓黑的眉毛如同弯月，一直弯到了两边的鬓角，嘴唇却和苍白的面色相反，显出肝火旺盛的鲜红样子。

我又轻轻喊了两声，她依然好奇地看着我，却还是没有作声。我犹豫再三，只好自己伸出手去，从缠裹她身体的头发里，寻找到她的手腕并轻轻拉了过来。这一下轻轻接触，入手就是一阵冰冷，我好似摸到了一块万年不化的寒冰，就像冬天咽下冰水一样，一股浓得化不开的寒意一直沁入我的心里面。

我情不自禁打了个冷战，强自压下寒意，把食指搭在她的脉搏上。这时我听到她发出一声叹息似的轻微的呻吟声，顿时我的手一抖，我确信了那个和风暴相呼应、搅得整条船的人心神不宁的呻吟声，果然就是她发出来的！

这时她也有了反应，那对大眼睛里，闪过一丝询问的神情。接着一抹红潮慢慢在她的脸颊上泛滥起来，我感受到她的脉搏弹跳突然加快，她的体温也开始迅速发热升高，不出片刻，就烫得吓人。

这突然之间产生的古怪变故，让我差一点儿叫出声，手下意识地自己缩了回来。大眼睛女孩似乎是觉得冒犯了我，对我笑了一笑，我忍住心里的惊疑，试探着又搭上她柔软无力的手腕，继续感觉脉象。这次感觉她的体温有些高，但是在可以忍耐的范围内，刚刚应该是自己太过紧张的错觉吧。

我闭上眼，静下心来感觉，发现这个女孩的脉象极度紊乱，却不是一般重病患者那种细若游丝的感觉，脉象时而有力，时而微弱，完全找不到任何规律。

我从未遇见过这种奇怪的脉象，正在苦思这到底是什么病症，女孩红艳的嘴唇翕动了一下，像要说什么却没说出来，只是又发出一声很不舒服的呻吟声，身体慢慢地扭动着换了一个姿势。看着她缓缓翻身，我发现，这女孩的身体姿势僵硬怪异，似乎控制自己的身体都有些费劲。

她将身子侧向了舱壁，不知道是不是睡了过去。我站在那里脑子急速转动，拼命回想着这十多年来我在药铺里所见识过的种种病患，回忆着叔父讲过的症状以及教给我的诊断医诀，却是越想越没有头绪，找不出完全对症的先例。

这时候，身后传来蛟爷的声音：“到底能不能治？”

蛟爷的声音虽然不大，但我听出了他压制着的疑惑和怒气，看样子如果我告诉他，自己对此束手无策的话，之前好容易得来的一点信任就会失去，在船上的日子恐怕就难过得紧了。

按照我能想出来的药方子，无非是马钱子、茯苓、三星草等清心宁神的常用药，这样的草药，我已经看见密舱的角落里堆了满满一大竹篮，恐怕这个女孩不止找过一两个大夫看过病。

估算起来，此前那些医生开的药方，无非是按照形神合一的原理来抓的药，照竹篮中的药材来看，他们应该开的都是一些养神宁神静心静气的药。这说明，这些医生也都看出这个女孩心绪不宁，气郁火旺，失眠急躁，扰动心神，所以一般来说应该都是安神养心的结论，看上去好像是对的，但是为什么会没有疗效呢？

这个女孩的病因，照现在的症状分析，可能是非常严重的焦虑引起的，为什么这么一个年纪轻轻的女孩，会产生这样的焦虑感呢？

想到这里，我脑中闪过一个念头，瞬间衡量了下后，有了一个想法。

转过身来，我低声向蛟爷问道："蛟爷，你之前也应该请过不少的医生郎中了吧？估计他们说的也是需要安神养心之类的，对吧？"

蛟爷眼神一动，点头道："确实如此。"紧接着面色一板，"不要废话，继续说。"

我看他的反应，心知猜对了一半，我顿了顿，继续说道："心病还得心药医。蛟爷，我不知道这个小姑娘为什么小小年纪，却有如此重的心思。她这是有很重的心病，虽然表面上的症状不明显，但您应该看得出，这姑娘的身体已经有些僵硬，表面上的原因是气血不畅，实际上还是因为过于焦虑。请恕我说句你老人家不爱听的，这么柔弱的身体，看这样内火焚心，烧不了多久，就会熬干她的心力。"

蛟爷听了我的分析，先是微微点了点头，随后像是想到了什么，又板起了脸。我心中大定，看来他一定知道她的病因，只是不愿意告诉我，于是继续说道："我现在只知道她焦虑异常，神不守舍，唯有守神全形回归自然才行。首先，病人需要清心寡欲以宁神，怡情益性以畅神，这就需要非常安静和没人打扰的环境，把她放在这个密舱里看似是对的，但蛟爷，这空间太过狭小，而且通风不太好，加上这里又只有她一个人，这样的环境会更让她心浮气躁，加重病情。她现在表现出来的症状是忽冷忽热，失眠燥热，如果还有别的症状就需要您告诉我了。”

这些话一口气说完，忽然想到自己语言里对蛟爷的处置颇有指责，心里有些忐忑。还好蛟爷没注意，而是叹了口气，想了想说：“你说的那些我听不懂，她的病基本上也就是你说的那些，整天茶饭不思，三两天才喝半碗粥，无神无力，躺着却又睡不着，头脑昏涨。”想了想，他又补充道，“对了，还有白天总犯迷糊，晚上老是失眠，另外就是像你说的那样，一会儿身体冰冷，一会儿又烫得吓人，发病严重的时候，还痛得满床打滚，可是问起来，也说不出来具体是哪里疼，只说浑身不舒服。等难受那阵过去之后，却也没有什么异常的地方，就和现在一样。没犯病的时候，郎中来看，都说不像有病的样子……”

我看着蛟爷努力回想样子，忽然有些恍惚，他这样絮絮叨叨地讲着话，样子像极了原来药堂里那些来给儿女看病的普通父亲。这时候，他身上没有了那种不怒自威的气势，只是一个普通为女儿的病着急操心的老人。

但听到后面，我越来越觉得诡异，特别是关于发病时的关键叙述。

我最早跟叔父学医时，他就告诉我，中医的望、闻、切、问，都是为了先发现病灶，然后找到病根所在。而病根和病灶有时候联系并不是很直接，比如有些患者视力会忽然变得越来越差，甚至很快就会瞎掉。但其实很可能并不是眼睛本身出了问题，而是得了消渴症。

在叔父严苛的教导下，我对自己的医术是有信心的，这姑娘的病症奇怪，和熟知的病例不符，如果说我是行医经验还不够多，但众多医生都没有看出个所以然，看来是有其他的原因了。

虽然现在还是不能肯定这个女孩的症状，但我已经能大概猜到问题的关键：这不像是身体上有什么问题，更像是精神上出了问题，我甚至怀疑她是邪风入体，被什么不干净的东西给沾上了。

我想，之前那些医生的判断应该都和我差不多，但不知道为什么，看样子他们都没有把这个可能说出来，而只是开了一些治疗气血淤积、安心宁神的药物，现在看来，疗效实在是有限。

念头转到这，我忽然想起一个关键的问题，问蛟爷："这姑娘是从什么时候开始出现问题的？"

蛟爷脸色有些难看，半晌才答道："大概三年前。"

我大为吃惊："这样的症状已经有三年了？"

蛟爷摇摇头道："不是，她本来不严重，症状就像伤风感冒，但总是不能根除，好一阵病一阵，最近几年病得越来越重，犯病的间隔越来越短。今年开春以来，就熬成了这样。也许真是逃不掉的……"说到这里，蛟爷意识到了什么，打住话头，"你到底能不能治？"话里重又透出海老大的那种威势，语气里明显带着不耐烦。

我越听越觉得疑惑，不知道他话里的"逃不掉了"是指什么，直觉他在这女孩的病情上还有所隐瞒，不过既然他不想告诉我，我再多问只会触怒他。

可是我既然已经到了最接近秘密的时候，总不能就此打住，还是希望利用这个机会知道福昌号和这女孩的古怪，于是我换了个话题，装作不在意地问道："既然如此，那应该找个地方让她静养，海上风大浪大，又……"

蛟爷冷冷地打断我："小白脸，不要在这儿和我耍心眼，问你的话没有听见吗？能不能治？"

我顿时哑巴了，暗想这老狐狸果然不好惹，忙道："药到病除不敢打包票，但缓解症状应该没问题。我给她针灸一下。"

看着蛟爷疑惑的表情，我正色解释道："我叔父曾经说针灸包治百病，虽然具体操作起来没有那么神，但是我想，应该能做到百病皆缓。她现在这种状况，光靠吃药是没什么效果的。我会运针刺激她的内关、劳宫、神门、合谷、足三里、三阴交这几个穴位，这样至少会让她恢复几分神气，气血充足了睡眠正常了，身体应该就不会那样虚弱了。”

听我这么说，蛟爷的神色缓和了一些，但还是将信将疑：“我听人说，针灸不是谁都可以，我这丫头的身子本来就弱，会不会扎出问题？”

见蛟爷还是不相信，我耐心解释道：“内关为手厥阴心包经络穴，通于阴维脉，有良好的宁心安神、解郁除烦、宽胸降逆和胃止呕的作用。劳宫安神定志，有明显的镇痛、镇静作用。神门为心经原穴，可宁心安神、镇静除烦、清火凉营。合谷为大肠原穴，能疏风固表、镇静除烦、通调气血、调理脏腑。足三里和三阴交为肝经、肾经与脾经的交会穴，具有健脾益气、养阴安神、滋补肝肾、养肝平肝、行气活血的作用……”

一说到医术，我的信心就自然足了起来，也管不上蛟爷听不听得懂，越说越顺，蛟爷听到后来干脆摆摆手打断我：“就按你说的办，出了问题小心你的狗命。”

蛟爷出去让手下把我的药箱给拿进来，这段不长的时候里，我心情很复杂，脑中转过了无数的念头。我已经能够了解到这艘船背后的秘密，但前提是接下来的治疗是否成功，这关系到我在这艘怪船上今后的生存。

而福昌号一切反常的根源——这个神秘的女孩，刚刚在我和蛟爷说话的时候，就这样躺在床上，好像已经睡了过去。我看着她的侧脸，只是觉得清秀而已，没有第一眼见到时的那种震惊。不由得又想到她的那双清澈的大眼睛，叹了口气，这真是一个奇怪的女孩，却得了如此奇怪的病。

蛟爷很快把我的药箱带来，我取出针，轻轻地把女孩摆正，开始给她针灸。

这种程度的施针对我来说并不是什么难事，但后头站着个虎视眈眈的蛟爷，我听到他发出的沉闷呼吸声，额头不免有些冒汗。如果这时候出了问题，哪怕是那女孩因为疼痛大喊大叫起来，估计蛟爷都会毫不客气地对付我。我深吸一口气，把这些杂念暂时都强行摒除，恢复到心如止水的心境，拿起女孩的一只手臂，稳定地扎下了第一针。

整个过程很顺利，这个女孩在第一针时应该就已经醒了，但对此并不抗拒，不像往常我针灸时，有些病人会害怕得大喊大叫。

只有在针将要扎进去的时候，我才能感觉她全身的肌肉会紧绷着，扎进去的一瞬间，她的身体还会不由自主地轻微打战。而且在我旋转扎在她穴位上的那些针时，明明她已经酸麻得轻轻颤抖，也咬紧了牙关不吭一声。

我有些佩服她的忍耐力，针刺进穴位里的酸麻感觉其实比一般的疼痛更难忍耐。不过这也许是她每次犯病时的痛苦都远超于此。想到这里，我不由得对这个大眼睛的漂亮女孩产生了同情之心。

—— / 第二十二章 / ——

海蛟的女儿

将最后一根针拔出来，我擦了擦头上的汗，深深出了一口气。蛟爷在身后，虽然没有说话，可给我的压力实在不小。

那女孩似乎也感觉到扎针结束了，扭动了两下身体，猛地转过身。只是这个简单的动作，就能看出比肢体僵硬的状况好了许多。她睁开那双大眼睛眨了几下，眼神不再像之前那般无神，好像是猜测我们刚刚在玩了什么游戏一样，嘴角翘起，带着一丝笑意。

我松了一口气，蛟爷也不看我，上前就坐在床边，抓住那女孩的手问道："阿娣，你感觉有没有好一些？"

阿娣点了点头，朝我做了个鬼脸，对蛟爷说道："阿爹，我饿了。"蛟爷摸着阿娣的头，温柔地说："乖女，我马上就叫他们给你送东西吃。"

我咳嗽了一声，对蛟爷说道："蛟爷，吃东西不用着急，针灸完会觉得很乏，让她先休息下。一会儿给她拿些清淡的吃食，分量少一点儿。"

蛟爷抬起头看了我一眼，点头站起身，朝我挥挥手，转身带头从木梯爬出了密舱。

我跟着爬了出去，却看见蛟爷站在前面没有动，刚准备说话，蛟爷先发话了：“小子，你是不是有话要对我讲。”

我本来已经准备好一番措辞，想借治好病人得到蛟爷的信任，然后再找机会询问关于船上的事。他这么忽然一问，我不知蛟爷是什么用意，一时之间反而不知道该怎样接话。

沉默中，我猜测会发生什么，却听到蛟爷叹了口气，问道：“后生仔，我问你，阿娣的病能不能治好？”

我想了想，还是决定说实话：“针灸只是舒缓血络，开始时是有用的。但如果找不到真正的病因，作用会越来越小，就像之前她吃的那些药一样。”说到这里，看蛟爷没有反应，我还是硬着头皮，说出了心里一直想问的话，“我要知道她真正的生病的原因，这样才能想办法彻底治好她。”

“真正的原因？生病就是生病，我要知道原因，还要你们这些郎中干什么？”蛟爷的语气听起来没有真的生气，倒有一股淡淡的懊恼。

我见蛟爷这次对这个话题没有排斥，干脆鼓起勇气把心头的疑问一股脑说了出来：“蛟爷，我虽然这是第一次出远洋，可也算是泉州城里长大的，哪有一艘船像福昌号这样古怪的？出海之前福昌号是改建过的吧？棺材一样的船我还是第一次见。”

“出外海的时候，船上祭拜的是什么神像？我在泉州边上待了这么多年，从来没见过这东西，一看就邪门，你不会说这是妈祖像吧？”

一口气说到这里，我停了停，注意蛟爷的神情。果然，他面露吃惊之色，眼中也露出了凶光。我赶紧口气一转：“蛟爷，你也看到我的医术了，不是江湖骗子吧？阿娣的病我肯定能治，只要您能告诉我关于如何得病的真实情况，我就有办法。”说着一指背后紧闭的大门，“如果我没能做到，您把我扔下海去，我也绝不皱眉头。”

蛟爷看了我很久，脸颊的肉几不可察觉地跳动，我知道，他内心一定在做着艰难的选择。我双手紧握，紧张地等候着蛟爷的决定，直到双手都被汗打湿了，蛟爷皱着的眉头忽然一展，威严地道："我可以告诉你这一切，但你必须上船。"

我听了前半句，提在嗓子眼的一颗心落了下去，但后半句又让我摸不着头脑，我迟疑起来："蛟爷，我已经在船上了啊？"

蛟爷瞪我一眼："你得成为我们船上的一分子，和福昌号同生共死，只有我说同意，你才能下船！"说完转身就朝密舱外走去。

我心里大急，这是说没有蛟爷的命令，就算到了南洋，我也不能下船了？但我只是想活着顺利到南洋，可没想过要把命卖给他啊。正准备开口争取，已经走到货舱门口的蛟爷回过身，指着我说："小子，老实待在这里。"说完拉开门走了出去，外面的淘海客不知道听他吩咐了什么，转过头恶狠狠地盯了我几眼，"哐"一声把门关上了。

待在昏暗的货舱里，我有些蒙，不知道蛟爷把我关在这里是什么意思。仔细回味他之前说的那句话，我有一种不好的预感。我让自己尽量往好的方面想，大不了先答应他，等到南洋之后再想怎么办，这样我就避免了危险，而且很快就能知道所有的一切了。

这次没有让心情忐忑的我等多久，货舱的门忽然被撞开了，几个强壮的淘海客冲了进来，几双手把我摁住，我根本来不及反抗，后面有人踢了我脚窝一下，我扑通一声跪倒在地。幸亏另外有人抓住我的双手反剪在背后，我才没有扑倒在地板上。

惊魂未定之下，忽然眼前一亮，蛟爷从我身后走了出来，右手手里拿着一张刚刚点燃的符纸，上面画着奇怪的花纹，倒和压舱石上的道符有些相似。他对着燃烧的符纸，嘴里念念有词地说着什么，左手一伸，旁边有条汉子递过去一个盛满液体的碗，溅了几点在地板上，我闻到一股烧酒的味道。

这时我已经隐约猜到他们大概要做什么了，这个念头产生的同时，感觉到左手一阵剧痛，接着左手被人拉起，我看到掌心处被划了一条口子，蛟爷把碗伸在我手掌下，接了几滴血，然后把即将燃完的符纸浸进酒里。

果然又是歃血为盟这一套，我心里暗想道，所有的评书话本都是这样说写的，没想到自己有一天会碰到这种事。接下来，更出乎我意料的事情发生了。

蛟爷平端着那碗混着我的血还有符纸灰的酒，举过头顶，朝门口的方向躬身下腰祭拜，我努力转动脖子，勉强看到门口的方向站着一个人影，双手平放腹前，姿势似乎是端着什么东西。虽然看不清楚是什么，但我脑海中自然地浮现了祭拜时出现的那个奇怪的木雕像。一定是在拜那个诡异的神像！

随着蛟爷弯腰把碗里的酒缓缓洒在地板上，周围的那些淘海客也松开了我，我一屁股坐在地上，捂着手上的伤口。我原本以为这种仪式真的会像评书里说的那样，一人手上划上一刀，然后大家一人一口把酒给喝了，没想到只是我自己挨了一下。除此之外，这仪式倒也简单。

但是想到仪式，我心里的惊惧渐起。我有一种感觉，也许整艘船变得非常诡异的原因，就是船上的人信了这种奇怪的神。而现在，我也被裹了进去。甚至我都分不清，我是被迫绑入这件事，还是主动跳进来的。

蛟爷低声说了句什么，其他的淘海客都退了出去，从头到尾，他们都是一言不发，很快货舱里只剩下我和蛟爷两个人。要不是手心火辣辣地疼痛，地上还残留着浓重的酒味，我一定会以为刚刚发生的只是幻觉。

我也懒得站起来，就这么坐在地上，抬头问道：“蛟爷，现在能说了吧？”

蛟爷走过来，坐在我的面前，沉声道：“闽生，我现在把你当成自己人了，会把整个事情全部告诉你。这件事没有其他人知道……”

我赶紧说："蛟爷，你放心。我要泄露一个字，不用你动手，我自己跳到海里去。"

蛟爷未置可否，叹了口气，语气严肃地对我说道："我要讲的事，你一定会觉得不可思议，但这一切都是真的。"

—/第二十三章/—

飓风的传说

蛟爷在泉州城一片的海上人物里，算是顶尖的，所谓艺高人胆大，出海打鱼时经常敢走得更远，这样收获会更大。名声远扬之后，除了打鱼，有时候还会有人找上门来，做一些出外海运货的生意，蛟爷没有细说，但我猜应该和走私有关。福昌号这种类型的船出远洋风险很大，但因为比大货船目标小很多，如果顺利抵达，获利也出奇地高。

十五年前，蛟爷就接了这么一单生意，从泉州前往南洋。但途经马六甲海峡的时候，突然遭遇到一场奇怪的飓风。

这场飓风威势惊人，远远地在海面上卷起巨大的水柱，像是连接海和天之间的通道，向着船只遥遥逼近。福昌号全力向着远离飓风的方向逃离，可飓风夹起的水柱如影随形，一直缓缓地逼近。

而更让人崩溃的是，这时他们发现，远处的海面之下，出现了一个异常巨大的黑影，从飓风刮来的方向，带着骇人的声响向着福昌号飞速地逼近。

惊骇莫名的蛟爷见此情景，赶紧下令转向掉头全速逃跑，一直到夜幕降临，才似乎摆脱了这恐怖的旋风。但天亮之后，所有人却绝望地发现，正前方的远处，一道巨大的水柱，在飓风的夹裹下树立在前方。

而后面还是那个如影随形的庞大怪兽阴影，他们只能再次掉转方向往侧后方逃跑，但不管朝哪个方向逃跑，情形都是一样的。最终绝望地确认，福昌号被这场诡异的龙卷风和海里若隐若现的巨大海兽给死死盯住了。

讲到这里，蛟爷叹气道："后来想起来，这玩意儿就是在把我们往那里赶啊。早知道后面发生的事，当时真应该让福昌号直接冲过那飓风，说不定还有一线生机。就算死了，倒也干净，一了百了。"

听到这儿，我的精神提了起来，知道后面一定发生了很多奇怪的事，屏住呼吸听蛟爷继续讲了下去。

福昌号不知道转了多少方向，变了几次航向。可船往东逃，风就往东刮，船往西跑，风又追到了西边……虽然飓风离他们总是保持在最危险距离的边缘，但船上的伙计还是损伤不小。就这样，船在风浪中不停在生死边缘挣扎，在海上被困了十几天，看不到任何幸存的希望，而飓风的威势和海底巨兽的怪影总是在他们视线里。这种巨大的压力让船上的人精疲力竭，几欲崩溃。连心志最为坚毅的蛟爷也开始祈求祷告，希望能够有神佛保佑，逃离这场劫难。

也许是祷告真的起了作用，一天清晨，当船上的人从头夜和风浪对峙的疲惫中醒来，麻木地睁开双眼时，却吃惊地发现，如影随形的风暴和怪兽都消失了。在这十几天的逃亡中，福昌号不知不觉地，已经驶入了一片陌生的水域里。

明朗的阳光下，他们看到眼前是一片奇异得恍如人间仙境的海域，清澈的海面微波粼粼，一片宁静，和之前的暴风狂雨完全像是两个世界。

更令人振奋的是，远处海面隐约有一个影子。福昌号上的人大喜过望，尽管不知道前方是陆地还是岛屿，但在经历过天怒的他们眼中，这个在海天交际处若隐若现的小黑点，成了一切希望的所在。

逐渐驶近了后，他们就发现四周的海面上逐渐显露出一块块珊瑚礁岩，有红，有蓝，有黄，有紫，气象万千，异彩纷呈。在珊瑚礁之间清澈的海水下，可见一群群大大小小金光闪闪的漂亮鱼儿欢快地来回追逐，只要一群鱼同时转向，立时就反射出一大片耀眼的光芒。

面对这情景，船上庆幸死里逃生的人们反而狐疑起来，这暴风狂雨的海上忽然出现这仙境一般的所在，这种极其不真实的反差，让人心生疑惑。而出现的这些漂亮的礁石，也蕴藏着巨大的危险，因为在其间航行的福昌号随时可能会触礁翻船。

蛟爷不敢大意，命令掌舵的淘海客小心向前行驶，当心搁浅。

但此时让人惊诧的事发生了。经历过之前在风浪中长时间的挣扎，船上的所有风帆早已放下，因为那种时候帆升起只会加大船被风浪打翻的可能。而此时周围虽然无风，船上也无帆，但福昌号的速度却非常地快，船上的水手都在海上生活多年，马上发现问题出在看似平静的海水上。

平静的海面在阳光下微微晃动，看上去似乎睡着一般，但其实水流的速度非常快，裹着福昌号在五颜六色的礁石间擦身而过。

船畔有东西比对着，大家才注意到福昌号是在以非常快的速度前行。这时虽然没有什么风，但海面礁石越来越多，在这样的速度下，就算福昌号船体算坚固异常，但哪里及得上这些坚硬的礁石？幸存的水手们不敢大意，小心驾驶，却发现海水像是有生命一般，托着福昌号飞快地在礁石间穿梭，却在每每即将撞上之时，险之又险地避开。渐渐大家发现这已经不能用好运气来解释了，联想到之前追击他们的怪风和巨浪，大家开始猜测，难道是海龙王显灵，故意把他们带到这里来的？

失去控制的福昌号载着他们，在那片绚丽多彩的珊瑚丛中快速地行进，之前看到的那个黑影也越来越清晰，却不像是小岛，而且远远地发出一片五光十色的光芒。众人越发肯定是龙王显灵，一时间议论纷纷，有人说咱们海上打鱼多年，不知道杀害了龙王爷的多少子孙，这是要我们还命了；有的说是咱们吉人天相，龙王爷开恩打赏我们。

议论中福昌号逐渐驶近，大家看到眼前的景象，全都被震撼地说不出话来。

前面是一片珊瑚礁连成的一块光彩夺目的巨岩，看上去仿佛是各种颜色的宝石融汇在一起，发出灿烂的光芒。但这还不是最让人惊讶的，这块宽广的礁石平台上，竟然搁置着一条样式古老的巨大龙船，这就是他们之前远远看到在海天之际的黑点，此时来到跟前，大家都被这诡异的情景镇住了，因为眼前就像上天造好了一个珊瑚做的架子，然后将龙船小心放了上去一样。

那龙船一眼可知是木制的，但远远看去，船身通体和珊瑚礁石一样，闪烁着光芒。它已经远远超出一般人所说的大船的概念，足足有好几丈高，气势非凡，福昌号相比起来就和一艘小舢板一样渺小。

那艘大船的船头高翘，船尖旁绘着一团盘旋的金龙。面朝大家的那一面，侧舷上六块方板翻开，往里面看去是黑洞洞的一片，显然是炮孔。船头正上方的栏杆漆成朱红色，虽然看不清楚，但大概能看得出上面雕满了各种花纹和异兽的形状，只从这就能看出船的制作精细到何种地步。

高昂的船头保持一个平滑的曲线，但到了船身中部的位置，忽然下沉，到船尾部分忽又上挑，整艘船看起来像是一个左边尖锐右边圆滑的“凹”字。

船身的中部，三根粗壮的桅杆高高耸立，白色的帆升起了一半的高度，似乎来一阵风，这艘大船立刻就能挥帆远去。

船尾的部分，按照一般造船的道理，应该是舱室与船舷，这样可以防止行进中海浪打入室内。但这艘船的船身本来就已经极高，而在船尾上方，甚至还建有一座阁楼。远处只能看到那座阁楼的上半部分，黄色的琉璃瓦，长而翘的飞檐看起来充满了富贵华丽的气息。

福昌号上的人望着那栋华丽精致的阁楼都傻了眼，就是在泉州城里，也难以见到这样漂亮的小楼，更何况是在一望无际的大海上，在这艘来路莫测的巨船上。

船上的淘海客都是祖祖辈辈在海上厮混的，当下有人根据那龙船的样式，认出这是典型的明代时候的宝船，而从船头绘着的龙，还有精致程度，明显判断出这是皇帝出巡时才能有的规格，算算时间，这艘船距此时已经有几百年的历史。

可从外表看上去，这艘巨船不但完整无缺，而且外表还隐隐透出光彩。这情形着实让蛟爷他们猜疑莫名，因为再坚固的船，即使不在海上行驶，光是在水里泡上几百年，也早就应该烂成一堆碎木片了。

这时福昌号也轻轻撞上一块礁石，然后停了下来，仿佛海水就是为了将他们带到这里一般。

这么一副奇怪的场面，让所有人都躁动了起来。在讨论该怎么办的时候，却出现了一些分歧：有些胆大的见摆脱了风暴的威胁，认为是到了仙境，既然龙王爷邀请，他们主张立即登船看看有什么神仙留下的财宝。

而另外一部分人，依然坚持认为这个地方太过诡异，趁着风平浪静，应该赶紧掉头回转，找到归路为好。

两边争论不下，最后还是蛟爷拍了板，既然来了这里，肯定要去查探一下。但他行事还是很谨慎，选了个胆大骁勇的家伙，让他独自先划着小舢板前去，其他人都待在福昌号上，而且船不下锚，如果有什么变故，可以立刻开船离开。

眼看那个胆大的淘海客乘着舢板到了龙船下，拿出一端系有钩子的特制长绳梯，使劲扔上了船，接着拽了拽，感觉没有问题。冲福昌号上挥了挥手，就很快爬了上去。接着一个翻身，就消失在龙船的船舷内。

船上的人耐心等了没有多久，那个家伙就重新出现在船边，动作看起来十分惊慌，顺着绳子就溜了下来，离地还有丈余就松开绳子跳了下来，然后没命地划着舢板逃向了福昌号。

看到这个场面，船上的所有人都紧张起来，死死盯着船上，却不见有什么东西追赶而来。舢板划向福昌号的这段不长的距离中，大家都屏息凝视着那个胆大的淘海客。

但他明显是被吓得不轻，离船不远，就听到他惊慌的喊叫声，等他连滚带爬地回到福昌号上时，已经有些语无伦次，连声叫唤道：“鬼！有鬼！那是鬼船！”

大家本来就神经紧张，听他一喊后哗然一片，蛟爷上前就是一脚，把那淘海客踹飞出去，那家伙爬起来后才详细讲起之前所见。

据那淘海客所说，那艘船上物品齐全，房间众多，犹如迷宫一般庞大，但他试着推开房间，却发现船上一个人影都没有，但其他物品看起来都是完好无损。他胆战心惊一路走进去，在船的正中发现一个宫殿般的大舱。他轻轻推开殿门，却猛然发现大殿的尽头，有座雕着金龙的大椅子，那上面坐着一个身穿黄色龙袍的人，正满面不快地盯着他！

那一眼充满威势，淘海客一个人上船本来就是靠的一股勇气，找到这里时已经被这诡异的空船消磨得差不多了，正是胆战心惊之时，这一眼就吓得大叫一声，本能地转身就跑。

跑了几步，他脑子开始转动，想到这艘船年代已久，很显然不可能有活人出现。那么这个穿龙袍的人毋庸置疑就是鬼怪现身了。他一路狂奔，越想越是害怕，又怕鬼怪跟随而来，连头都不敢回，等逃回福昌号时已经魂不守舍了。

蛟爷听了伙计颠三倒四的话，心里也打起了鼓，依他看来，那应该是不知道年代的达官贵人出海时遭遇了不测，只是不知道什么原因，在海上居然能保存到现在。既然整个船上都没有人，那所谓的龙袍怪人，多半也是那伙计受了惊吓的胡言乱语。

听到这里，我心里暗叹一声，估计当年包括蛟爷在内，所有人都禁受不了这难得一见的诱惑，终究还是要上船去探求一番。

果然，蛟爷说最后还是好奇心战胜了恐惧，于是蛟爷带上人，上了小舢板，向那条龙船划了过去。

等离船近了，蛟爷才发现船体上的木质材料其实早已被海水蚀透，没有解体是因为船体上结了厚厚一层珊瑚岩壳，颜色明丽鲜艳，看起来就犹如一只珊瑚打造的巨船，难怪之前远远看去五彩缤纷，犹如一件精美的工艺品。在珊瑚壳没有覆盖到的地方，尤其是船的底部，被水浸得久了的部位，手稍微使劲，就能在腐朽的船板上抠出一个大洞。

总之，在海上出现这样的东西，虽然看上去很美，却让人心生惧意。一路没有人说话，众人上了甲板后，往船舱里走去，一路上静得让人心里打鼓，的确和之前进来那伙计说的一样，一个人都没有。又往下走了一层，发现了一个巨大的舱门，小心拉开门，他们果然见到了淘海客说的那龙袍人。

蛟爷一眼看去，也是吓了一跳，但这次人多势众，大家和他对视片刻，却发现那人纹丝不动。待蛟爷壮着胆子走近，越发觉得那个人可能根本没死，他那充满了怒气的脸上，就连胡子都根根翘起，好像马上就会开口怒斥这些闯上船的人。

蛟爷做了个手势，示意大家停步，小心地等了半天，那穿着龙袍的人仍然是那副威严的表情，没有丝毫变化。这时候蛟爷才大着胆子率先走到跟前，他伸手过去碰了碰龙袍人，入手冰凉，他才肯定眼前这个栩栩如生的人，其实早已死得不能再死了，只是不知为什么，尸身竟然一直没有腐烂。

再向前走一步，蛟爷仔细打量一番，才发现龙袍人的手中，抱着一只古色古香的匣子。

我听到这里，心里一动，马上想到了见到阿娣时，手里拿着的那只奇怪的木匣。犹豫了一下，我还是没有插嘴，静静地听蛟爷继续讲下去。

这只匣子，既然直到他死前的最后一刻还抱在怀里，那么显然非常重要。蛟爷抑制住内心的巨大好奇，没有去碰，而是先观察起周围。一圈下来，他才发现，龙袍人身前的长案上，还放着一张纸，纸上的墨迹新鲜欲滴，好像那龙袍人刚刚才书写完毕，正留待群臣欣赏的样子。蛟爷小心翼翼地走过去，伸长了脖子仔细看起这张纸上的内容。

原来，这个身着龙袍之人，生前正是大明帝国的第二任皇帝，开国太祖皇帝朱元璋的孙子惠帝朱允炆，史称建文帝。当年朱元璋死后，将帝位传给了朱允炆，可是他的叔父燕王朱棣不忿侄儿削藩，起兵反叛，杀入应天府，建文帝从应天府仓皇而逃，乘着这艘龙船逃往南海而去，却被篡了皇位的明成祖朱棣数次派出心腹太监郑和一路追杀，在数次形势危急、慌不择路中，逃到了这个奇怪的地方，从此再也没能驶出这片海域。

蛟爷看到这里，心中已经不再害怕，而是有些绝望，难道他们这一船人也会被困在这里，再也出不去吗？等他再往下看时，却发现这遗书的后半段另有转机。

纸上的前一段内容，主要是愤怒声讨了燕王朱棣篡权夺位的阴谋和罪行，后一半却话题一转，说起了他手中所持的古匣子。

关于这只匣子的来历，纸上没有详说，只简略提了一句是海上偶得。匣子里有一个神像，形状怪异，匣子内侧刻着一句话：对神许愿，可解海上一切危难，但十五年后必回到原地还愿，否则子孙无存。

建文帝在海上逃亡时日已久，从他所写文字中可以看出，他来到这片奇怪的海域之时，对不停的追杀逃亡厌倦已久，对复位之事早已不再抱希望。虽然没有提到对匣子里的箴言是否相信，但心灰意懒的言语之间，倒是流露出对此地奇情美景的眷恋。

蛟爷看到面前栩栩如生的建文帝遗容，再想到整艘船上除他之外再无一个人，心中大概猜想到了结局：建文帝决意留在此地，不想再回世俗之间。手下仅剩的那些忠心臣子纷纷跳海自尽，最后这艘船变成了建文帝一人的墓穴。

打开匣子后，果然如纸上所说，里面有一具形状诡异的神像，盒子里也有那句话。蛟爷他们毕竟只是一群普通人，没有那么多国仇家恨之类，一心只想回家。于是死马当作活马医，胡乱用祭拜妈祖的方式，在神像前搞了个皈依的仪式。虽然说起来有些可笑，但在那种诡异的情况下，每个人都是真心信这个神像。

回到船上后，福昌号重新朝外开去，这一路上风暴全消。不久就驶出了这片海域。脱险后，蛟爷只当这是做了一场大梦。从此后再也不出远海，只在近海打鱼。当年生了阿娣，更是逐渐忘了此事。

蛟爷安然脱险后，没有当回事，但随着日期临近，自己身上和阿娣身上都出现了很多反常的症状。久治不好之下，蛟爷终于记起当年的事，算一算，当年的十五年之期就快要到了。

听到这里，我明白了为什么蛟爷会把阿娣带在船上。可心里又有一个新的疑问，终于还是问道："那当年和你一起下海的伙计，现在也有这样的症状吗？"

蛟爷沉默了好一会儿才淡淡地说道："都死了。"

—— / 第二十四章 / ——

还愿

这句话虽然平淡，但我有些捉摸不透里面的含义，隐隐觉得背后应该有些故事，不过现在我不关心这个。我皱了皱眉头，刚刚蛟爷说的那些话对我冲击太大。一时之间我根本无法考虑真假，只能暂且当成是真的来想，这样的话，我还是有一些不解的地方。

“蛟爷，既然您是决定去还愿，那这和下南洋的目的不是冲突了吗？”

“那片海域如果还在的话，就在下南洋的路上，估计再过三天我们就能到了。”

“那匣子里没有说怎么才算还愿，您准备到时候怎么做？”

蛟爷轻笑了一声，语气沧桑：“神佛的东西，哪有那么好还的？走一步算一步吧。”

我还想继续问，却听见货舱门被打开了，一个海海客探头进来：“蛟爷，暴风雨好像又要来了！而且咱们可能快到花屿礁了，澎湖岛上不知道有没有日军海防舰，我们要不要绕道避一避？”

蛟爷伸手在地上一撑，站起身对我说道：“闽生，我去舵盘室看看。该说的都告诉你了，阿娣的病就交给你了。我也不要你现在就彻底治好她，至少在到那地方之前，不要让她太难受了。”

我点点头，看着蛟爷往舵盘室走去，回想起自己听到的故事，感觉像做了场梦一样，晕乎乎地走出货舱，这才发现天已经亮了，我熬过了一夜，呼吸着上面的空气，虽然咸腥难闻，但还是让我有一种从阴冥地府返回人间的感觉。那个阿娣带给我的震撼实在太大了，我一时间还难以消化那样诡异的情况，正要回船舱休息一番，忽然一个淘海客边跑边大喊道：“二纤下帆，望台上的人赶紧下来，灿富，快去掌舵盘！”

我也跟着跑了上去，海上的气候真是难以捉摸，前一刻说要来暴风雨，下一秒暴风雨就真来了。刚刚还遍布朝霞的天空，现在已经压下一团团厚重的黑云，深蓝色的海水变成了诡异的颜色，那种颜色就像有人在海面清洗一大匹五彩丝绸，而丝绸全都铺开了一样。再往天上望去，那些翻卷的乌云，居然像花朵开放一样一层层不停翻开，似乎离我越来越近，越来越近。

—— / 第二十五章 / ——

暴风雨再次来临

我目瞪口呆地看着这一切，望着天空神思恍惚——难道我们来到了另一个世界？

这时就听见从东南方向的海底传来剧烈的异响，那是一种令人无法想象和形容的声音，像是峰峦突然崩坍发出的轰鸣，像是心脏狂跳发出的咚咚闷响被放大了一百倍，又像是巨人行走在海底撞断了无数的礁柱。

那种巨大的撞击震动声几欲震裂耳膜，深不可测的大海掀起巨大海浪，福昌号疯狂地颠簸起来，我死死地抓住一切能抓住的东西，浑身的骨头几乎被抖散了架。

我不由自主地呻吟起来，周围乱成一片，在淘海客们紧张的吆喝声中，我听见船身不断发出密集的咄咄声。这是什么情况？是船要裂开了吗？我勉强趴在船舷上一看，只见数不清的鱼惊慌失措地从东南方向往船尾的方向疯狂逃窜，慌不择路地撞在船身上，发出咄咄的声音。

我稍微放心了些，鱼群想必撼动不了好似铁打的福昌号，正要站直些，一个响亮得好像撕裂布匹的声音响起。深沉的海面马上像被某种强大的力量撕开了口子一样，一片森冷的海水硬生生裂了开来，一股大浪被抛上半空直通通地砸向福昌号，一时间大船向右倾倒，甲板上的重物全都漂了起来。

这一下我整个伏在了船舷上，差点儿摔了下去，手上几乎脱力，立刻惊出一身冷汗。等定了神再一看，竟然发现不计其数形态怪异的海鱼堆在了我的脚下。

甲板上到处都是那些怪鱼，有的软脊，有的四腮，有的无鳞，有的生刺；有的红如烈火，有的白如冬雪，有的纹络斑斓，有的透明无骨，它们噼里啪啦地跳动着，一只酒杯形状的粉红色怪鱼摔到我身边的乘客身上，霎时间一道弧光闪过，那个人“妈呀”一声跳了起来，哭号道：“疼！疼死我了！烧死我了！”

怎么？他被鱼烫到了吗？我正想扶过去看看他的病情，又是一大股海水凌空袭来，轰的一声巨响，水花立刻向四面溅开，把一个正在提升遮波板的淘海客带进了海浪之中，他甚至连呼救的声音都没有发出来，眨眼就不见了踪迹。已经乱作一团的甲板上顿时响起淘海客慌乱的喊叫声：“阿根被卷到海里去了！”

蛟爷暴戾的吼叫声甩了出来：“听天由命！各做各事！右转！灿富，丢你老母往右转啊，你娘的第一天掌舵啊，前面是花屿礁。”

说着话，船老大蛟爷不紧不慢地在甲板上走动着，他那天生的七趾畸形大脚板，就像十四枚钢钉，把他牢牢地钉在甲板上，任凭风浪四起不为所动。

福昌号开始艰难地向右急转，大幅度的倾斜导致了船上的重物纷纷向左舷方向滑去，跑到甲板上的乘客发狂地尖叫着，奔跑躲避着重物的撞击，但还是有两个人被粗大的缆绳堆撞飞，惨呼着飞出了船外。

我见势不妙，赶紧往鱼舱里跑，刚走到舱门口，就只听得轰隆一声巨响，震得我飞起来重重地撞在鱼舱前面的舱壁板上，胸膛立刻像挨了一铁锤，连带心肺也被震飞出去一样难受。

我不由得瘫在了地上，大口呼吸着，以为福昌号撞在了礁岩上，马上就要沉到海底了，但停了一会儿，船还是维持着颠簸状态，耳边传来了阿惠的惊叫声，我慢慢向她爬过去。在狂风暴雨中，我们死死地搂抱在一起，对抗着那可怕的晃动，不由自主地碰到舱壁或其他一样在翻滚的淘海客。

不断地从鱼舱里传来那些乘客不由自主的尖叫声。

狂风不息，暴雨如骤，到处都是哭喊之声。

这时候桅杆方向传来蛟爷声嘶力竭的吼叫声，声音已经有些嘶哑："龙王爷！放过福昌号吧！"

我苦笑了一下，这时候求龙王爷有什么用呢？在凄厉的呻吟声中，我升起一个荒唐的想法——事到如今，还不如去求求阿娣，让她安静下来，大海也就不这么疯狂了吧？

但出乎意料的是，黑暗的天空中，突然划过一大股蓝白耀眼的电弧，照亮了抱着桅杆满脸雨水的蛟爷。他的面容是那样苍老和绝望，难道连他那异于常人的七趾脚，也终于钉不住，要求助于外力了吗？

好像是蛟爷的怒吼起了作用，我明显感觉到阿娣的声音渐转渐低，分明是强自压抑，最终消失了……黑暗的大海深处响起一声沉闷而可怕的怒吼，最后也消失了。

我愕然爬起往左舷那边望去，只见一个巨大的怪影缓慢地屈展着浮现出来，海潮随之狂涌，巨大的啸声震动天宇，海水瓢泼般倾泻在船上。

我将耳朵贴在船板上，几乎能够听到海水深处那庞然巨物浮出水面带出的滞闷声音，甚至能够感觉到那个东西的头部、背脊一路摩擦着船底，嚓嚓嚓地震颤着福昌号，然后往船舷的右边游去了。

惊奇的我几步跑到右舷，只见海里破水刚刚沉下去一个巨大无比的影子，那个影子太大，以至于我竟然看不出它与海水的分界，但仅仅是肉眼能看见的部分，就分明比福昌号大了几十倍！

这是什么鬼东西？我惊骇起来，听着那恐怖的嚓嚓声消失在大海的尽头，暴风雨消停下来，顷刻间云开雾散，海面上碧波荡漾，一副晴和景明的美丽风光。适才那狂烈的暴风雨，竟如同一场不真实的梦幻。

但是，这一刻的天空没有出现风雨过后常有的彩虹，有的，只是鱼舱里失去亲人的号哭声，头纤钟灿富带着一个淘海客，安抚落水乘客的家人，奎哥等人在海面上张望了许久，好像没有看见那个落水的阿根以及其他掉入海里的乘客身影，船上的气氛前所未有地沉闷起来。

我也心情沉重，赶紧往鱼舱走去，不知怎么，我忽然有些担心起阿惠来。但就在这时，一名淘海客突然跑了过来，不由分说就把我拉走，一路拉向了舵盘室上的主舱。

—— / 第二十六章 / ——

突如其来的死亡

蛟爷端坐在舵盘室里，面色不善，我有些忐忑，不知道有什么事又惹他不爽。令人惊讶的是，七哥正站在蛟爷的面前，看样子两个人刚刚谈完什么事情，我有些担忧，心想，难道七哥惹到蛟爷了？

七哥听见我进来，转过头来面色阴郁地看着我，没等我开口，就一字一句地对我说道：

“阿惠死了。”

我大惊失色，完全不敢相信他说的话。

要知道不久之前，就是在这里，我给蛟爷治病时，阿惠还脸红红地先告辞回舱里了。怎么不到半天时间就阴阳两隔？

在我面前的如果不是七哥，我恐怕此时已经翻脸，即使这样，我还是不敢相信地问道：“怎么可能？她好好的，怎么会突然就死了？”

七哥没有多说，指了指舱里的一角，几个淘海客正站在那里，见我过去就闪开了身，我看见阿惠正静静地躺在那里，身上盖了一块白布。

我登时头脑有些晕眩，差点儿晕过去。根本不能接受这样的情况，立刻跑了上去，蹲在阿惠身边。那张我熟悉的白皙美丽的脸，现在已经变为乌青发紫，表情里有惊讶和苦楚。我哀痛起来，难以想象她遇到了什么，就听七哥在后头道："你看她脖子那里。"

我往阿惠脖子那里看去，就看见侧面有两个触目惊心的洞孔，却没有任何血迹。我不明所以，又上下打量阿惠，似乎裸露的部分没有其他外伤。那么，阿惠是因为这个死的？是暴毙还是别人害死她？

我站起身看向周围，除了七哥，似乎所有人都是一副戒备的模样，我忽然觉得有些荒谬，难道好人真的不长命？

这时有个声音在我背后道："我没说错吧，这艘船每天都要死一个人，就是那只夜叉鬼要了这娘儿们的命。"

我转身一看，竟然是黑皮蔡，他又道："你说你这个拍花子，拍到最后连货都丢了，赶紧抬出去喂鱼吧！否则该诈尸了！"

阿惠变成现在这个样子，我本来就非常悲痛，又听黑皮蔡说这么不敬的话，我不由得怒从心起，上前几步就要挥拳，七哥却先我一步推开了黑皮蔡，淡淡道："船上自有船上的规矩，这里是蛟爷说了算，你不想惹事吧？"

全叔也冲了过来，目光阴鸷地看着七哥道："这位朋友是哪座山头的？多管什么闲事？"

七哥并不说话，他把手慢慢伸进了鼓鼓囊囊的口袋里。我看见全叔和黑皮蔡的脸色立马变了，全叔也不再吭气，而是把黑皮蔡拉到了一边。七哥淡淡地瞥了他们一眼，走到我身边道："闽生，这女人死得古怪，你怎么看？"

我的心思一下都乱了，简直不忍心去看阿惠，脑中一幕幕回想起她对我的好，虽然认识时间不长，但在这船上，除了七哥，只有她是我的朋友了。我还记得才上船时，她一脸天真地说着什么行走江湖的傻话，现在却变成了一具尸体，躺在这里。

脑子一片空白，我听到自己的声音呆滞地说道："我不知道，我只是奇怪，为什么一个好好的活人，等我回来就变成这样了？"

七哥等了一会儿，说道："我早说过，这艘船有古怪，这女人也许真是被夜叉鬼杀了。人死不能复活，你及早料理她的后事吧。"

这一路来，阿惠颇为照顾我，而今不明不白地去了，我心里难过得要命，和当初与阿姐走散时的心情竟然大同小异，无论如何想不通阿惠怎么会横遭厄运。

而蛟爷从头到尾眉头紧锁，一言不发，这时挥了挥手，奎哥为首的几个人上前，不发一言就把阿惠抬了出去。我追在后头大喊："奎哥，你们要怎么处置她？运到某个船舱放起来？"

奎哥停下脚步，轻蔑地看了我一眼，嗤笑道："你一个拍花子管得倒挺多，她死了你损失不少大洋吧？依我看，她这么死了也比被你卖到南洋去的好。我们是不可能留她的，肯定要丢到海里。"

黑皮蔡和全叔马上笑了起来，我恨得牙痒，转头发现七哥在我身边，沉声对我道："现在也没有别的办法，他们肯定不会留尸首在船上，你强求也没用。"

说话的工夫，淘海客们已经走出了舱外，我目眦欲裂但又无可奈何，心里充满了对这艘船上所有人的仇恨，可又不知道具体应该向谁发火，这种悲愤的感觉让我的胸膛几欲炸开。

蛟爷这时终于开口了："闽生，这种事情我也不晓得怎么安慰你。你这个女人也是，暴风雨来了不知道躲在舱里，也不知道为什么会在甲板上，风雨过后就发现她这个样子了。"

这一番话虽然是在教训阿惠，但我能听出来，他这是在委婉地解释这件事和福昌号上的人没什么关系。

果然他顿了一顿，继续说道：“这女子死得蹊跷，不要让船上其他人知道，免得引起恐慌。闽生，你去下面看看阿娣怎么样了，晚饭我让人给你送下来。”

我知道蛟爷这番话也算是为我好，如果我情绪激动回到船舱，估计很快就会和黑皮蔡他们发生矛盾，要是他们再一宣称阿惠死于夜叉鬼之手，难免会大乱。

我逐渐冷静了下来，知道现在一切已经无法挽回。虽然我怀疑阿惠甚至有可能是蛟爷派人加害的！因为他之前反复提醒我小心阿惠，而且阿惠和我说过这艘船有许多奇怪的地方，也许是她在探查中无意发现了什么，导致遭到毒手。至于黑皮蔡说的什么夜叉鬼，我才不会去信。

可是，要想在这艘危机重重的船上活下来，只有继续依靠蛟爷，治好阿娣才是当务之急。至于阿惠，只能留条命日后给她烧香了。

我极力控制住自己的感情，对七哥说了句“我知道了”，就掉头走出去。

货舱门口的淘海客显然是已经得过命令，也没有拦我。我直接下到了密舱里，阿娣正坐在天蓝色的床单上，大概是之前的针灸消减了她心里的烦躁感，她睁着大得骇人的眼睛，见到我的时候，我从中好似看到一丝欣喜，似乎是看到我的到来有些欣喜。

这样一个正值如花季节的女孩子，被孤零零地囚禁在阴暗湿冷的密舱中，哪怕是进来一条小狗，也会让她欣喜若狂吧？更何况是我这么一个大活人。

我放下藤箱，坐到阿娣身边，牵过她冰凉的手开始号脉。很明显，在这条船上，只有做到蛟爷当我的靠山，我才能安全抵达南洋，只有治好蛟爷和阿娣的病，我才能得到暂时的庇护。

我正在静心体会着脉象，躺在床单上的阿娣突然开口说话了：“听我阿爹说，你这个人，可不是个正经人？”

这是我第一次听见她开口说话，那声音略有些沙哑，带几分鼻音，真不像是她这个年龄的女孩子所应该有的声音，但是那语气，气呼呼的，像是在撒娇又像是在刁难我。这种奇怪的反差，一下就让我愣在了当场，下意识道：“怎么会？”

阿娣黑白分明的眼珠子转了几圈，仔细考虑了什么似的，说道：“我想也可能我阿爹弄错了，你其实看上去不像是一个坏人，为什么他要说早晚把你丢到大海里喂大鱼呢？”

我心里一颤，尽管我还沉浸在对阿惠的悲伤中，但看着她一副调皮的表情，还是忍不住回了一句：“我本来就不是坏人，你可能没有听到蛟爷说的另外一句话。”

“阿爹跟你说什么了？”她马上问我，嘴唇微微张开，一双大眼睛发出亮闪闪的光来，露出非常好奇的模样。我心想，这个女孩子真是太天真了，简直比我还好骗，像她这样用话一引就上钩，如果遇到全叔和黑皮蔡这两个人贩子可怎么得了？

“蛟爷说——这世道上的好人，早就已经死光光啦！”

“哦？”阿娣眨了眨大眼睛，呆了一呆，突然笑了起来。

那才是一个花季女孩应该发出来的笑声清丽，活泼，无忧无虑，充满了天真与希望，让人一听心里就感觉很舒服，我一看到她这样，就忽然觉得心里的烦闷减轻了不少，郁结的心情似乎不由得也放松下来。

有人和她聊天，她显得兴致很高，她告诉我，其实蛟爷给她取的名字叫林娣和，不过大家都喜欢叫她阿娣，蛟爷原本的意思是希望她和将来的弟弟和睦相处，哪知道在她很小的时候阿姆就生病去世了，所以也就没有弟弟可“和”啦。

也许是因为内心压抑了太多东西，和这样的一个天真姑娘一起，不由自主地让我也开始话多了起来，而她显然平常根本没有人说话。我们很快就聊了起来。这种轻松的气氛，让我没有了上船以后时刻的防备，告诉了她我的身世，她也给我讲自己小时候的故事。

我们讲了很久很久，直到针灸结束即将开始火灸。到了这一刻，我才踌躇起来，面对阿娣这样纯真的女孩，我肯定要顾忌她的清白。最后我委婉地跟她说需要她把后背全部露出来，才好给她火灸治病，阿娣立即愣了愣，最后咳嗽了一下问道："那你说的那个火灸会不会很烫？"

"我尽量离远一点，不把你烫起水泡，然后就用拔火罐。"见到阿娣一副慌乱担忧的样子，我觉得自己又恢复了医生的身份，要解除这个病人的痛苦。

阿娣咬着下嘴唇，像是下了很大的决心，才冲我点点头，让我背过身去，然后窸窸窣窣地将那件薄薄的月色对襟衫向上挽到肩下，翻身趴在了床单上："那你可不要把我弄疼啊。"

数不清交缠着的黑发缠绕着她的身躯，我理开她满背的头发，将衣衫往上理了理，看见浅白色的裙子上露出一截突然变窄的雪白细腰，一股少女独有的香味扑面而来，就连对同样美艳的阿惠的身体我也没有这样注意过。我突然有点面热心跳喉咙发紧，吹了两三次才把灸条上的明火吹灭，上面燃烧着的药酒不停地抖动着，差一点滴到她雪白的身体上。

陈年的蒿草味道混合着她身体散发出来的那种略香的体味，迅速在密舱里弥散开来，光线有些暗，我必须凑近找经络穴位，灸条燃烧向上冒出的浓烟熏得我涕泪横流，忍不住打了个喷嚏。

就这么一下，好像震掉了草灰，阿娣扬着红艳的脸，大眼睛像要流出泪来，转过头来对我喊道："你烫到我了，痛死我了！"她一边叫，一边把两只脚跷起来，轻轻踢我的后背。

这种小女孩撒娇的模样让我笑了起来，上船以来灰暗的心情一下被清扫了大半，和她随意地开了几句玩笑，感觉心情愉快起来。等火灸也完成了，我想着虽然蛟爷让我在这里待到晚饭后再说，可我毕竟一个大男人，再待下去不太合适，就安抚了小女孩几句，重新回到了鱼舱。

但没想到的是，我看到的却是一片混乱。

—— / 第二十七章 / ——

混乱

十几名乘客围成一个圈子，中间是黑皮蔡和邱守雄，这两个人正将那个瘦皮猴按倒在地，不顾头脸地拳打脚踢，全叔在一边跳来跳去，高声为黑皮蔡和邱守雄加油。

我顿时觉得有些奇怪，他们不是一伙的吗？怎么又打起来了？

其余笑嘻嘻看热闹的乘客，也在不断地大声叫好，推波助澜，平添了现场的热烈气氛，不知道的，还以为这是在过年过节呢。

这些乘客原本都是一些抛家弃友的逃难者，一直憋闷在船上，时间长了难免会产生压抑感，加上活动范围太狭窄了，所以性情都变得格外扭曲暴戾起来。就在我打算绕道回自己的铺位时，旁边有人拉了我的衣袖一下，我扭头一看，原来是那个财主。

此时他满脸亢奋，好像完全忘记了曾经陷害过我的事情，一副巴不得天下大乱的表情："对不对？我没有说错吧？"

"什么没说错？"我奇怪道。

土财主满脸神秘，拉着我向旁边一指，只见围拢着的人群的另一边，邱守雄那个秀丽的老婆陈水妹，正满脸悲愤与委屈，蜷缩在那里泪水涟涟。

“这到底怎么回事？”我越看越糊涂了。

“怎么回事？你还不知道啊？”土财主得意扬扬地对我连说带比画，终于让我明白了事情的原委。

原来，这邱守雄和陈水妹夫妻二人，表面上一副道貌岸然的样子，实际上却是以放花鹞子为生。陈水妹生得清秀白净，就专门负责物色容易上当的男人然后勾搭，而邱守雄则负责捉奸拿双然后蹲在床边收大洋。

昨天后半夜里，趁着邱守雄不在，那个瘦皮猴就蹿到他老婆身边，于是陈水妹半推半就地顺从了早就对她垂涎三尺的瘦皮猴，然后邱守雄偏偏在紧要关头又回来了，并且理直气壮地问瘦皮猴收钱。

谁知道那只瘦皮猴却是一只铁公鸡，推说钱都放在朋友那里等明天再给。等今天邱守雄跑来结账，瘦皮猴得了便宜还卖乖，说什么他们是你情我愿自由结合就是不肯付钱，最后干脆要赖说没有这回事。邱守雄急怒之下，就厮打了起来。

那个黑皮蔡不知道为什么和邱守雄称兄道弟，眼看瘦皮猴想要赖账，黑皮蔡和全叔就和邱守雄合伙暴打那只瘦皮猴。

土财主讲得眉飞色舞，我却是越听越不是滋味。看上去道貌岸然的人，为什么干的却是这等龌龊下作之事？而这个土财主，之前还帮着别人陷害我，现在却像从来不曾干过坏事一般，说起别人来竟是丝毫不以为耻。

远远地还有一些淘海客漠不关心地看着这场闹剧，我看见全叔他们最后逼着奄奄一息的瘦皮猴，跪在邱守雄几人的脚下认错交钱，亢奋的尖叫和怪笑声不时地响起，整个画面就像世界末日一样荒诞滑稽。

混乱之际，七哥来了，他对我示意道：“闽生，出去外头说话。”

我不明所以地跟着他到了船尾，这时风平浪静，淘海客们都在休息，乘客们还在舱里看黑皮蔡等人折磨瘦皮猴，船尾遮波板后面，只有我和七哥两个人。

等我们站定，七哥就背靠船舷板，皱眉道："闽生，你是不是到那个底舱去了？那里关了什么东西？"

我想起了蛟爷对我说的话，犹豫着是否要说阿娣的事，但想到对船有疑心的阿惠却落得这样的下场，还是决定不能明说，七哥知道越少，也许越安全。于是低声道："底舱的确有人，但跟我没关系，蛟爷下了封口令，七哥，我不好多说。"

七哥若有所思起来，而后说道："有什么事情需要这么瞒着？那个底舱古古怪怪的，我打探了几次都有许多淘海客看着，我看那里绝不可能是人，你别是被迷住心窍了？"

我被七哥的质疑弄得窘迫起来，立即辩解道："七哥，我只是在给蛟爷做事，否则在这条船上要自保很难。"

七哥表情逐渐松动，正要说什么，脚下却一晃，紧接着海里响起一阵沉闷的咚咚声，震得我脑袋都在晃。我定住身子往外看去，赫然发现平滑如绸缎的海面上，此时却像是一口沸腾的锅，海底就像是有只巨大的海怪，疯狂地在向上喷吐着海水。

我的心紧缩了起来，想起前两次海域的奇怪和可怕，口中连忙叫道"小心"。紧跟着就见深蓝色的海水翻滚起来，咕嘟咕嘟冒起一串串的气泡，一股股水柱从海中突然喷出，向我和七哥劈头盖脸地砸落过来。

我躲闪不及，手往前挡着身体往后急退，在水柱突然升起的时候，我看到那陡然发黑的海水深处，好像有一双愤怒的大眼睛一闪而逝。

"啊！"我吓了一跳，心中一凛，意识到那个阿娣肯定又发病了，再不去让她平息下来，我不知道海里会出现什么奇怪的现象，到时我们又得遭殃。

顾不上和七哥打招呼，我转身飞快地向底舱下面跑去。

—— / 第二十八章 / ——

苦果

我一路奔跑着，只听见那呻吟声比之前任何一次都来得压抑，听起来感觉这个声音的主人正经受着极为可怕的痛苦。我焦急起来，在摇晃中尽最大能力跑着，守在底舱的淘海客已经知道我了，见我赶到也没有阻挡，一进密舱，阿娣那痛苦的呻吟声就直穿到我心里。

她这一次发病，虽然声响不大，但身子却不停地轻微抽搐，像是昏厥了过去，人事不知。我上前一摸，她的体温奇怪得吓人，不到片刻的工夫，却是忽高忽低。正在我手忙脚乱间，我的藤药箱不知被谁扔了下来，舱门随即被关上。

我深吸一口气，开始替她扎针抢救，足足忙了半个时辰，她的病情稳定了下来。到这时候我才发觉，无论她昏迷到了什么程度，纤细的手却还是紧紧地抓着那只匣子。我揩了揩额头上的冷汗，刚坐下来，一个微弱沙哑的声音响了起来——“坏人！”

“什么坏人？”我茫然四顾，阿娣明明还没有醒来。

“大坏蛋。”说话的，竟然是处于昏睡状态的阿娣。原来，这个小女孩昏迷了却还在说梦话。

我哭笑不得，坐在床边重新看向她。“坏蛋！”在昏厥之中，她再次呓语。

“对，我也觉得，现在大家都是坏蛋，好人都死光了。”我握着阿娣的手安慰着，轻轻地拍着她的手背，“在这样的乱世里做贱民，永远只有坏蛋得意，好人蒙难。谁不想活下去呢？可是要活下去，就要说违心的话干违心的事情，当别人认为你没用了的时候，就把你干脆利落地扔掉抛弃，不当坏人简直撑不下去。”

我叹了口气，觉得这个小姑娘实在太过可怜，为了防止她病情反复再受煎熬，我只能继续守着。此时的密舱里只有我和阿娣，再就是旁边篮子里堆积着的各种草药，还有一个木箱子上面叠着几件衣裙。

我在那一篮子草药里挑了一些能用的，加上自己带的一些药丸，弄了两服安神清心的药，一起捣碎了叫守在上面的淘海客给阿娣煎了一碗药。我耐心地照顾着她，把对阿惠的歉疚都转到了她的身上。

安排妥当后，看着阿娣安静的脸我心情放松了很多，这些天在福昌号上过得惊心动魄，我竟觉得只有在阿娣这里才能恢复原先单纯的自己，想起这个女孩的离奇身世，我不由得替她惋惜。她承受了本不该她承受的那么多苦难，但愿蛟爷这次还愿顺利，能让她恢复正常。

停了一停，我又去探阿娣的额头，她的体温似乎降了一些，刚收回手去，那双幽黑的大眼睛突然睁开了，目光变得很不高兴，竟然是神情幽怨的样子，和先前昏厥过去的病状截然不同。

真是奇怪，她怎么这副表情？是发烧导致的吗？我轻声道：“阿娣，你感觉怎么样？”

阿娣摇摇头没有说话，依旧幽幽地看着我，我不明白她这是怎么了，但又不能就此离开，于是试探道：“平常是不是很少有人陪你？要不我陪你聊聊天吧。”

这个小女孩，看来确实是太孤独了，听了我的话她的面色和缓了些，我也就对她讲起了以前和叔父一起经历过的事情。

我说的这件事，就发生在泉州后渚港口不远的地方，狮球山上的赐恩寺旁边。大概是民国二十二三年，那时候我还小，叔父带着我到一户人家去出诊，给一个还没有取名字的小女孩看病，到了就发现这个小女孩给人的感觉很是精灵古怪，一眼就能看出她和别的孩子不大一样，可到底哪里不一样，却是谁也说不上来。

叔父号过脉开过方子，让女孩子吃了药，她的病情却反反复复不见好转。从此以后，这户人家还开始不停地出现怪事，夜里家里人熄了灯快要睡觉的时候，就会听到一个女人呜呜咽咽的凄惨哭泣声，那声音哭得人心里发毛。连续几夜，家里人天天都会听到那个可怕的呜咽声，后来听了邻居的指点，就去请了个风水先生来家里看，风水先生仔细察看以后，指着院子里的一个方位叫他们把地基挖开。

大家拿来锄头，才挖了一尺多深就发现有白骨，把周围一齐挖开，最后从地底下挖出来一具白骨，头发上插着一支锈蚀了的铁钗，枯骨的眼窝处，还斜插着一把锈迹斑斑的短刀，想来应该是一个不知何时冤枉受死的无辜女人吧。家里人将骷髅眼窝中的短刀拿走销毁，然后把骸骨祭祀后安葬到了坟山里，果然每天晚上的哭泣声就此绝迹了。

可是安宁的日子并没有过多久，晚上又开始听到耕牛的沉闷吼叫声，仔细一听，这牛吼之声，竟然还是从地底下发出来的。

再请来风水先生，在院子里另一个方位再往下挖开，果然又找到了一块牛胛骨，将这块牛胛骨也放在坟山里掩埋了，牛吼声就再也听不到了。

但是过了两天，到了晚上，地下却又响起了婴儿的啼哭声，那声音吵得人心惊肉跳，六神不安。

再把地挖开，再往深处挖，果然又挖出一只婴儿的虎头鞋子。

到了这时候，这户人家终于明白，肯定是家里有什么冤孽，把地下埋藏的这些祸祟全给招惹了出来，就去赐恩寺请教长老。长老来察看了以后，让这户人家最好是能把那个一直生病的小女孩送到尼庵里去。果不其然，女孩子一送走，这户人家再也没有什么邪祟之事发生，只是听说那家尼庵之中，开始三天两头不停地闹鬼。

后来叔父又带我去赐恩寺礼佛，聊天的时候就听寺中的长老说起，那阴魂野鬼，枯骨作祟，都是因为那女孩体质异常才导致的。有些人就是这样，就像金子，到哪里都会发光一样。不管他们在什么地方，都能够影响四周环境中的各种能量，导致许多灵异事件出现。

传统的说法认为，这种人身体的血气阴阳亢奋异于常人，而且因为体质原因，导致他们的阳刚之力或者阴柔之力的意念特别强大，就像某些枭雄武将，就是阳刚之力强大。而像一般的普通人，意念太弱小，到死的时候，就直接魂飞魄散了。

这些都是民间口口相传流传下来的说法，听起来有些玄。而我为什么会想起讲这个故事呢？我想，这和蛟爷对我讲的关于阿娣的故事有些关系，阿娣这么不同寻常，和十五年前她爹的经历应该大有关系，希望这次蛟爷能顺利还愿。

当我终于讲完故事，阿娣却一声不吭，反而低下头背过了身体，一头好似从未修剪过的长发遮住了她的脸，只露出一段雪白的颈项，一时间现出万分柔弱的风情。

—— / 第二十九章 / ——

囚鸟

难道是我的故事让她伤心了？面对她的反应，我有些不知该怎么办才好，只是定在那里。敲门声响了起来，随即淘海客把药端了过来，阿娣想必是闻到了碗中的气味，一下转过头摆起了手，表示坚决不喝。

药的确很苦，但不喝药又怎么能减轻病痛？无奈之下，我像哄小孩那样道："来，乖，喝了身体就好了，人也会精神一点。你摇头干什么？快点喝下去，头就不会痛了，听话。"

阿娣纤细的手捂着嘴，警惕地看着我端的碗，一手乱摇，呜呜咽咽道："我不想喝。"

我何曾见过这样娇蛮的病人？没有办法，只好让淘海客出去，示意没事了，阿娣才放下手，我又喂她吃了两粒安神补脑丸。这一次阿娣虽然紧皱着眉头，表示出千不情万不愿，但还是听了我的话，就着水把药丸吞了下去。

药丸里掺了蜂蜜，味道还不算太苦，她一边喝水顺药，一边不安分地盯着我，看得我忐忑起来，忍不住道："你别总是这样瞪着我，难道我脸上生了麻子？”

她扑哧一声笑了出来，嘴里的水也喷出来，溅了我一脸，惹得我“呀”了一声。她这次倒还知道红脸，也不再看我，垂下眼睑慢慢喝光水，直接躺下休息。

我坐在一边，看着她慢慢合上眼睛，带着笑容进入了梦乡。她的一只手放在腹部，另一只手平放着，匣子依旧露出一角，也不知使了多大的劲，指关节处竟然泛起青白色。我叹息一声，突然心里难过起来。虽然只见过几面，但这女孩子十多年来必定过得极其辛苦吧，承载了那么多常人无法承受的东西。

我心情沉重，站起来向密舱的出口走去，小心翼翼地爬上木梯，推开舱门门板就要出去。但用力之下，门板竟然无法推开。奇怪，这是怎么回事？我叫了几声，没人答应，三推两推后，还是无法打开舱门，只得郁闷地回去。

我满腹狐疑地走到阿娣身边，发现这个小丫头虽然闭着眼睛，嘴角却止不住地往上弯，便猜她是在假睡，于是拿出一个郎中的威严：“你怎么还没睡？”

不出所料，阿娣马上睁开大眼睛，竟然撒起娇来：“闽生哥，我睡不着……”

我被她闹得没办法，严肃道：“睡不着就躺着养病，别乱动。”说着，在靠近床板的藤箱上一屁股坐了下来。阿娣用纤细白嫩的手指把散落在脸上的头发往后拂去，扑哧笑了起来：“好啦好啦，我听话好好睡觉，你是大好人，别跟我生气嘛。”

我情绪低落没有接话，哄她睡了觉后，就想要走。但走过密道，爬上梯子后，却发现那道舱板紧闭，使劲推也推不开。不知道是个什么状况。我坐在梯子下，一直等到约莫吃饭的时辰，舱板被掀开，有人把食物和饮水放在外面，吊了下来。

我冲着他们大声地喊叫，但他们根本不搭理我。我企图在他们送饭时冲出去，但守在上头的淘海客马上就挥舞着鱼叉扎了下来，我试了好几次都没办法，只能又退回密室里。

这伙淘海客，难道是犯了疯病？我就算是出了密舱，到甲板上走一走去鱼舱看一下，不还是去了就回来给阿娣看病？何必如此对我？再说了，我又能跑到哪里去，难道我能跳海不成？他们这样把我关在密舱里，就是为了让我日夜看护阿娣吗？

想来想去，却又无可奈何，我只有老实待着。也不知道是不是到南洋之前，我都得被关在这里了。

—/第三十章/—

两天一夜

我被船老大囚在底舱，整整两天一夜。

这两天一夜，外边风平浪静，船身除了偶然有晃动之外，好像没有一点风浪。我出不了底舱一步，只好郁闷地坐在里头，一边替阿娣治病，一边陪着她聊天。

第一天的时候，阿娣像是有心事一般，也不怎么说话，许多话甚至就用那双大眼睛来表示，比如同意就眨眨眼睛，说到高兴处眼睛就弯一下。她那双眼睛的表现力极是复杂多样，让人揣摩不透却又难以忽视。

聊天的时候，我不由自主地就会去看她的表情，想她的反应，看她的眼神。话题停顿的当口，我想到，等她再过两年，这双大眼睛还不知道要迷死多少男人，勾去多少人的魂魄。到了第二天，她精神好多了，话终于多了起来，居然主动向我打听起船上那些乘客的事情来。

当知道那些人都是什么货色后，阿娣好像失去了兴趣，唯独对阿惠的事情特别感兴趣，但听到她死在船上后，面色似乎不那么好了。我想起了阿惠，心里顿时也难过起来，她那样莫名暴毙，我越来越怀疑是福昌号上的人下的手，不然为什么要把我关在这里？

我几次试图推开舱门回到上面，结果马上听到鱼棱顿在舱板上的清脆声响，只能怏怏地返回来了。船上的人就这么霸道，不容半点商量。

每天早早吃过晚饭以后，我就躺在有些潮湿的船板上无事可干，躺在床上的阿娣就会要我讲故事。我只得坐起来，跟她讲从前在安溪县那些残存的回忆，聊到我的那些过去，又想起了时常挂念着的幼年时失散的姐姐。

我跟她讲起我记忆中小时候的欢乐，夏天和秋天的时候，姐姐经常带着我去水沟里捉泥鳅，然后提着捉到的泥鳅回家，母亲就用酸菜煮泥鳅给我们吃。可是那些乱匪，在我七岁生日没过多久，毁掉了我们一家和睦的生活。

土匪围杀村庄的惨痛记忆，让我至今想起，仍然悲痛愤恨，我回忆起父亲抱着我在黑暗中的村子里飞奔时的惊惶，黑夜里到处是被点燃的茅草房腾起的冲天火光，映照出一群惊恐逃窜的人影，四处都响起绝望的哭喊声、惨叫声以及土匪们那灭绝人性的怪笑之声。

父亲一手抱着我一手抱着姐姐，在黑暗中没命地逃着，可是村子被土匪包围了，到处都是拿着枪举着火把的土匪，在往后山小路跑的途中，父亲被子弹打中了，跌跌撞撞地往前一歪就倒在了地上，临死还把我和姐姐向上托着怕把我们摔疼了，接着母亲跟上来牵着我们的手往前跑，她却怎么也跑不快，被一个骑在马上的恶匪一刀削去了小半边身子。

在跳跃着的火光下，我清楚地看到一股股黏稠的液体从她的肩膀断口处狂喷出来，漫洒在吓得呆住的我和姐姐的身上，带着一股温热的甜腥气息。

母亲睁大着眼睛看着喷涌而出的鲜血，最后说出来的却是："快跑，去泉州城羊公巷的泉涌堂找叔父……"在逃跑的一路上，我和姐姐两个孤苦无依，遭遇了土匪，遭遇了强盗，包裹没有了，我和姐姐最后也失散。最后我一个人，历经千难万险，终于找到叔父，跟随在叔父的身边学习给人看病针灸。

事隔多年，我常常在睡梦里回到双亲离去时那些可怕的瞬间，梦见永远只有九岁的姐姐在人潮人海中叫喊我的小名。

我讲不下去了，声音有些哽咽起来，连日来在船上的危险已经令我心神不安，再想起那些往事更是令人心痛。阿娣抬起手摸了摸我的头，安慰道："别难过，好人会有好报的，以后我就是你的姐姐啊，你姐姐才九岁，我都十六啦，我是你的大姐姐。"

我默不作声，任由阿娣抚摸着我的脸颊，并将我抱在怀里。她的身体是寒凉的，我不由得奇怪地想起阿惠，好像有点明白过来了，应该是我在阿惠的温柔中，找回了往日在娘亲和姐姐怀抱中的感觉吧，所以才会对阿惠眷恋不舍。

可惜，她已经不在了。

这时，阿娣放开了我，把左手伸到我面前，那只她总是随时随地拿在手里，我一直没见过全貌的匣子出现在了我面前。

从这个匣子的颜色看，它像是紫檀木做的，整体呈长方形，长约有一尺，宽不过六寸，大概有三寸那么厚。匣子周围雕饰着古色古香的人物图案、珍禽异卉，正对着我这一面雕刻着一只似鸟非鸟的东西，有着细长的颈子，遍体披着异色鳞甲，尖利的铁喙仿佛喷射出恐怖的烈焰，透露出一种神秘的异域色彩。我从未曾见过这样奇怪的雕饰风格，也从来没有见过如此华贵的器物。

如果说这个女孩子让人一眼难忘的话，那这个匣子简直有过之而无不及。它看上去显然年代久远，属于那种有过故事的物件，但又不像普通的古董。看见它后，我的第一反应是猛然涌起一种难以抑制的冲动，想要夺过它打开，看看里面究竟是不是藏了蛟爷说的那些东西。

这种感觉诡异万分，我甚至连假意推辞都没有，直接就将匣子接了过来，目光全被这个匣子吸引住，开始上下左右找开关想打开匣子。阿娣一脸淘气地盯着我四面使劲，但我怎么也找不到该从哪里打开，憋得满脸通红。

气氛变得越来越尴尬，我明白过来，这个匣子果然只有阿娣能够打开，我郁闷起来，把匣子递还回去，却被她拉住了手。我诧异地看着她，只见她睁着晶亮的大眼睛道："我也给你讲故事，好不好？"

我没有说话，阿娣又拉着我的袖子，撒娇道："你给我讲了那么多好听的故事，我也给你讲一个，你别生气了，好不好嘛？"

我听到她这样说，知道她是真的把我当成亲近的人了，心里涌起一阵暖意，点了点头。

我们并排坐在慢慢摇来晃去的汽灯灯影下面，阿娣又重复了一遍蛟爷给我讲过的那个诡异故事。

我沉默地听完，阿娣说的内容比起蛟爷讲的，少了很多细节，多了很多少女添加进去的想象。

我问道："那个被观的匣子，是不是就是现在你手上的这一个？"

—— / 第三十一章 / ——

难解

“对啊。而且阿爹说，因为有了这个匣子，后来才有的我……”阿娣就像是在讲别人的故事一样，语气可爱从容。

“这是为什么？匣子和你有什么关系？”我问道。

阿娣白了我一眼，没有理会我的问题，而是指着匣子问我：“这上面的图案你知道是什么意思吗？”

我望着图案中间那只似鸟非鸟的怪物，细长的颈子，遍体披着异色的鳞甲，尖利的铁喙喷射出恐怖的烈焰，在灯光下显得神秘而阴晦，我从来没有见过这样奇特的图案。

阿娣指着匣子继续道：“下面这一排，代表深海的曲线，被叫成水脚，上头装饰着波涛翻卷的海浪，挺立的岩石，这种纹样被称为‘海水江崖’，寓意福山寿海。据有学识的老人讲，这些都是代表皇家帝王的图案，只有帝王才能使用的，像那些皇帝身上穿的龙袍上就绣的是这样的图案。”

“那为什么中间是只怪鸟，而不是龙？皇帝不都是自称代表真龙天子的吗？”

阿娣一副笑嘻嘻的样子，好像猜到我会这样说，又道：“这只鸟，就是传说中每天都要以龙为食的大鹏金翅鸟，是佛教天龙八部里的迦楼罗。”她顿了一顿，吐了吐舌头，“这些也都是我爹爹问了其他人，后来告诉我的。”

“以龙为食！好大的口气啊，那和它的秘密有关吗？”

阿娣变得紧张起来，咬着上唇，一双几乎占了小脸一半的大眼睛望着我，那犹犹豫豫的目光，就像接下来要讲的话有着天大的机密似的。这时外面响起砰的一声，接着是几声呼喝声，似乎是外面有人在打斗，瞬间打破了船舱里的安静和暧昧。

紧接着，门被打开，一个熟悉的人影走了进来。

是面容严肃的七哥。

我目瞪口呆地看着七哥。货舱外面应该有好几个淘海客在把守，他一个人就这样闯了进来吗？阿娣显然被忽然出现的七哥给吓着了，缩在我身后，紧紧抓着我的衣服。

七哥看见我和阿娣好端端地坐在那里，面上的神色和缓不少，说道：“不要紧，只是几天没见到你，怕你出什么事。”

我心里涌起一股热流，激动得说不出话来，结结巴巴道：“七哥，我没事，这几天我都在陪着她给她治病。”

七哥也注意到了阿娣，目光扫了一圈，最后落在阿娣伸出来的手中那个古匣子上。显然他一眼就看出这个东西的不同，皱眉问道：“这东西看上去不像是船上的吧？”

“这东西……”我想解释，却发现这话说起来太长，索性换了个话头，对他道，“说来话长，和船上的古怪有关，回头我详细告诉你。七哥，你是直接闯进来的吗？那些淘海客不是拿着鱼叉守在底舱吗！”

七哥淡淡一笑：“几个人而已，小意思。看见你没事我就放心了。”

他轻描淡写，我却心生担忧，外面看样子动静闹得不小，蛟爷肯定马上就会知道。七哥再怎么厉害，一旦蛟爷想要对付他，在这船上是逃无可逃啊。

刚刚想到这里，外面的密道又出现了有人走动的声音，我心沉了下去，难道蛟爷这么快就带人来堵七哥了，这下可该怎么办？

随着几声得意的怪笑声响起，门口却出现了全叔那又肥又丑的脑袋，他小心翼翼地打量了一番，怪声怪气地说道：“哟，小白脸你可真能耐呀，这才上船几天工夫，你这小白脸又拍到一个小姑娘，真是佩服佩服。”

这是怎么回事？我有些蒙了，警惕地站了起来。黑皮蔡也从全叔背后闪了出来，手里却提着邱守雄那个精致的皮箱，嘿嘿笑道：“这位大哥好威风啊，那些淘海客中看不中用，几下就被摆平了。我们跟着下来看看热闹，呵呵。”

他们一边说着，一边鬼头鬼脑地四处张望。看来这两个家伙是趁乱跟在七哥后面混下来的，又想起他们之前几次三番想把我弄到底舱，这次终于得逞了。

但既然七哥也在这里，我也不会太担心这两个家伙使坏，冷着脸问道：“你们来这里干吗？”

全叔堆起脸上的肥肉，笑眯眯地说：“哎呀，我说小兄弟，你现在倒是找到蛟爷这个靠山了，可是你难道还能在船上过一辈子不成？咱们不是看你投缘，想找你们兄弟看看，有什么生意可以合伙做做，将来到了南洋，多个朋友也算多条路嘛。”

我简直难以理解他们竟敢跟我说这样一番话，他们的胆子未免太大了，我忍不住道：“你们这两个人贩子，不要想动什么歪念头，蛟爷不会放任你们在他的船上胡作非为。你们老想着做这样伤天害理的事情，就不怕老天报应吗？”

黑皮蔡阴笑了起来，看着我道：“报应？真有报应的话为什么是你要被丢到海里而不是我们？”

我目瞪口呆，七哥在一边淡淡道：“我宋某人本来是不信报应的，但是看到你们就觉得不顺眼起来，不如就让我送你们一程。”说着，手上开始动作起来。

全叔和黑皮蔡面色急变，立刻亮出了鱼棱，气氛立刻剑拔弩张。这时阿娣叫了一声，我转过头去看，发现她睁着惊恐的大眼睛，犹疑地看着面前的一切。我心知她是被吓坏了，但这时候也没法去安慰，反倒是要阻止七哥他们火并才要紧。

正在紧张地思考要怎么办，外面骤然响起一片杂乱的声音，似乎无数人叫嚷起来，与此同时，轰、轰、轰地接连响起三声炸雷一样的声音，福昌号像是被雷劈中，剧烈地摇晃起来。七哥马上冲上来扶着我，但是我们已经趔趄起来，无法站立的我甚至感觉福昌号被浪头给颠上了半空，接着听见啪啪的声音，感觉像是无数的海水打在了甲板上。

我和全叔他们都被震得东倒西歪，七哥用力拉着我，颠簸中用力喊道：“不对，闽生，怎么感觉现在是全速前进，难道不怕翻船？”

我被说得心里一动，前几次风暴来临的时候，福昌号一直都是降帆下锚，等待天气好转再升帆前进的，现在是什么情况？再一听，突然意识到炸雷的声音竟然非常耳熟。

泉州城里日本飞机往下扔的炸弹爆炸就是这样的声音。难道我们的船被日本人的飞机发现了？但是不对啊，我们的船开了这么多天，日本飞机就算飞过大海也很难看到我们吧。

还没等我再想下去，忽然船体又是一阵剧烈的抖动，我一下摔倒在地。

密舱里的五个人东倒西歪地滚落了一地，汽灯碰在舱顶上发出咣当咣当的响声，所幸还没有熄灭。混乱中阿娣圆睁着一双大眼睛，本来几近透明的脸，渐渐布满病态的艳红。

糟糕，她被彻底吓到了吗？再这样下去福昌号恐怕又是一场风暴。我马上要站起来到阿娣身边安抚她，阿娣却已经闭上眼睛躺了下去，蜷起身子，立时那股妖魔般的呻吟声回荡在耳边。

我急得要命，这期间外面却隐约响起了别扭的喊话声："我们是大日本帝国海军高雄警备府海岸巡逻队，前方船只马上收帆停船接受检查，跟随我们去高雄港接受检疫，否则将立即击沉。警告，马上停船，否则立即击沉！"

听到那奇怪的语调，果然是日本人，他们怎么会突然出现在福昌号附近？那一刻，全叔、黑皮蔡、七哥和我都没有发出任何声音。大家好像都在等，等福昌号停下，等待即将到来的厄运。

福昌号似乎没有任何减速的迹象，我感觉船只一弯一折地不停变换着方向，在这样的大风里，一条头重脚轻的尖底大渔船，就是不怕翻船行驶得再快，也敌不过日本军舰吧。

忧虑间，我听见钟灿富在舱板里跑过，一边跑一边大吼："蛟爷说了，女人孩子全部待在舱底，是男人的抄家伙备着。咱们被日本人撵上了！"声音里却也没了之前的张狂嚣张。

我缩回了手，不知道是该跑到甲板上去看看怎么回事，还是该帮阿娣安心宁神停止风暴。我突然觉得，即使帮阿娣减轻了痛苦，我们落到日本人手里也是个死。我一时间不知如何是好。这时鱼舱里无数哭喊叫唤的声音，夹杂着淘海客们的吼叫声，毫无章法地混合在一起，就像从前听见那些俯冲飞过的飞机一样，让人绝望得要命。

日本人的军舰开始一发接一发地开炮了，是打三发炮弹停一会儿接着打，我只感觉船被冲得东倒西歪，最近的爆炸声已经在船边上了。我的耳朵被震得嗡嗡作响，黑皮蔡竟然在边上失魂落魄地叫着："我不要死，我不要死……"全然没有了以前的凶悍。

阿娣的呻吟声在刚才停了一停后，现在越发失控起来，她蜷着胳膊，痛苦地在她那天蓝色的粗布床单上翻来滚去。我赶紧拍着她的后背，心乱如麻，七哥在身后道："干他娘的小日本，我们只能先待在这里了，出去准得被炸死。"

随着他的话就是"轰"的一声巨响，我们几个再次被震翻在地，只听见顶上一片混乱，传来蛟爷的大骂："干你老母，钟灿富你他娘的找东西把这个洞给我堵上！堵不上你自己跳进去堵！"随后就听见钟灿富也骂了起来："上过娘儿们的都跟我来！"

难道是福昌号漏了？我惊疑不定，又听见蛟爷拿梭镖砸甲板的声音，大吼着："程闽生，你给我把阿娣看好了，要是阿娣出事，你就他娘的等死吧！"说完又吼道，"其他人抄家伙，全部跟我上甲板！咱们给小日本点颜色看看！老子在海上混了这么多年，还没人他娘的敢撵我蛟爷的船！"

蛟爷话刚说完，只听又是一声巨响，"轰……"剧烈的爆炸声在船上响起来，随着船身巨震，我们都被弹得跳了起来，耳边轰然响起一片失控的号叫声。

黑皮蔡爬起来就想往外跑，胖子全叔一改慢吞吞的习惯，一把抓住黑皮蔡的衬衣下摆："阿蔡，你出去找死啊，现在最好就待在这里，你想出去挨日本人的炮弹吗？"

黑皮蔡一听就停了下来，从听到炸雷声到现在不过一炷香的时间，顶着风暴全速前进的福昌号应该被炮弹炸到了。密舱里的汽灯在这样的颠簸下也被碰撞得熄灭了。好在离天黑还早，从通风口里透下了一些光。我们待在昏暗的角落里，耳边炸雷声响个不停，我感到福昌号的速度好像变慢了，接着又是一声轰响，躺在船中间的阿娣和另一边的黑皮蔡，立刻都向着我们这边滚落下来，跌落在我们身上。

看样子，船整个被炸得侧翻了。

“蛟爷，蛟爷，大桅被炸断了……”我听见一个淘海客的大喊声淹没在风暴的呼啸声里。

蛟爷的怒吼声马上响了起来：“虾仔，你他娘的把大桅推到海里去，快点！要不然船要翻了。升帆！兄弟们，给我吼起来！”

炮声中就听见所有的淘海客吼起了愤怒的号子，然后福昌号又是突然地向另一边侧翻去，恢复了正常。我们又止不住地往另一边滚落过去。

我和七哥互相扶持着，好不容易在左右剧烈摇晃中坐正，福昌号似乎又在快速前进，只听左前方好像有日本舰船突突作响的马达声，也不知道是不是日本人已经追了上来。我忽然想，可能安庆号就是遇上了日本人的军舰才被打得稀烂的吧，安庆号比我们的这艘福昌号大得多，速度也更快，尚且落得那样的境地，我们的遭遇看来不会比安庆号更好了。

想到这里，我绝望起来，这只是一条破渔船，就算坚固，又怎么能和日本人的军舰抗衡呢？也许我们能够在炮弹轰击中侥幸活下来，但如果被日本人抓住，下场会如何不难设想。泉州城里曾哄传过，大轮船“圣安娜号”在去年一月，也是中途遇到日本军舰，满船一千多人全都被日本人注射了毒针，结果到达菲律宾后全部毒发身亡。

难道我们也要遭受同样的命运？我不敢去想。

外面又是一阵闹哄哄的声音，我听见钟灿富大吼：“日本人追上来了！”随后又有炮弹炸响，紧接着远处传来日本人从喇叭里传来的呼喊声，我听到一个人大喊：“蛟爷，舵手被炸死了！浪太大，再不降帆，船要翻了！”接着蛟爷吼道：“你他娘的闭嘴，我来！”

我不能上去做些什么，只能在密舱里凝神倾听上面的动静，日本军舰的马达声混着强烈的风暴声，让人心惊胆战，福昌号上面早就乱成了一团，到处都是奔跑造成的咚咚声，叫喊声此起彼伏，我只能隐约听到一些：

“快灭火啊，快浇水啊！”

“走水了，快找水桶啊……”

“蛟爷被炸伤了，快去找头纤！”

“跟我来，大家快到船尾去，船尾有条舢板船！”

“我不敢跳，我怕水！”

我甚至能透过暴烈的风暴声，听到船上开始燃烧得毕毕剥剥的声音，对我们来说，这是来自地狱的召唤声。

／第三十二章／

九死

看来，福昌号这是着火了，即使是不被炮弹炸沉，我们的渔船也经不起在风暴里折腾了，挨不了多久就会被烧坏吧。

火借风势，听见顶上发出大火熊熊燃烧发出的吱吱声，木材爆裂发出的啪啪声，好多男人、女人奔跑着绝望地呼救，小孩子的哭叫呼痛声，还有有人跳海的声音。我心惊肉跳，这样一艘木船，这样的大火，可能过不了多久，我们都会被烧成灰烬。

这时，忽然舱门被掀开，一股热浪和黑烟随即扑了进来，我情不自禁转头去看，映入眼睛的已经全是跳跃着的火焰，头发都被烧焦了一片的钟灿富搀扶着蛟爷钻进了密舱里。蛟爷的脚看上去受了伤，那能让他在颠簸的船上站稳的双脚，其中一只脚的七个脚趾都已经血肉模糊了，他对着舱口外面说道："阿奎，你也进来吧，咱们在海上累了这么多年，现在终于不用掌舵盘，咱们也正好说说话，等下就该去见龙王爷啦。"

只听见外面奎哥的声音满不在乎："不就是去见龙王爷？我就不下去

了，蛟爷你和阿娣多说几句话，看样子我快不行了，这一停下我就动不了啦，我就在舱门这里帮你们把把风吧。”

蛟爷没有再说，沉着脸在阿娣身边坐下来，我挣扎起来帮他包扎炸伤了的腿脚，蛟爷浑身无力地任由我忙碌，他的一只脚上好几根脚趾被炸烂了，另一条腿上也有一个大口子。我从藤箱里找了一件旧衣服，撕开帮他包扎好。

钟灿富也走过来，看到了全叔和黑皮蔡，立刻骂了一声，才道：“蛟爷，现在怎么办？”

蛟爷抬了抬手，虚弱地道：“听天由命，鸦班他们应该已经上了外面的舢板吧？”

钟灿富一下沮丧起来，说道：“日本军舰的小炮，打不动我们的大船，难道还打不动一个小舢板？他们根本逃不掉的，就是日本人不打它，在这样的风浪里，随时都会被浪头打翻。唯一的希望就是天快黑了，希望他们能撑到那个时候吧。”

就像是印证钟灿富的话一样，他的话刚说完，外面就响起了马达轰鸣声，紧接着又连续响起了三声炮响，这次爆炸声过后，原来杂乱呼救的人声，渐渐没有了，只剩下木头着火的噼啪声，还有不知是木头还是尸体，不停地撞击着船舷发出的咚咚的声音。

到这时，蛟爷像是缓过来一些，摸了摸痛苦呻吟着的阿娣的额头，然后皱着眉头四处打量着密舱里剩下的几个人，看见全叔和黑皮蔡在密舱里，马上道：“你们怎么在这里？福昌号已经没有规矩了吗？！”

全叔低头支支吾吾，黑皮蔡倒可能是想对蛟爷笑一下，可那张脸却比哭还要难看。

蛟爷没再追究，巨大的海浪声中，他抚摸着舱板的木纹道：“福昌号的舱楼都烧塌了，咱们役使了你几十年，你也该去见龙王爷啦。”

密舱里的烟雾越来越浓，狂风呼啸着像刀子一样砍在火焰上，发出一声声怪叫，空气里密密地飘散着木材燃烧后的灰烬，干辣的黑烟让喉咙刺痛。大家不停地咳嗽起来，温度也越来越高，我被熏得不停掉眼泪，绝望之中就听见外面传来马达启动的轰鸣声，又渐渐地远去了。

这时候我已经完全不清楚上头会发生什么状况，如果继续这样被熏下去，我们一定会死，我看向七哥，连他都沉默着。忽然黑皮蔡跳起来叫道："下雨了！老天爷下大雨了，我们有救了！"

—/第三十三章/—

余生

“哪里下雨了？”我不由得站了起来，却看见黑皮蔡脸上一片血红，他猛然嘶喊起来，疯狂地用手去抹，我再一望他顶上的舱板缝隙，竟然正在不停地往下滴着艳红的鲜血。

原来那些只是上面底舱的人死后流出来的鲜血，并不是什么雨。我已经尽力了，阿娣却没有退烧，雨也不知道什么时候会下，看来我们凶多吉少了。

我的鼻子里已经充满了焦臭的味道，左右太阳穴的血管在突突地跳，意识渐渐模糊起来，只听得见大火燃烧发出来的怪叫声、轰隆隆的雷声以及阿娣的尖叫声——她终于醒过来了吗？

我梦见了小时候，早上在家乡门前那条大路上奔跑，道路两旁的稻苗叶上全是透明的露水，迎着朝阳和吹拂而过的微风，翻起来像波浪一样，遍野银光闪闪，我贪婪地大口大口呼吸着那新鲜且带着稻香味道的空气，清晨空气中的雾水扑面而来，真是舒服得要命。

但是突如其来的一阵剧痛却让我猛地跳了起来，睁眼只见黑暗中面前站着一个手拿鱼叉的黑脸白眼无常鬼，雨水打在他的身上噗噗作响，我躺在淹过脚背散发着浓烈血腥味的黑水里，到处都是浓浓的黑烟，我不由得“啊”的一声叫了出来，难道我来到了阴曹地府里的无边苦海里？

“别他娘的装死了，赶紧起来舀水，要不然船沉了都得喂鲨鱼！”一身漆黑的无常鬼开口冲我吼道，我这才反应过来，他是钟灿富。

密舱顶的中间已经被烧得露出小半个天，我探头出去看，天色黑沉沉的，整个福昌号被烧得已经只剩下船底，只有首尾有舱房的地方露出烧得乌黑的曲折不平的船舷，没烧透的舱板上仍然在冒着黑烟，雨水焦急地打在上面，发出哧哧的声音，烧得像炭棒一样的尸体横七竖八地堆积在上面。

黑沉沉的天上下着瓢泼大雨，黑乎乎的海浪溅起海水，混着从舱板流下来的雨水和从尸体上流出的血水，全都灌进了密舱里，一起淹过了脚面，散发出恶心的血腥味儿。

七哥和全叔、黑皮蔡已经在合力往船舷外舀水，钟灿富爬上了舱顶，蛟爷背靠船板，将受伤的脚搁在一条压舱石上，面上一片乌黑，看不出喜怒哀乐。我看了半晌，终于明白过来，我没有死，依然活着。

这次出发的福昌号，蛟爷说加上淘海客总共有二百四十九个人，船上的火被暴雨浇灭以后，一共还剩下了三十一个人，除了土财主、放花鹞子的邱守雄和陈水妹，其他还有好几个胆小的女人。除了蛟爷带伤在身以外，其他人基本没有受伤或者只是轻伤。还有些被烧伤了的人，都被钟灿富带着另两个幸存的淘海客扔下了海。

我们从日本人的炮艇下获救的详细经历颇有些神奇，这是钟灿富后来告诉我的：

不知道日军用的是什么炮弹，福昌号被击中以后，很快就燃起了扑不灭的大火，蛟爷叫鸦班马上带着两个淘海客去船尾，把那条舢板船放了下来，好些人都跟着他们往船尾去了。

舢板是平底船，贴近海面，福昌号是尖底船，吃水线离船舷比较远，因为火势越来越大，大部分人不得不从五六米高的船舷上往小舢板上跳，先跳下去的，有的落到海水里，挣扎几下就沉了下去，有的游到舢板边爬了上去，还有的直接掉到舢板的船板上，发出砰砰的闷响。跳到船板上的人有的还能爬起来，有的直接就被后面跳下去的人踩在了脚下，其结果是可想而知了。最终的结果是，跳到船板上的人没有一个能活下来。

还有些胆子小的人，不敢往下跳，结果就退了回来，无处可逃，只得往下层的底舱跑。这个时候，蛟爷和钟灿富已经下到密舱里来想要见阿娣最后一面了，有两个守着密舱口的淘海客，看见大火已经烧到底舱，热浪逼人，守在密舱门口的奎哥已经因为失血过多而不知死活，于是那两个淘海客搬开压舱石，也躲进了密舱里。

紧接着，那些跟着蛟爷他们进到底舱的人，还有不敢往舢板上跳而逃进底舱里来的人，都钻进了密舱。

密舱门开着，底舱上的人，不停地往里面钻，还有随之而来的浓烈的黑烟，大火已经烧到了底舱顶上，呛人的浓烟一会儿就将整个密舱笼罩住了，到处都是人被呛到咳嗽发呕的声音。

好多体弱的女人跳进货舱下的密道没多久就昏倒在地，然后被后面跳下来的人踩踏，有的人清醒过来后发出尖叫，马上又被烟雾呛得不停咳嗽，有的人再也没有醒过来。直到狭小的密舱挤满了人无处落脚，外面的人还在往里面挤，两个被钟灿富怒骂的淘海客，拿着鱼棱驱赶开外面几个人，才把密舱的门从里面关上了。

密舱本来就不大，只有两个通风口，进来这么多人后，填满了空间，燃烧带来的浓浓的黑烟充斥着整个密舱，空气顿时变得沉闷污浊，而这个时候，外面的风暴正起，火借风势，暴雨却像瀑布一样从天上往下落，日本炮艇也因为暴雨而急忙回航了。

后来，七哥听那些活下来的人说，日本人离开是因为风浪大作的海面上出现很多怪物，那些海蛇把日本人的船包围了，小日本是被吓跑的。不过他感觉没那么玄，也许是风浪太大，小日本怕翻船，福昌号又已经烧成这个德行，船上的人就算没被烧死也活不下去，才没继续炮轰。

我却有些不同的看法，从前就听那些老的淘海客讲过很多海里的事，那么大一片海，没有见过没有听说过的东西太多了。也许我们运气好，有些通人性的家伙也看不下去小日本的凶狠，才救了我们一命。

但我已经没有时间多想这些，因为船上还有许多伤员需要我去救治。

—— / 第三十四章 / ——

残船

他们中的很多都被烟呛昏了，最先醒过来的，应该是钟灿富他们，我就是被他们踢醒的，踢不醒的人，马上就会被他们扔下海。不断涌起的海浪向烧得降到吃水线以下的船舷里拍进海水，海水、雨水混着烧焦的尸体流出的血水，顺着密舱顶上烧穿的大洞往下流。有些昏迷过去的人，没有被火烧死，没有被人踩死，没有被浓烟呛死，却在昏迷中被那些污水给淹死了。

蛟爷脚受了伤，虽然问题不是太大，但行动有些不便，只得叫钟灿富把人组织起来，一部分人去扑灭残余的烟火，一部分人去把舱里的很多压舱石丢到海里，剩下的去找一切能装水的东西，把船舱里的水舀出去。我们匆忙地踩在那些不知死活的身体上行动起来，那些妨碍到大家做事却又踢打不动的人，钟灿富都让淘海客把他们抛进海里。

看着大家神情麻木地搬运着一具具身体，我甚至来不及看看每个人是否都真的死去，有好几次，我恍惚中看到“尸体”被扔在空中时微弱地扭动着，几乎要作呕起来。

等我强忍着莫名的负罪感，和大家一起把一切做妥当之后，身体上和心理上的双重疲惫已经让我虚脱得站不起来了。

此时的福昌号扔掉了压舱石，船帆被烧光了，桅杆被砍掉了，船体像锯齿一样残缺不全地漂在海面上。蛟爷叫钟灿富把阿娣的床单拆掉，绑在一根木条上做成一张小帆，就这样，残破的福昌号可怜但坚韧地、慢慢地在黑暗中行驶。

和刚上船的时候相比，我已经对下南洋根本不抱什么希望了。

还有些烧伤的幸存者，被雨水浇醒过来，也有可能是伤口被海水浸得疼痛，也有可能是被烧后身体太疼痛，从我清醒起，就在不停地哀号。暴雨早已停止，在微弱的白色星光下，寂静无声的船就像正在朦胧梦境中慢慢行驶一般诡异。如果抛开那些悲惨的哀号，眼前的一切将是如此安静祥和，丝毫看不出在不久之前，这里发生了血与火的灾难。

这时，我看到钟灿富拿着鱼棱爬到了舱板上，然后对准其中一个躺在地上正在惨叫的家伙，噗的一下刺出了鱼棱。

我大惊失色，没想到钟灿富竟然这么心狠手辣，不由得喊道：“等一下，你要杀了他？”

钟灿富手上动作不停，拔出鱼棱交到左手，右手在裤子上擦了两下，然后抹了一把黑脸上的雨水：“你能救得活他们？”

我顿时语塞了，即使是在泉涌堂里，像这样烧得浑身血肉模糊的人，我们也决然救不活，无非是看着他们渐渐地全身化脓，长满蛆虫，慢慢痛苦万分地烂掉死去。

“既然医生都救不活，那就只好让我给他们一个解脱了，让龙王爷保佑你们早日转生极乐吧！”说着他就用鱼棱叉起那个浑身流着血水的活人，一鼓作气扔进了海里，那个血人惊骇地惨叫着，手脚乱舞，但还是在冷冷的星光里，扑通一下栽了下去，几个沉浮之后，再也没有发出声音。

钟灿富又用鱼叉指着另外两个幸存的淘海客：“你们两个也上来，咱们赶紧把上面清理一下，免得血水到处流。”

然后又指了一下我们：“你们赶紧把底舱清理干净，把那些等死的或者是死掉的，统统都扔到海里去，把舱里的水舀完以后，全部擦干净。”想了一下又说，“把那些人的衣服扒下来，等下好擦舱板。”

我们忙碌起来，过了好一会儿，坐在一个压舱石上的蛟爷望着船头的方向，突然叫道：“灿富！灿富！”

钟灿富从大洞上伸出疑惑而警觉的脸：“什么事？”

“水舱！还有粮舱！快去看看！”

正在干活的人，也都直起了腰，听懂了蛟爷话里的意思，都紧张地往船头的方向围拢，七哥也立即跟着钟灿富往船头跑去。

—— / 第三十五章 / ——

新生活

船只遇难以后，粮舱的顶部被烧穿了，水舱里的水也蒸发得差不多了，里面剩下的水又黑又脏，面上漂浮着一些渣滓，也不知道掉了些什么东西下去。不光如此，真实的情况比这严重得多，粮舱里面的米全被烧成了焦炭，用手一捏就全成了湿湿的一团灰。

粮舱里面堆满了的干刀鱼，也大部分被火烧焦了，用手清理的时候发出嚓嚓嚓的炭灰声，一碰就成了灰烬，只剩下最下面贴着船底的那一层倒还可以吃，但最后清理出来数了数，只有一百二十多条完整的干鱼，而且它们连骨头都变得又硬又脆了，其他有半截鱼头或者鱼尾勉强能吃的，加起来也不过几十条的样子。

本来灾难过后，大家首先想到的是把船清理干净防止瘟疫，毕竟船上到处都是死人让人感觉非常压抑。但等到大家精神一放松，才意识到还有更严重的问题，那就是粮食和水。

看到残酷的现实，有的人直接瘫倒在了船板上，有一个女人可能想起了刚才死去的亲人开始号啕大哭，结果马上引发了更多女人痛哭流涕，那个有点神经质的雷嫂的儿子死了，她哭喊得最厉害，剩下没哭的人则失神落魄神情麻木地坐在舱板上面面相觑。

接踵而来的，就是饥饿感。刚才情况紧急，大家都使劲地清理船只，搬东西扔进海里，拼命地擦洗船板，现在清闲下来，顿时饥饿难忍。那些幸存的女人都聚在一堆纷纷喊饿，旁边拿着鱼棱的七哥站起来问道："船老大，忙活一晚上了，分点东西给大家吃吧？"

蛟爷背靠着船舷躺在一块压舱石上板着脸一言不发，那个雷嫂嚷了出来："咱们交了船钱，结果却遇上这档子事，船老大你可要给我们一个交代才行！"

那帮女人又开始绝望地哭喊起来，哀叹自己命不好，嫁得不好，运气不好，倒了霉，现在生死没着落，行李财物又全部丢失了，简直是断了她们的活路。

"行了，别闹了，谁他娘的想遇到这样的事情？都闭嘴，号个屁啊！"钟灿富见状也拿着鱼棱站了起来，回头问道，"蛟爷，你拿个主意吧，这样可不是个办法。"

另两个干瘦的淘海客也站了出来："对啊，蛟爷，您说现在怎么办，咱们都听你的。"

蛟爷想站起来，结果踉跄了一下没能成功，阿娣赶紧上前扶着他，他踮脚站起来，抱拳向着众人的方向道："福昌号遇到这样的祸事，我作为船老大在这里先给大家赔个罪，今天让大家受苦了。如果刚才福昌号不逃跑，咱们被带到日本人的驻地，多半大家都会被以检疫的名义注射毒针，即使最后到了南洋也都会毒发身亡。所以我才想要浪翻他们的小船逃跑，结果没能成功，害得大家受了这许多痛苦。现在大家幸运地活了下来，请放心，我一定会努力把大家带到南洋去的。我蛟爷在海上闯荡了这么多年，请大家相信我，咱们现在离菲律宾已经不远了。”

我意识到了现状的艰难，其他人开始三五成群地议论起来，说什么的都有。现在船上的情形是，蛟爷守在船头，我和阿娣、七哥站在他身后，钟灿富和另两个淘海客在另外一旁，还有躲在角落里一声不吭的全叔、黑皮蔡，船头这边有九个人。

其余的船客聚拢在船尾，其中我认识的有雷嫂、土财主、邱守雄夫妇，还有就是一些早先不敢往舢板跳的胆小乘客，以女人为主，他们总共有二十来个人。

看着这样阵营分明的两群人，我不由暗自哂笑，看来蛟爷是觉得我们这些人比较可靠，但想到和黑皮蔡、全叔这两个家伙挨得很近，又有些浑身不自在。

蛟爷回头对阿娣吩咐了几句，于是阿娣把她身后一个大木箱上的衣服拿开，蛟爷又叫过钟灿富，让我和他把那极为沉重的箱子费力地抬到船中间。蛟爷猛然掀开箱盖，里面整整一箱全是整整齐齐的银元，众人一下激动起来，迅速向前围拢了过来。

蛟爷大声对大家道：“请大家听我说，这些大洋，就是这次福昌号出海总共收到的船钱，除了上下打点、分给淘海客们的力钱，还有采买物资的费用，全部都在这里了。灿富，你现在把它们全部拿出来分给大家，希望大家到了南洋以后都有钱花。”

钟灿富指挥大家排队领取大洋，本来死气沉沉的悲戚气氛很快变得热烈起来，领钱的过程中，蛟爷又说道：“丑话说在前头，现在谁还在船上捣鬼，想要起些奇怪的念头，被我知道了的话……”拿出一柄鱼棱，手一挥，狠狠插入甲板里，“那就别怪我不讲道理了。”

我看着蛟爷一脸狠厉的表情，心里一惊，不明白为什么刚才客客气气的他却突然变化这么大，蛟爷的表情不像是警告，倒像是针对什么人说的，可这船上剩下的无非是些可怜的乘客，我又能感觉到蛟爷这股狠劲是憋在心里不吐不快的，总觉得他这话没有那么简单。

虽然蛟爷话说得狠，但是其他乘客已经被银元晃花了眼，只顾开心地叫着“蛟爷说得对”“那是自然”“这时候大家本来就该同心协力嘛”。

最后每个人都分到了三十块银元，我也拿了一堆，只是我却不明白现在银元还有什么用。分完了银元，有的人甚至兴高采烈地跟人商议起到了南洋要做什么生意，我看着他们非常认真地谈论着这些话题，感觉无比荒谬。

蛟爷发完银元后，面色依然非常差，我看得出他是在担心着什么，他又叫过钟灿富小声地说了半天话，然后钟灿富带着两个淘海客将刚才清理出来的刀鱼，向船尾的那群人每个人发了半条，用木桶盛了半桶水，摆在船舱中间，有个淘海客拿着杯子给每个人分上小半杯。

我们待在船头的七个人，每个人都分到了一条整鱼，杯子里的水，也要比船尾的人稍多一点，钟灿富自己更是拿了一条最大的鱼咯吱咯吱啃了半天才吃完，随后他控制不住的饱嗝声，在这寂静的夜里显得格外刺耳。

—— / 第三十六章 / ——

食饵

第二天早上，蛟爷把大家召集起来，商量怎么改善目前的困境，这么多人要吃要喝，而且船也没有帆，光靠一条床单做船帆，也不知道要漂流到哪里去。

在狭小破陋的船舱里，大家无事可干，都只能躺在能遮蔽阳光的地方休息，感觉又饿又渴，但是没有任何办法，因为钟灿富拿着他那根锋利的鱼棱守在粮仓旁边。

船尾陆续过来了几个人，都想求钟灿富给一点鱼吃，但都没能成功。有一名女乘客把分到的大洋拿件衣服兜着向钟灿富买食物，结果却是引来他一阵嘲笑声，只见钟灿富抓起大洋，扔在了那名女乘客的身上："大洋买鱼？你在做什么美梦？你现在就是拿一船金条来，也换不到一条鱼。"

见到这个场面，蛟爷望着钟灿富的面色就沉了下来，我也觉得钟灿富处理这件事太糟糕了，蛟爷好容易用银元把船上的局势稳定下来，他这么一来不就白费了？

果然，没过多久船尾的那些人都意识到所谓的分银元完全对他们没有实际的意义，有几个醒过神、意识到自己处境的人已经开始有些骚动，竟然有往粮仓逼过来的迹象。

蛟爷看到形势突变，大喝一声：“灿富。”钟灿富本来手里紧紧握着鱼棱，正一脸凶相地扫视着乘客，听到喊声后对这人群恶狠狠地挥动着手里的鱼棱，一脸无所谓的态度走了过来，看也不看那些义愤填膺的船客。

这种头脑简单的粗人不会想那么多，只相信手里的武器和身上的力气。仔细想想其实也有道理，在这种环境下，他们在这艘船上具有天然的主宰地位，只要不做得太绝，其他人又能拿他怎么样呢？

这时候七哥却站了出来，大声对乘客们说：“大家不要吵！听我说两句。”

七哥神情严肃的时候看上去非常有气势，乘客们的吵闹声很快平息了下来，都看着他。七哥见人群安静了，说道：“船上的食物有限，也不知道我们要在海上漂流多久，每天分这些是没有办法的。现在大家都在一条船上，只有互相体谅才有希望能活下去。”

底下的人听了，“嗡”的一声又炸开了，纷纷交头接耳，显然是不以为然。我看七哥并没有镇住场面，手里不由捏了把冷汗。

七哥不慌不忙，等议论声稍微小了一些，继续说道：“你们听清楚了。”慢慢环顾了一圈，周围的人被他视线碰到，都不由自主地移开了，或者低下头去。七哥继续说道，“我强调一下，大家必须互相体谅，必须团结一致。因为，我不想死。

“这些话，你们听不听我不管，你们想不想活，我也不管。但如果有人想要继续闹事，吵着要吃饱，我就会认为他是不想大家活下去，不想我活下去。

“对这种人，我是不会客气的。有不服气的，可以来试试。”

说完，七哥完全不理那些人的反应，直接走回我的身边坐下来。

船尾一片安静，看来其他人都被七哥给镇住了。我崇拜地伸出手，对七哥跷起了大拇指，七哥勉强笑了一下，丝毫看不见得意之色，眼中却有浓浓的担忧。

下午太阳正烈的时候，乘客们中有男人开始在船舷边用海水洗脸洗衣服，衣服洗净后就晾晒在顶上的船板上，之后那些幸存的女人也都去把手和脸洗得干干净净，有些胆大的甚至也都脱掉了单薄的衣衫清洗，然后穿着小衣蜷缩在船尾的角落里警惕地望着众人。钟灿富跳到舱顶上坐着，津津有味地打量着这一切。

就这样到了第三天中午，分饭的时候，大家似乎已经习惯了这样的生活，不再有哀求多给一些食物的声音，依然每人只分了一点够塞牙缝的，基本上所有人都是拿过来就塞进嘴里，然后失落地看着别人接过食物的手。

也许一个人三天不吃饭也勉强能够忍住，不会太过难受，但这么多人都处于饥饿中，那种痛苦的感觉好像也被放大了。

分完饭后过了一会儿，钟灿富和那两个淘海客嘀咕了半天，那两个淘海客还发出了几声怪笑，之后就见钟灿富从粮仓里拿出一条小刀鱼，走到船舱中间，右手拄着鱼棱，左手扬着手里的鱼对船尾的那群人喊道："刀鱼谁要？"

他的话一出来，几十双发着亮光的眼睛立刻全都盯着那条鱼和得意扬扬的钟灿富。说实话，大半天过去了，昨天晚上吃了一条整鱼的我，也早已是饥火中烧，所能做的，只是躺在地上蜷起身体用双手按住饥肠辘辘的肚子。

我想起小时候从安溪乡下逃难到泉州城里时，饥饿的感觉也曾经让我痛不欲生，那个时候，我做得最多的事情，就是把树皮啃出浆来咬成糊状吞下去，还有扒草和草根，不管它们有多苦涩难咽。

但现在在船上，连树皮都没有。昨天发生的那场灾难，耗费了大量的精力和体力，早上醒来，我肚子里就已经像是火在烧一样饿，但我立即明白，在现在这种情形下，只有忍饥挨饿才能活下去。

船尾的人吃得比我还少一半多，挨到现在他们一定更饥饿吧，起先不用银元换刀鱼已经犯了大忌，现在钟灿富又想干什么？

看着围拢过来的人，钟灿富把那条鱼凑近自己的嘴边，一边细细打量着他跟前的那些人，一边啃咬着那条鱼尾的干鱼鳍，咂咂嘴做香甜状。蛟爷看上去好像很平静的样子，但我看见他脸上的肉，却在忍不住地跳动。阿娣今天一直在昏昏沉沉地睡着，七哥在若有所思地看着，船尾那边，全叔一脸阴森地吞着口水，转过头去跟黑皮蔡说了什么。

钟灿富得意地望着面前这群人，之后引发了轩然大波：“哪个水灵的娘儿们陪老子睡觉，这条鱼就归她！”

人群顿时炸开了锅，几个男人顿时阴沉着脸坐了回去，眼神不善地望着钟灿富和剩下的女人。惊愕一阵后，有两三个女人满脸不屑地呸出声来，嘴里骂了起来，但更多的是饿得两眼直勾勾的女人，都像丢了魂一样往钟灿富面前凑，嘴里喊着：“给我，给我！”坐在船头舱板上的两个淘海客见状哈哈大笑起来，然后两人在那里划拳，胜了的那个得意地说：“等会儿我先去爽，哈哈。”

陈水妹先前就把衣服洗了晾晒在顶上的舱板上，现在她一把就将面前穿着的那件粉色绣花的半截肚兜扯去，大声地喊道：“灿哥，给我，我什么都干。”

邱守雄咬着牙盯着这一切却一声不吭，倒是旁边有个三十岁左右的女人站了起来：“你们还有没有一点儿廉耻了！为了一条鱼，众目睽睽之下，居然这么不要脸！”

“我呸，去他娘的廉耻，老子现在只想在死前图个快活！鱼只有这么多，谁知道这条破船什么时候能靠岸。”钟灿富一把推开靠近他的陈水妹，

“他娘的你这个放花鹞子的脏贱货，你给老子滚到一边去！”

最后钟灿富不理陈水妹的苦苦哀求而选了另一个年轻女人，那个年轻女人一只手紧紧地攥着那条鱼，一边啃一边跟着钟灿富爬到了顶上的舱板上。听着上面传来的喘息声，我身处的船舱死一般沉静，没过多久，其他人开始互相交头接耳窃窃私语起来，只是离得远他们又说得小声，我并不知道他们讲了些什么事。

这件事情以后，整个下午，都没有人再过来向淘海客们央求食物，甚至等了一会儿，其中一个淘海客学着钟灿富的样子，拿了一条刀鱼站在船舱中间得意扬扬地喊话，回应他的也只有掩饰不住的敌意眼神和死一般的沉默。那个淘海客涨红着脸等了半天没人搭理他，灰溜溜地回到船头，满脸难以置信和愤愤不平。

看着这一切，我感觉到一阵悲哀，同时有一种不祥的预感，我们侥幸活下来，但在这艘破船上，也许活着比死了更悲惨。想到这里，我看了一眼蛟爷，这个福昌号实际上的龙头老大此刻眼神复杂地盯着人群。

自从福昌号遭遇日军炮击后，他像忽然变了一个人一样，基本所有的事都由钟灿富出面维持，但往常钟灿富有他约束，也不敢干出什么出格的事，可现在蛟爷明显也不齿钟灿富他们的行为，为什么不阻止？

太阳快要落山的时候，船尾那边起了一阵骚动，我站起来一看，见是有人在舱板上打滚。再仔细一看，原来是全叔。有个女人的声音大叫起来：“啊，他吐血了，郎中呢？！那个小白脸不是郎中吗？快，快叫他来看看！”接着黑皮蔡跑到船舱中间来叫我过去帮他叔叔看病，我望着目光闪烁的黑皮蔡，心里万分疑惑，难道都这个时候了，他们两人还在打坏主意吗？

我看了看蛟爷，他想了想说：“拍花的，你去帮他看看吧，万一是瘟疫也好提早打主意。只是你要注意安全，万事小心！明白吗？虾仔，你陪他一起去。”

蛟爷的这几句话说得有些奇怪，感觉隐隐有所指，我没法再推辞，便拿上藤箱跟着那个叫虾仔的淘海客过去一看。那个全叔口吐鲜血和口水，手脚一直在打着哆嗦，白眼直翻，在船板上翻来覆去地打滚，看上去就像抽羊痫风，但是羊痫风断然不会吐血的，顶多会吐白沫和口水，难道是抽风的时候咬到了舌头？我摸着他的脉象，除了跳得快一点之外，别的并没有异样。

转念一想，我便判定这两个家伙多半又在搞鬼，正想戳穿他们，那全叔却像缓过了气来一样，身子一挺，原先打着哆嗦的身体软了下来，瘫在了船板上，那副表情就像才看清是我，马上紧紧地抓着我的手，咬着牙睁大眼睛注视着我，嘴里恍若毒蛇游动一般嘶嘶作响。

“我要死了，快救救我，救救我的命啊！”

—— / 第三十七章 / ——

密谋

这可怕的喊叫声让我陡然一惊，究竟是什么病，才会把全叔变成这种古怪的样子？黑皮蔡在旁边牢牢拉着我的手臂，嘴里哀号着，眼神却很有深意地说："拜托你了，以前是我们叔侄俩对不住你，现在拜托你救救他吧！"

我心下骇然，全叔的手死死地握着我的手，眼睛睁得就像眼角都要裂开了似的，浑身大汗淋漓，看上去比生了一场大病还要吓人，周围的人看到这样子都离得远远的，好像生怕他会忽然暴毙一样。

那时我的心跳得非常厉害，已经没空去看全叔那副骇人的表情，我知道他是装出来的。他能装得这么逼真，也算是不容易了。

现在我能肯定即将有什么大事要发生，手里紧紧握着他塞给我的东西，克制住马上想要打开看看的冲动，翻开他的眼睑检查了一下，冲着全叔点点头："我知道了，别担心，我会把你治好的。"又站起来说道，"我回去给你拿点儿药，不是大病，你不会死的。"

说完我转身就走，迈了一步忽然想到这样好像太着急了，又对黑皮蔡说："你先把他扶起来，半卧坐好，嘴里塞上东西，免得万一抽搐把舌头咬到。"之后才离开。转身的那一刻，我看见黑皮蔡对我点点头。

我满腹狐疑地回到船头，刚过去就发现蛟爷正看着我，我能感觉到他如刀的视线一直跟随着我，我想这时候我的表情一定非常紧张和怪异，因为除了蛟爷，钟灿富、阿娣，甚至七哥看我的眼神都不太对劲。

我强作镇定，一个字也没有说，走到藤箱边，背对着船尾蹲下去，把藤箱打开，装出找药的样子，然后双手止不住地发着抖将手里一直捏着的东西展开。

那是一块比手掌大一点儿的灰色布条，上面用黑炭写着五个非常潦草的字。

今夜杀人。钟！

这几个字带来的信息让我震惊得差点叫起来，一瞬间的工夫，我脑子里飞快地转过很多东西。在这一刻，我脑子变得从来没有过地清醒，因为我清楚地知道，这是一个决定生死的时候，我必须把事情从头到尾想清楚，才能决定接下来应该怎么做。

首先，我得明确这五个字代表着什么意思。

毫无疑问，那群乘客在高压的镇压下，已经有些绝望。看来他们白天的时候已经串通好，准备晚上开始杀人。其实我完全能够理解他们的想法，淘海客无疑能让这艘漫无目的漂流下去的船存活概率增大一些，但事到如今，如果活着已经比狗更没有尊严，他们显然也不介意死之前先反抗一下。他们做出这样的选择是在意料之外，但是在情理之中。

可让我想不通的是，为什么钟灿富会和他们一伙？

这太出人意料了，不说船上的很大一股怨气就是钟灿富作威作福搞出来的，仅凭他和蛟爷的关系，在这种时候也不应该做出这样的选择，我想不出这样做对他有任何的好处！

另外，这些船客虽然我不是都熟悉，但这种人的心理我现在已经很了解了，那都是些只喜欢说闲话看热闹的市井小民，这么快就能结成联盟，团结起来做这种事，这背后一定有人在挑唆，而且这个人一定有不小的威信。钟灿富负责分配船上的食物，从这一点上来看，如果是他领头，用食物做引诱，说不定真的会迅速得到响应。

可还是想不通啊，他为什么要出头做这样的事？他这样身强力壮，又是常年在海上讨生活的家伙，在这种局面下生存是很有优势的，作为船上的头纤，蛟爷也对他信任有加，他没理由这样做啊！

想不通，我完全想不通。于是顺理成章想到下一个问题：

黑皮蔡和全叔想干什么？

我的第一反应，就是他们在挑拨离间，一切只是场恶作剧。不过这个念头马上被自己推翻了。他们根本不可能做这样无聊又危险的事。

反过来说，虽然难以置信，但这个信息看来就是真的了。

这两个流氓混在船上，得知这个消息后一定会权衡利弊。也许在他们看来，那些乘客虽然人数占优，但毕竟是乌合之众，船上的淘海客都身强力壮，个个都有武器，而且有蛟爷和七哥这样的猛人，依照全叔两人的奸猾，多半会判断出哪方更有优势。

更重要的一点，我想这两个人渣一定也想到了，那就是在海上生存，靠着蛟爷他们一定会更有把握。最后还有一个非常阴暗的原因，乘客人数众多，但食物已经极其少了，如果蛟爷这边赢了，人少些生存的概率会更大。

想到这里，我忽然打了个冷战：我什么时候也变得这么阴暗了？可以如此自然地用这样阴毒的思路去分析局面。但我没有更多的心情和时间来感慨，黑皮蔡和全叔这种十恶不赦的恶棍，做出这种决定是为了活下去。而我的愿望也很简单，和他们一样，活下去。

我的思路再次回到黑皮蔡和全叔两个人身上，陷入这样的死地，如今他们心里一定后悔万分吧。

脑子里转了一大圈，虽然想的事情很多，但只是花了一两秒的工夫。我深深地呼了一口气，把布团揉起来，合上药箱站起身朝全叔走去。

路过蛟爷的时候，我不动声色地把布团扔在他脚下，然后假模假样地在全叔跟前蹲下，胡乱翻出几味药，虽然不至于把他毒死，但都是故意拣最苦的，然后胡乱塞进他嘴里。本来还想再给他扎上几针解解气，毕竟事情重大，害怕节外生枝，看到他嚼着那些又苦又腥的药草，但又不能吐出来的尴尬表情，心里颇为痛快了一番。

回到船的这边时，蛟爷居然神色如常，没有露出丝毫惊异的表情，我甚至怀疑他没有看到布条上的字。当我走过他身边时，蛟爷轻微地对我点了点头，示意知道了。

七哥正躺在船板上闭目养神，我坐到他的身边，看周围没人注意，轻轻伸手在他手背上写着字。我写得很慢，写好一个字，七哥就用手指在船板上轻轻磕一下。这五个字我写了两遍，从头到尾七哥都没有睁开眼睛，只是拍了拍我的手，表示知道了。我缓缓地躺下，夜晚还有很久才会到来，但我现在已经抑制不住地开始焦虑起来。

当天晚上分发食物，仍然只分烧焦了的半条鱼给舱尾的乘客，我们则是每人一条大鱼。但这次没有人再嚷嚷，大家默不作声地领取了自己的那份食物，我仔细观察，发现不少人看向分鱼的虾仔时，眼神里充满怨毒，这仇恨让人胆战心惊。我问自己，如果我没有收到那个布团，是否能看出这诡异气氛下的不正常？下一刻我自己给出的答案是：不能。

我多半只会认为乘客们都已经接受了被压迫的现实，就像在泉州城里，所有人都接受了被日本人打到家门口的事实，无法反抗，只能逃。但现在，从打开布团的那一瞬间，我明白，逃到这里，我已经无处可逃。

在压抑的气氛下，船上的人都默默地吃了东西。我冷眼旁观，看着两边的人都有所准备，船尾的人假装去舱板上面透气，然后拆掉了好些趁手的舱板木条什么的下来。我们这边，也早就准备好了家伙，躺在船头小心防备着，我摸着怀里的鱼棱，感觉手心有些出汗。

钟灿富分完食物后，和另一个淘海客走了过来，两个人拿着几块船板，用手里的鱼棱切割着，嘴里大声说着一些捕鱼抓虾之类的窍门，像是要做什么捕鱼的工具。表面上看起来没有任何异常的地方，我不敢总盯着他看，怕被看出内心的紧张。

钟灿富却根本没看我，只是对蛟爷说了一句："今晚我睡那边，看着那群货。"就转身走向人群，拉出那个之前用身体换鱼的女人，旁若无人地走到远处的舱板后面去了。

我叹了口气，看来今晚的变故是肯定的了，但那个疑问不停在脑中盘旋：

钟灿富为什么要这样做？

——/第三十八章/——

厮杀

夜很快就深了，耳边听到我们这边的两个淘海客故意发出来的鼾声，等了没多久，一阵窸窸窣窣的声音响起。我睁开了眼睛，这是一个晴朗的夜晚，天空中挂着一条灿烂的银河，不知为什么，我想起了小时候我娘给我讲的故事，牛郎和织女就隔在这条银河的两边。

窸窣的声音打断了短暂的走神，我甩开其他的念头，微微抬起头，在银河那漫天闪亮的星光下，一群黑影小心翼翼地向着船头悄悄走了过来。我死死地捏紧沉重的铁力木木条，手心全是汗水。

突然那群黑影中有人发出一声大喝，借着月光，我看到钟灿富带着两个淘海客操起家伙就扑了过来。

就在这时，对面的人群中忽然传出两声惊呼，接着一阵骚乱，看样子是人群中的黑皮蔡两人已经偷袭得手。趁着他们分神的工夫，一直假睡的七哥暴喝一声，手里的鱼梭飞出，正钉在最前面的邱守雄胸前。这一下七哥是使了全力，邱守雄完全没有任何反应，就见鱼梭扎进他前胸大半截，他连呻吟声都没来得及发出，就被鱼棱上的余劲给带倒在地，一动不动，后背露出闪亮的棱尖。

我完全没想到七哥的手上功夫这么厉害，居然一下毙命。而面对面看着一个活生生的人被另一个人给当场杀死，还是第一次，这种血淋淋的残酷，没有经历过的人是无法体会的，不光是我，对面暴乱的人也被震慑住了。我能感觉到很多人已经吓得两腿发软，这群乌合之众有几个人见过这样的场面?

虾仔和另一个淘海客显然被七哥这一下给撩拨得热血沸腾，手里拿着家伙继续向前冲去，那边的大部分人还是没有什么反应，仿佛吓傻了。眼见预想中的恶战即将变成一场单方面的屠杀，忽然钟灿富上前一步，一棍子挥过来，势大力沉得连空气都被划破，发出呼啸声，这一棍又快又狠，正好打中一个淘海客的脑袋，直接把他打得踉跄几步跌倒在船上，也不知道是死是活。

其他淘海客立即骂了起来："灿哥，你是不是招邪了，连自己兄弟都杀，你不要逼我们动手啊！"

钟灿富凶狠地挥舞着棍子，大声道："什么兄弟不兄弟的，老子只想活命！"又转头骂道，"都他娘的上啊，不把他们干掉，我们都得死！"

那些船客听了这句话后，却反应各异。有的跟着他冲了过来，有的扔下武器抱头蹲着喊道："蛟爷，不要杀我。我是被逼的！"有几个惊慌失措的女人更是被吓得爹?了窝，到处哭喊着乱跑，场面一片混乱。

我拿着鱼棱守在阿娣身边，她死死躲在我的身后，抓着我的衣服发着抖，这种场合我只能尽量保护着她，因为蛟爷拿着一把鱼棱也加入了战团，他的步子很稳，跨步的幅度看起来不大，可行动的速度很快，像一个将军上了沙场一样镇定自若，通常只是一捅或者一扎，对面就有一个人倒下。

这场战斗结束得很快，快得出乎我的意料。

在我的预想里，这是一场惨烈的搏杀，背水一战的乘客们为了生存红了眼和淘海客大战，可实际上，一转眼之间，一切就已经结束了。虽然人数多出几倍，但这些乘客显然从身体到心理上都没有真正做好准备，只有钟灿富和其他少数几个人算是有战斗力的，坚持了一小会儿。

尤其是钟灿富，我后来检查了一下那个被他一棍子打飞的淘海客，脑袋都被打得凹进去一块，眼看是已经活不成了。而虾仔也被他抢过鱼叉，一下捅穿了腹部。在钟灿富的断杀下，我们这一边本来就不多的淘海客，几乎死伤殆尽了。

但面对七哥这样的猛人，他们还是很快被吓破了胆。在死了四五个人后，船客那边已经完全崩溃了，到了后来，好几个人甚至只是看着气势汹汹的蛟爷走过来，立刻丢下武器，跪在地上不停地磕头咒骂，内容无非是“我们是被强迫的”或者“我们是被蒙骗的”，他们口中的主谋钟灿富却一声不吭地负隅顽抗。

直到蛟爷一鱼叉飞过来，鱼叉穿透他的大腿把他钉在船板上。

那一下看得我心惊胆战，却听不见钟灿富喊一声疼。他边上有两个女人好像是疯了，手无寸铁也哇哇大叫着扑了上来，又立刻被打倒。全叔和黑皮蔡早就在混战一开始时，在背后下了黑手，然后趁乱从人群中溜了出来，此刻脸上带着胜利者的得意，直接上前把这两个女人踢下了船，她们在银色的海面上没扑腾两下就消失了。

到了这时候，依然还在顽抗的只剩下六七个拿着木条胡乱挥舞的乘客，被围在了舱尾的角落里做垂死的挣扎，他们又怎么会是七哥、黑皮蔡他们的对手，片刻之间就都被打倒了。

我冷眼看着这一切，忽然见到跪在地上的一个人跳了起来，是那个让我鄙夷的土财主。他哭号着爬到蛟爷跟前，边哭边大喊道：“蛟爷，你们放过我吧，我是被他们逼的啊。”

蛟爷提起鱼棱就向他扎了过去，鱼棱扎进了土财主的肚子里，他死死抓住鱼棱，发出了惊天动地的哭号，逐渐声音微弱了下去。

我看到这里，暗中叹了一口气，虽然明知肯定会是这样的结局，心里还是莫名其妙涌上一股悲凉。蛟爷连一眼都没有看那土财主，对他的惨叫声也是充耳不闻。这场以少对多的战斗我们这边也有损伤，蛟爷、七哥还有一个淘海客身上都挂了彩，还好都是些小伤，不是很严重，但虾仔和另一个淘海客都死掉了，黑皮蔡和全叔倒是毫发无伤，不得不佩服这两个恶棍奸猾过人，在这种情况下也能安然无恙。

不过总体说来蛟爷这边以少对多，能赢得这么彻底，还是很不容易的。说实话，看到这样的结果，我心里也是一块石头坠了地，但蛟爷脸上丝毫没有大局已定的轻松，也不管腿上的伤口，被另一个淘海客扶着，反而神色凝重地看着浑身是血、坐在地上的钟灿富。

钟灿富被鱼叉刺穿的大腿不停地流出鲜血，把身下的一大块船板都浸湿了，和其他号哭悲鸣或者磕头求饶的乘客不同，他虽然伤得很重，面色惨白，却一声也没吭，神情复杂地打量着蛟爷。

蛟爷叹了口气，向着钟灿富问道："为什么？"

这也是我心中的疑问，钟灿富却惨然一笑，答道："蛟爷，十五年前我年纪还小，侥幸活了下来。这次我肯定活不下来了，不如搏一把，反正多活了这么些年，就当白赚了。"

这两句话，我隐隐听出是当年的事，但还是有些摸不着头脑。蛟爷低下头，不知道在想什么，却没有打断他。

钟灿富咳了几声，继续说道："我阿灿对蛟爷你算得上是忠心耿耿，但我太了解你了。福昌号现在这样子，就算能到那里，也剩不下几个人了。我可不想去补那些空位……"

说到这里，忽然一道白光闪过，钟灿富的声音变成了惨呼，蛟爷手里的鱼棱已经扎进了他的腹部。

钟灿富嘴里不停往外流着血，嘴里含糊地说道："蛟爷……没用的……现在……人不够了……"头一歪，再没有了动静。

蛟爷静静地看着钟灿富的尸体，忽然冷冷地道："灿富，你不懂，我和原来已经不一样了。"

我看着死去的钟灿富心里一阵发寒，我并不了解他，对他的印象也非常糟糕，因为他总是找我的麻烦。但他最后说的那句话，还有蛟爷的回答，突然让我感觉到莫名的恐惧。

船上的局面虽然得到控制，但还需要善后，我站在那里，忐忑地猜想着蛟爷他们会怎么处置剩下的人。蛟爷先走上前，把钟灿富尸体上的鱼叉拔出来，然后一脚把尸体踢下了海，忽然转头看着我，指着那些跪在地上的乘客，对我说道："闽生，这几个人你来解决。"

这一句话让我的心沉了下去。我知道有些事情，即使再不想去做，也无法逃避了。

那几个人已经吓破了胆，几个大男人跪在那里，机械地磕着头，嘴里不停地求着饶。我从内心深处是觉得他们很可怜的，这些人原来只是本分的普通人，虽然刻薄寡义，也会落井下石，但在这个时代也没什么可指责的。

如果是上船前的我，也许会怒斥他们的卑劣行为，然后转头向蛟爷他们求饶，希望能留他们一命。可现在的我已经不会这么幼稚，再去做这种毫无意义的事。更重要的一点是，既然已经彻底决裂了，那么这些人必须得死。

回头看了一眼阿娣，她抱头坐在船板上，不知道是不是在哭。形势逼人，我们没有办法阻止这些血淋淋的东西被她看到。蛟爷过去将惊恐得浑身颤抖的阿娣抱着，轻声安慰着，我只能略带愧疚地转过头，忽然也有种心酸的感觉。

决心早就已经下定，再没什么好犹豫的，我接过蛟爷递给我的鱼棱，使劲咬住嘴唇，狠狠地对准一个跪在我面前的人，刺了下去。

—— / 第三十九章 / ——

大雾

收拾残局花了大半夜的时间，把所有的尸体都扔下海之后，我已经疲累得麻木了。这种麻木更多是来自心里的。

说实话，我很诧异自己这么快就能接受这样的现实，做出这些事情后依然如此平静。杀第一个人时，我以为自己会崩溃，会发抖。曾在药铺给那些泉州城里的游侠治病的时候，听过有人吹嘘自己第一次杀人的感受，他形容那是一种地狱般的磨炼，会不由自主地发抖，甚至会恶心地呕吐。

“但杀过人后，就再也不一样了。”我到现在都记得他说这句话时的得意和狠戾眼神。

我做梦也没有想到自己有一天也会杀人，既没有新仇，也没有宿怨，而且是那种没有反抗能力的人。身体内没有任何激烈的情绪来阻止我这样做，直到现在我也觉得自己做得没错。我想，这场厮杀造成的最终后果是福昌号上只剩下蛟爷、阿娣、全叔、黑皮蔡、七哥和我6个人了。我必须这样做。因为我想活下去。

蛟爷又喊我过去，看样子阿娣的状况好像有些不妙，她躺在蛟爷的怀里说起了胡话，我赶紧拿出银针，想像以往那样让她安静下来。但这次她却仍然在迷糊中不停地扭动喊叫，也许是之前的血腥一幕对她的刺激太大了。

我心急如焚，一边注意着别让银针断在阿娣身体里，一边说着好话哄她。挨了几分钟，她才没有继续呻吟，好似睡了过去，我已经累得满头大汗。蛟爷紧紧把阿娣搂住，在那种无能为力的沮丧之下，能看得出他对这个女儿其实是有多么疼爱。

我看向远处，刚才小小的一些骚动过后，深夜的海面已经无风而动，掀起了轻微的皱褶。我长出一口气，真切地感觉到为什么淘海客会说阿娣就是一个炸药桶。之后的日子，这姑娘会是一个最大的麻烦。

收拾妥当后，我躺了下来，周围的呼吸声沉重，不时伴随着几声打鼾，我不知道时间，但看着墨色浓重的天空，大概天也快亮了。今夜真正能睡着的人应该不多，这些鼾声是蛟爷发出来的，但我觉得，他这个枭雄一样的人物自从船毁后就显得心事重重，他的鼾声，很可能是装出来让其他人安心的。

睡梦中的蛟爷，看上去比平常苍老憔悴得多，就像一个普通的中年渔民，一脸坦然安详。看样子并没有被良心折磨，如此，我也就坦然了。

叹了一口气，我开始想一个最要命的问题，它摆在我的眼前，让人无法回避，那就是，接下来，我和七哥该怎么办？

船失去了动力，我们接下来的行驶方向，都要靠老天爷来决定，运气好的话，我们也许还有机会漂回陆地，运气不好的话，我们也许会漂进大洋深处，永远靠不了岸了。

我不会打鱼，也不够强壮，唯一会的只是一些医术，也许在船上还会有些用，总体说来不太妙。想到这里我几乎一筹莫展，已经没法继续思考下去，看来只能紧靠蛟爷这棵大树，靠他的经验，才可能有些活下来的希望。

当夜我带着这种焦虑睡了过去，我不知道自己能不能扛下来，但我必须去扛。只是没有想到，麻烦竟是来得如此之快。

第二天等我蒙眬地醒转，第一时间就觉得气氛有些不对，昏暗的船舱里点起了火把，所有人的脸色都很奇怪。

我心里正在盘算这一觉睡了多久，怎么天还没有亮，又看见全叔和黑皮蔡都老老实实地坐在周围，眼神中没有了之前的那种跋扈，取而代之的是恐惧。我扫过去，发现七哥甚至蛟爷的眼中都是深深的困惑和担忧。

“发生了什么事？”我不禁开口问道。

七哥道：“闽生，你去外面看看。”

我应声往舱外看去，发现黑暗中一片混沌，整个海上起了大雾，那雾极为厚重，已经将整艘船包裹起来，一时间什么都无法看见，整个空间全都被灰白色的雾给填满，我伸出手去，手就完全埋进了雾里，说不出地压抑和诡异。

—— / 第四十章 / ——

迷航

四周除了船只在水上的漂流声，再也没有任何声音，我突然起了一种错觉，我们现在已经不在海上，而是不知不觉间漂向了阴曹地府。

我压抑着心慌的感觉，疑惑地问道：“这雾是什么时候起的？”

全叔坐在角落里，听到我问话就道：“我们醒来之后就这样了，不知道是怎么回事。”

我看了雾气：“奇怪，昨天还能看到星星。”伸手去摸了一把，就发现雾气特别地浓密。回头看他们，问道“这雾气有什么问题，为什么你们都垂头丧气？”

蛟爷慢慢道：“海雾很麻烦，有些雾气一个时辰，长的雾气一两个月都不会消退，这雾气是在我们四周升起来的，神不知鬼不觉，如果是长雾，那我们会被困在这里很长时间。”

我听了一下子明白过来，就道：“那怎么办？有什么办法？”

蛟爷微微摇头：“只有等，希望只是一场短雾。”

接下来大家都没有说话，似乎在等待天亮或者雾散。可我们呆坐了很久，雾气依然浓重，丝毫没有将要退散的征兆，也没有阳光驱散黑暗。

很快就到了以往给阿娣针灸的时间，她依偎在蛟爷怀里，双眼紧闭，身体微微抖动着，到现在还没醒来。

这个时候，我看着阿娣紧紧闭着的似乎不想再睁开的双眼，忽然起了一个念头。

我走到蛟爷身边，试探着问："蛟爷，要不再让我给阿娣看看？"蛟爷却缓缓地摇了摇头，七哥招呼了我一声，我疑惑地坐到他边上，发现大家都盯向了阿娣，流露出焦躁的情绪，他们应该也发现这场雾有问题了。

如果痛苦能引起风暴，那恐惧，是否会产生大雾？

这场雾气来得那么莫名其妙，和那些奇怪风浪一样，很难不让人那么联想。不过，我不敢确定，如果不是，在这种情况下，对阿娣是一种很大的伤害。而且蛟爷也不允许。我不敢在这个时候再起什么纷争。

我没有再做什么举动，只是一边安静地等着，一边祈祷，我的想法是错误的。

在迷雾中的时间过得极其枯燥，人就是这样，在什么都不知道的情况下，感觉一分一秒都很难挨。无聊中我开始有意计算时间，方法很简单，就是默念一些药方。

以前叔父考校我时经常用的一个方式就是让我背药方，一炷香的时间背上来二十个是合格，差一个或者说错了一味药就抽一板子，那时候总觉得一炷香的时间太快，总是背上十几个就烧完了，为此没少挨打。

但在这时，时间仿佛已经停顿了。我前所未有地、仔细缓慢地背着药方，不是简单地把名字念出来而已，而是在脑海里一笔一画写下各味药的名字、剂量，还有其他注释。只要写错了一个笔画，我就会重新计算。

很快，我就陷入忘我认真的境界里，每背下一个方子，就弯下一根左手的手指，五根手指都记满了，就用右手的指甲在旁边的木头上刻一道划痕。

我麻木地背着方子，也不知道过了多久，我所知道的那些药方已经被我默写了无数遍，直到这种机械的动作让我再也无法忍受，再也不能保持平静的心情，就开始低头数起划痕来。我数得很慢且非常仔细。一连数了三遍，发现一共有六十二道。

抬头看了看，入目之处依然是一片灰暗，我的心里有些绝望。

之前我怕失去时间的概念会产生错觉，所以特地选择一个字一个字地默写，就算按照叔父原来对我的要求，背出二十个方子算是一炷香，差不多四炷香就是一个时辰。那么这六十二道划痕代表了至少十二炷香，也就是起码三个时辰。

这么久过去了，天早就应该已经大亮了，可我们周围，那浓重有如实质的雾依然黏稠地包裹着我们，抬头努力看去，比起之前好像只多了一点点亮光而已。

我说不好是真的太阳已经出来了，还是因为这妖异的雾气把我们依然裹在其中，已经没有日和夜的分别了。

全叔他们显然没有我这么好的耐心来计算时间，我默写方子的时候，他们就开始轻声聊天，后来停歇了一阵子，时不时问我过了多久。

现在我不确定到底过了多久，而他们脸上的表情告诉我，他们已经有点儿按捺不住，只是没有直接表露出来。后来见我停下，七哥就道："闽生，东西要重新分过，蛟爷让你和我带头一起盘点船上剩下的东西，看看有没有东西能做个竖桨。"

我点点头站起来，和其他淘海客一起翻找起船上可用的东西，翻找的过程中，七哥忽然小声问道："闽生，你说实话，这雾是不是和那个小姑娘有关？"

我心里一哆嗦，看了看其他人，觉得不方便在淘海客面前说阿娣的古怪，就也小声道：“我不知道，也许有关。”

七哥停了一下，继续翻找着，小声道：“你是唯一的大夫，你就说，假使是那个丫头引起的，你能不能治好？”

我有点不安起来，支支吾吾道：“不敢肯定，但是既然之前能压住风浪，我想应该赢面很大。”

他听完就点头，神色若有所思，我问道：“你想干什么？”

“现在还说不好。”他面色说不出地奇怪，想了想，继续整理东西，说道，“你别管这些，先整个桨出来，看看能不能划出去再说。”说着就走开了。

我看着他，走向船尾开始整理，看他似乎没有找蛟爷的意思，才慢慢地放松下来，跟在他后面一起整理，但是我明白，这种僵持，持续不了多久了。

经过仔细的盘点，船上的家当一共有：密舱前面船首位置的淡水舱里还剩下有十五分之一的淡水，所幸的是，密封的淡水舱没有被雨水、血水和海水污染，大概还够六个人一天一杯喝十多天的样子；另外还有一些为数不多的刀鱼，也不知道能吃多久。

除了食物和水之外，另外还有阿娣的饭碗两个，已经被用来制作成了船帆的床单一条，它正带领着我们离开那片遇上日本人巡逻艇的海域，往哪儿去却说不准，因为我们没有舵盘，只能顺风飘荡。

倒是死掉的邱守雄留下的小皮箱还在船上。另外武器倒是不缺，鱼棱有好几根，匕首两把；我随身带的藤箱一个，里面有些制好的丸药，以及一些衣服，大部分已经分给他们了，此外还有银针盒一个，里面有银针数十根；另外还有火柴两盒。其他的没用东西，比如银元和钞票若干，现在这些玩意儿没有一个人会去多看一眼。

最后，就是还没有扔下去的七八块压舱石，船头的舱板上，还留下了一只沉重的大铁锚。

这些东西里没有任何一件可以用来做桨，七哥用一些烂木板和鱼棱，做了一只小小的“桨”，尝试着划了一下，发现在水中根本承不了力，划了几下，木板便会脱落，船几乎没有任何的方向变动。这做桨的想法，就此彻底破产了。

我万分沮丧，再看见黑皮蔡和全叔他们的眼神开始不加掩饰地盯向蛟爷怀中的阿娣时，我知道船上的安静即将被打破。

第一个打破平静的是全叔，好像是这么长的时间里，他终于积蓄够了足够的勇气，他来到蛟爷面前，开口对蛟爷说道：“蛟爷。”

蛟爷正在闭目养神，睁开了眼睛。全叔顿了顿，继续道：“这浓雾，会不会是阿娣……”

蛟爷抬起头，只是深深地瞪了他一眼，全叔就住了口，有些尴尬。但很快，他就吞了一口唾沫，仿佛做了什么决定，很艰难地继续说道：“蛟爷，您该为这船上其他的人考虑一下……”

“住口！”蛟爷暴喝一声，说道，“阿娣已经受了太多的苦，你们不要把所有的事情都归到她头上。”

全叔支支吾吾道：“但是蛟爷，咱们被这雾困在这鬼地方已经这么久了，再等下去只有死啊！”

蛟爷并不看他，声调转缓：“这片雾是有些奇怪，但我们的船还在走。”说着，从船上捡起一根长长的木条，伸向船舷外的海中，握着木条一端的手伸向全叔，“你自己感觉船是不是在动，有什么好担心的？”

全叔并没有接过木条，只是看着蛟爷道：“船是在走，但雾气一点也没有变化，很明显它也在跟着咱们走，我们怎么知道我们是在朝哪里走？说不定最后漂到日本去了。”

蛟爷眉头皱了起来，显然已经没有耐心了，用力道：“这个季节洋流就是往菲律宾去的，运气好的话，只要顺着海流的方向漂流，福昌号就会到达南洋，只是这条床单当船帆太小了，恐怕最少也要二十天才能到。你要担心的是，怎么让我们活到那个时候。”

他的伤腿虽然止住了血，但我没带伤药，伤口只能一直红肿着，就算尽我所能，也只是让伤势恶化的速度减慢了一些。所以蛟爷一直坐着。

我无法分辨蛟爷说的是真的还是假的，全叔也僵在了那里，没有说话，船上的气氛一下子变得很尴尬。

而蛟爷说完之后，也没有再开口，也不知道安静了多久，七哥打破了沉默，他站起身道：“既然蛟爷说得这么肯定，我们也没什么好担心的，我先去叉点儿鱼。”说着，转身就走到船头了。

我松了口气，但是我的感觉却有点儿奇怪，刚才蛟爷的话，应该不只是字面上的意思。

蛟爷说了南洋，没有再提还愿的事情，看样子好像放弃了这个想法，我不由想起之前他说的事情，如果还愿的时间一过，不知道阿娣会变成什么样子。

比起被困，这件事情却是最让我焦虑的。

—— / 第四十一章 / ——

吞噬兽

几天之后，我们已经逐渐习惯浓雾的伴随。它仿佛是在跟着我们的船走，依然如影随形，但不再像开始时那么让我们惊恐。我们的视野不知何时已经能看到船外大概十丈的距离，这点距离对于没有尽头的大海简直是微不足道，但对我们来说意义非凡，至少那种强烈的压抑感和方向感完全封闭的痛苦减轻了很多。

之前我最为担心的食物和水的问题，在淘海客眼里，反而是不在话下的简单事情。蛟爷教会了我们使用鱼棱在海里叉鱼，船边的海里总是可以看到各种各样的鱼儿，有的细如手指，有的足有大腿粗细。

蛟爷告诉我们，这都算是小的，海里有许多鱼动辄上千斤。叉鱼是一个技术活，每每看到鱼儿静静地在船边游动，仿佛静止一样，但在朦胧的雾气中，一叉下去总是落空。蛟爷又告诉我们许多窍门，比如要往眼睛看到鱼的位置偏一点儿的地方扎下去，这样反而容易得手。

我学得比黑皮蔡和全叔要快得多，这两个家伙冒坏水捅人倒是厉害，但捕鱼这种事始终笨手笨脚地学不好，全叔有两次还差点儿把鱼叉给掉进水里去，被蛟爷大骂一顿。

很快，七哥和我就成为船上捕鱼的主力，经常是我们两个在拿鱼叉不停地叉鱼。我始终有一种极度不安全的感觉，这样努力捕鱼，只是想让自己在其他人眼中变得更有用，想努力成为船上不可或缺的一个角色。

而饮水的问题是用蛟爷想出的办法，他让黑皮蔡把邱守雄的那个精致的皮箱给拆了，用里面贴着的那层透明油纸和船上存留下来那个阿娣的碗，利用炎热的天气，可以制造出一些淡水，这个办法让我心生佩服。

不过唯一的缺点就是太慢，一天也制不出一满碗水来。不过好在船上人不多，又严格控制大家的饮水，再加上抓到的鱼大多是生吃，鱼肉里的汁液可以暂时缓解一下干渴。

对完全没有这种悲惨经历的我来说，其他一些之前根本没有想到的问题，反而是更加要命的，那就是船上人的改变。信心和希望如双手捧起的水一样，以肉眼可见的速度渐渐流失，而一些我说不出来的情绪，在悄悄滋生，也许是因为蛟爷那句奇怪的话，也许是因为七哥的态度。

蛟爷说我们一直这样顺着洋流走，一定能到达南洋，可现在谁也说不清楚船到底漂流到了什么位置。我首先发现奇怪的地方就是这片海水，现在正是盛夏，但是海水却像刚融化的雪水一样冰冷，我们晒着太阳的地方热得流汗，贴近密舱底，就觉得冰冷。

而且海水的颜色比之前见到的颜色要深很多，带着深沉的黑灰色，连海和周围的雾气颜色都和原来有些不一样了，整个世界变得说不出地奇异，盯着海水看得久了，我会有一种错觉，我眼前看到的仿佛是一张版画。

我悄悄把我的感觉告诉了七哥，他说他和我的感觉一样，说完的时候我们都不约而同地看向阿娣，这个姑娘在第三天的时候终于醒了过来，但至今没有说过一句话，也没有再像以前那样发高烧打滚，只是有时候会坐在船边，对着海面发呆。

让我觉得惊异的是，船上艰苦的生活仿佛没有对她产生太多的影响，甚至她的一头长发变得更黑更亮，看着她坐在船边面朝大海半浸在雾气里的背影，有一种让人心颤的妖异美感，仿佛她就是主宰面前这片灰暗海水的女神。

出事之后第十天，出现了新的问题。

因为之前粮舱里的刀鱼干被烧掉许多，能吃的都被我们抢出来了，里面只剩下一些无法食用的，这些用盐渍过的鱼肉本来是很难腐烂的，但被血水和雨水浸泡过后，这些残存的刀鱼干开始腐坏。再加上我开始学打鱼时，怕没有吃的，叉上来不少的鱼，都堆在船上，它们在炎热的天气里也开始变质，船上逐渐变得臭气熏天。

直到阿娣说好臭的时候，我们才都意识到这个问题。于是大家一起动手，把烂掉的鱼肉全部扔进了海里，其他能吃的都用棍子穿起来，架在船板上，希望能够尽快风干。

烂掉的鱼干扔进海里后，却引得海面一阵骚动，很快就引来各种各样的食肉鱼，我们趴在船舷上看着那些追逐着刀鱼干的鱼，有石斑鱼、魔鬼鱼、鲈鱼，一拨一拨地争先恐后围上来争食。我忽然想到，如果人被扔下船去，这些贪吃的鱼是不是也会群起而上，把尸体给吃掉？这想法让我有些恶心，赶紧从脑子里赶走。

七哥从中捉到一条叫不出名字的大鱼，大概有三十斤的样子，他让我将鱼剖了，把没吃完的鱼肉割成一条一条放在船板上风干，之后继续转身去捉。

但是之后鱼却没那么好叉了，原本靠近船边的鱼群突然仓皇逃窜起来，海里的状况似乎变得不太一样，没过多久，从深深的海底下面，传来以前在船上曾听到过的那种声响，就像是巨人从海底走过来，发出巨大的脚步声。

接着一团黑影逐渐从海底浮起来，在雾气中若隐若现。

那到底是个什么东西？

我转过身，发现阿娣正趴在残缺不齐的船舷上，望着渐渐靠近的阴影，一脸期待。

黑影逐渐接近，透过海水，我能清晰地看到它，像一只放大了的魔鬼鱼，两边伸出去展开很大的两翼像翅膀一样扇动，巨大的头部上面圆睁着两只黑沉沉带着怨恨的眼睛，下面是一张尖尖的大得不成比例的嘴，一张开嘴显得它的整个身体就只有嘴巴这一个器官，大嘴里上下两排全是像锋利的匕首一样的牙齿。我眼睁睁地看着它张大嘴，将面前的大小鱼包括海水全部吞进去，然后有海水从牙缝中喷射出来。

我这辈子都没见过那么可怕的东西，什么鬼啊神啊的惊悚度完全不能跟眼前这个诡异巨大的东西相比，而且这时我已经确定了，这就是原来福昌号没有毁掉之前见过的那个黑影。那个大得可怕的黑影子，以前在风暴来临时，出现过好几次。

我的心提到了嗓子眼里，瞳孔放大，不由自主后退了两步，远离船边，想要离这个鬼东西远一点儿。其他人和我反应差不多，只有蛟爷忽然说了句："它比十五年前更大了。"

我奇怪起来，问道："蛟爷，这是什么？你见过？"

"吞噬兽。"蛟爷说道，"被那些食肉鱼吸引来的。传说它身体的一半就是自己的嘴，它吞噬一切遇到的活着的鱼或者海藻，这是从很久远的上古时代侥幸存活下来的怪兽，它的身体除了外面的皮肉，其他就只有一张大嘴和一个不断长大的胃，它一辈子都只吞噬不排泄，它的一生就是在不断的吞食中长大，直到最后因为吃得太多身体承受不了自己的体重而撑死。"

"这是一种鱼吗？"我问道。

"不是，其实只是很多小虫子聚集起来的，吃光沿途所有的东西，千万不要把手伸到水里去，让它们吃光船附近所有的东西就会走的，它们不吃木头。”

我点头，蛟爷又道：“这东西又出现了，那艘船应该就在附近，看来，海神把我们带回来了。”

——/ 第四十二章 /——

大眼鱼

我这才知道，十五年前，当蛟爷他们来到这片海域，碰到那艘奇怪的船时，同样也遇到过这东西。

如今已经过去十五年，在这片大雾中，海流似乎将我们重新带回了这片海域。蛟爷说，也许这是一个巧合，十五年一变的洋流正好在这个时候将他们重新带入了这个奇怪的海，但是他更愿意相信这是神迹，是海神将他们带了回来，给了他们还愿的机会，他看向阿娣，忽然就放松了下来。

“只要跟着洋流走，我们就一定能到达那艘船，这和十五年前一样，现在你们看到了吧，不用怕了吧。”蛟爷道，“这吞噬兽，就是海神让我们安心的信号。它在保佑我们。”

说着他大笑着跪了下来，对着雾气开始祷告。

我和七哥互相看了一眼，又看了看黑皮蔡他们，黑皮蔡道：“蛟爷，可是您还了愿之后，海神负责不负责把我们送到南洋？”

蛟爷道：“海神一定会保佑我们。”

我不置可否，真的是这样吗？连人都不能相信，我如何相信虚无缥缈的神话，但是也没有办法，看蛟爷的样子，现在什么也听不进去。

我们等着吞噬兽吃完这些鱼，也不敢继续往下看。我脑中一片空白，只觉得时间过得又漫长又短暂，船身时而震动，好像是虫子撞上了船底。

但是，慢慢就平静下来，也不知道过了多久，七哥喊了一声，我们探头，就发现海下面那个恐怖的家伙已经不在了，船附近的海面上不停涌上来紫黑色的汁液，看上去非常恶心。

惊疑之下，大家仔细检查了海面，以确定那家伙真的走远了。除了海面上浮起的那疑似吞噬兽血液的紫黑色汁液之外，吃水线附近的船体发现了许多蠕动的黑色虫子。

七哥抓了两条上来，肉滚滚的每一条，都有小指那么粗，嘴巴很小，没有脚和肢体，全靠身体的蠕动爬行，难道是吞噬兽的原型？蛟爷说的虫子？

我想到这里一阵恶心，全叔却马上说等一下，这东西能救我们一命。

我不知道怎么回事，他就道："来日方长，也不知道海神还要带我们多久，这种虫子肥大得很，扔了可惜，不如用它们当鱼饵，说不定能会钓到大鱼。"说完压低了嗓音，"蛟爷现在已经魔怔了，他的话不一定能听，我们得自己留点儿神。"

我看着他的表情，就知道他不是开玩笑，心中暗叹。

这件事情之后，蛟爷就什么都不管了，每天只管在船头祈祷，似乎觉得已经万无一失了，只要等在船上，海神就会带他到想去的地方。

可是海神不肯提供食物，一切都得我们自己去叉，但是奇怪的是，自从吞噬兽游过之后，我们船四周再也看不到什么大鱼，似乎这片海域的鱼被吃光了。几天之内，我们什么都没有叉到，最后连小鱼都看不到，气得黑皮蔡直骂娘。

最后想起船上找到的那些虫子，万般无奈之下，把上次那些黑漆漆的肥大虫子钩住扔进海里钓鱼，然后把渔线拴在船舷边上。

过了一会儿，我试着提起一条渔线，居然钓上来一条非常奇怪的大眼鱼。这条鱼大概有十斤的样子，和我们之前所看到的任何鱼都不一样，它浑身雪白，没有鱼鳞，最奇怪的是它的眼睛非常大，而且没有眼白，整只眼睛都是深紫色。我又去提其他的几条渔线，居然都有收获，而且全是这样的鱼。

这种奇怪的鱼看起来似乎很好吃，本来对鱼肉已经失去兴趣的我感到胃里有种火烧的感觉，饥不可耐地赶紧把鱼剖开，却发现鱼肚子里鼓胀胀的全部是金黄色的鱼卵。

我尝了一点点，发现味道非常鲜甜，那些鱼卵大概有米粒大小，吃起来很有嚼头，像吃橘柑一样。这种雪白鱼肉的味道，是我们一致公认吃过这么多海鱼里，最鲜美多汁的。

这是上船以来，我们吃得最开心的一餐，大家都食欲大发，放纵了一回，每个人都吃得肚子鼓胀，吃饱了后大家身上似乎也有了活力，话也多了起来。我想，这是好兆头。

当天晚上，我在后半夜醒来，头顶上满天灿烂的星星，凉爽的海风让我觉得嘴里一阵发干，我忽然生出一个念头，如果这个时候，能有一杯温热的茶水饮用，不知该有多美好啊。

这个念头一冒出来，就再也挥不去，就在我正幻想着茶水的甘美时，发现手边真的出现了一杯冒着热气的茶，我伸手拿起来，感受到手里茶水的热气扑在我的脸上，正准备喝上一口，忽然下意识地觉得有什么不对。

我在福昌号上，怎么会有茶？而且浓雾消散了吗？为什么我能看到星空了？

这个念头一起来，我猛然惊醒过来，然后就听到旁边发出一阵窸窸窣窣的声音。

我转过头，看见朦胧的雾中，船舷另一边的阿娣轻轻地爬起来，慢慢地，像是随着音乐节拍在跳舞一样地走着路。她伸出双手跳过船板上的压舱石时，感觉就像在飘逸地飞翔一样，她悄悄地不发出一点儿声音，来到我面前，面无表情地看了我一眼，我在星光下睁大双眼看着她，她的脸明明是对着我的，但是眼神空洞，没有聚焦，就好像对我视而不见，这景象让我觉得万分恐怖。

阿娣就这样注视着我，表情呆滞却带有一丝诡异的安详和欢乐，好像睡着了正在做着一个美妙的梦一样，只是她的眼睛一直睁大着，闪动着像星星一样的光芒。最后她似乎是叹了口气，离开了我的身边，慢慢地走到船舷边，向天上伸出双手，嘴里喃喃细语不知在说些什么。

她就这样边念边爬上舱板，一步一步地往海里走去。我大骇之下，赶紧上去抱住她，她回头看了我一眼，却没有挣扎，对我幽幽道："岛！岛！"

阿娣的声音很奇怪，我顺着她手指的方向望去，我呆住了，黑暗中居然有一团发着荧光的绿色，我揉了揉眼睛，没错，虽然那绿色似乎很远，但在这黑蓝色的海水中还是格外打眼。难道真的是个岛？

可是这岛，怎么会发光？

—— / 第四十三章 / ——

珊瑚岛

船还没有靠近小岛，就完全动不了了。船边平静的海面上漂满了圆球一样的发光海藻，它下面纠缠的枝茎像无数条海蛇一样抓住了船，我们合力把船上的那只铁锚给抛下海。下了锚后，我们小心地蹚着海水爬了上去。

这不算是岛，只是一座不大的珊瑚礁，珊瑚礁周围都长满了这种奇怪的海藻，看上去就像整座岛的地面都是海藻长成的一样。小心翼翼地走了一段，发现这圆形的小岛最多有两里长，地面只有墨绿的海藻编来织去，看不到一点泥土和石头。

岛屿表面只微微比海面高一点点，踩在上面，都会产生害怕陷下去掉进海水里的担忧。不过走到岛上的一半儿时，我惊喜地发现雾气真的开始淡去。蛟爷的话真的应验了，看来似乎海神真的在保佑我们。

露出海面的岛上面只有一种光秃秃的粗壮的无枝树，一眼望到头，看不到任何动物，只有四处散落着的一些白森森的鱼骨头，以及看上去无边无尽的墨绿色的海藻。整个岛上听不到一点儿声音，连海风似乎都在这里止步了，四下里寂静得令人毛骨悚然。

这种不知名的海藻的主茎比碗口还粗，像一条条二三十丈长的巨蛇一样，在主茎身上不断长出许多小蛇一样的分枝，分枝的顶上是一个一个的圆球，里面是空的，浮在海面上，就像大海突然起了一身的大鸡皮疙瘩。

这种大海藻中间是实心的，剥开滑溜溜的表皮，里面的茎就像是水果的肉一样，非常甘美可口，更棒的是还能充饥，和生鱼肉或者生鱼干的味道比起来简直就是超级美味。

海藻岛上面长着的那种没有分枝的树，足足有两个人那么高，走近一看，它们又肥又粗，长得就像不倒翁一样，树顶却又突然从肥大变得尖而小，攒生着一丛小小的叶子。

它们就像是一根根露在地面生长的大萝卜，表皮就像菠萝一样，密密麻麻地布满圆孔，圆孔中间是两个尖锥的空心，看上去就像是什么动物的鼻孔一样，说不出来地怪异。而且上面全都是那种滑溜溜黏糊糊的液体，不知道是这种树分泌出来的，还是什么爬行动物爬过后留下的体液。

我和全叔他们兴奋地割下大量的蛇状海藻，把它们的表皮剥开，想要用它们的茎肉把淡水舱装得满满的，毕竟每天喝一小口水的日子实在是太痛苦了。我估计了一下，想要装满水舱估计得要两天的时间，但是奇怪的是，这种海藻的生长速度非常快，往往我们才割下它们的主茎，马上就长出新的尖尖的头部来。

我觉得非常奇怪，这简直是不可能的，但是其他人似乎完全没有在意，黑皮蔡吃了几根海藻以后，就上了岸，在一棵树下面躺着睡觉，其他人则疯了一样地在那里吃着。

我看着整个情形，越来越觉得不对劲，刚想让他们回船，忽然，背后有人猛地推了一下我，我一个趔趄就摔倒在地。

回头一看，就见七哥冲了过来，一把把我摁倒在地，手被他反剪在背后。我疼得大叫，想问他干什么，忽然见他把我往海水里拖，死命地把我的头摁进海水里。

他的力气极其大，我几乎无法反抗，被他提上来按下去好几次，喝了好几口海水，直呛得我呕吐了出来，他才罢手。

我莫名其妙，几乎是筋疲力尽地抬起头来，他看向我，骂道："吐干净了吗？"

我不明白是什么意思，茫然地看着他无力回答，他立即又开始抓起我的头发往水里摁去，这一次我连反抗的力气都没有了，灌了一肚子海水全吐了出来。翻倒在地上，忽然我就发现，四周的荧光海藻忽然扭曲起来，而繁星满天的天空慢慢开始模糊。

这是很奇怪的影像，我看着就呆掉了，思维好像也不像之前那么灵活，慢慢地，眼前所有的景象开始变得面目全非。

我被七哥拉起来，发现我还在船上，四周还是浓浓的雾气，除了蛟爷和阿娣，其他人都趴在地上，不知道在干什么，七哥把我扶到船舷边又问道："你吐干净了吗？"

我点头，吃惊地看着眼前的变化，七哥又冲到黑皮蔡边上，故技重施，很快他就把所有人都往水里摁了一遍，大家都被摁得呕吐不止。

等到他气喘吁吁地弄完，其他人都筋疲力尽地躺倒在地，我才缓了过来，问道："这，到底是怎么回事？"

"那鱼他妈的有问题！"七哥道，"你们一个一个半夜都疯了一样。"

我摸了摸嘴边的秽物，又看了看四周，心说难道刚才我看到的都是中毒之后的幻觉？

"你怎么没事？"我问道。

"昨天吃多了反胃早吐出来了，我们差点儿全都要死。"他向我伸手，"能起来吗？起来帮忙。"

我拉住他的手用尽力气爬起来，帮忙用海水一个一个把人弄醒，很快所有人都呻吟着缓了过来，问我怎么回事，我把事情解释了一下。

“怎么可能，这么好吃的鱼竟然有毒？”黑皮蔡有气无力道。

“海里什么事情都有可能发生。这鱼还算好的，有些鱼一碰就死。”七哥道，“不过看着那鱼也不像有毒的。真是倒了血霉了，这雾里什么东西都邪门。”

黑皮蔡听着又往船舷爬去，捞了把海水洗脸，我心中苦笑，正想看看七哥，忽然听到黑皮蔡看着船舷下的海面叫了一声：“我他妈的还没吐干净，我他妈的还能看到奇怪的东西。”

我们朝他看去，忽然船身一抖，接着我们听到一声奇怪的声音，好像船身磨到了什么东西。

咸咸的海水弄得我非常难受，我晃了晃头，努力把头发上的水摇了摇，昏沉沉地抬起头来，往黑皮蔡面朝的方向看去。

但雾气中，远处一片朦胧，我什么都没有看到。我“哎”了一声，重新坐倒下来，有气无力地喊道：“不要再大惊小怪了，既然知道是幻觉，闭上眼休息一下，等会儿就好了。”

话音未落，船的外侧忽然发出一阵刺耳的摩擦声，黑皮蔡的吼叫声也同时响起：“不是远处！你个衰仔，你往下看。”

随着连绵不绝的刺耳声，船身也开始轻微地摇晃起来，我本来软绵的身体一下紧绷起来，跳起来就扒着船边往下看，却看见海水里一块桌子大小的红色礁石突兀地露出水面，而残破的福昌号正从这块礁石边掠过，船身驶过的地方和石头摩擦而过，坚硬的铁力木也被刻出一道深深的划痕。

我虽然对航海驾驶不太懂，也明白形势不妙，这块暗礁是一个很危险的信号，说明周围的水面下可能会有这样的礁石，现在的福昌号已经完全没有动力，只剩下一部分残破不堪的躯体，如果真的漂到暗礁群里，很快就会被彻底撞成一堆破烂的。

想到这里，我顿时急了起来，转头对他们讲了我的担忧，但奇怪的是，蛟爷好像对此不是很在乎，一副若有所思的模样，好像是在思考其他的问题。

我被他们镇定的情绪感染，冷静了下来，既然我这个郎中都能想到这个问题，他们这些海上混饭吃的肯定第一时间就能想到，那么就是这块红色的礁石是不会带来威胁的……

红色的礁石！我忽然想到了蛟爷说的，那艘龙船出现的地方，就是五彩缤纷的珊瑚礁，难道我们真的已经来到了这个地方？这么说起来，难道是神灵一路指引，把我们引到这里来的？

虽然这一路走来，遇到的种种事件都表明，蛟爷说的这件难以置信的事不是假的，但即将真的见证这一幕，一时之间，我还是有些难以接受这个现实。显然其他人已经意识到了这一点，都默不作声地看向蛟爷，气氛一时间变得有些奇怪。

即将到达终点，蛟爷脸上却没有露出兴奋的表情，反而有些凝重。我大概能够理解他的心情，之前我们只想着拼命到达这里，但真的来到了，也许应该考虑其他更多的了。

接下来没有任何动力的福昌号缓缓地向前漂动，船周围的珊瑚礁越来越多，虽然偶有擦剐？，但都没什么大碍。在浓重的白雾里，福昌号有如被神灵的手掌轻轻推动，避开了所有的危险，这本身就是神迹。

船上的人面对这最后的一段路表现各异：黑皮蔡和全叔蜷在船角发抖，阿娣坐在另外一边也是面有惧色，蛟爷的脸上却阴晴不定。忽然，他像是下了什么决心，从怀里掏出一个油纸层层包裹着的东西，脸上带着些不舍的神情交给我，沉声说道："你小子如果命好，能够活下来到南洋的话，帮我照顾好阿娣。这个东西足够帮你安顿好阿娣的下半辈子了。"

——/第四十四章/——

船契

我被蛟爷搞得有点儿发蒙，那东西入手很轻，看样子也不大，便疑惑地问道："这是什么？"

蛟爷简单地说道："船契。"

这时忽然听到一个声音："蛟爷！"我转头看去，是七哥。他看着我手里的东西，脸上的表情十分地错愕。"你这是干什么？"

蛟爷抬起头看着七哥，低声道："和你没关系，是一些和小兄弟的话！"七哥愣了一下，欲言又止，最终还是什么都没有说，但他转过头的一刹那，我清楚地看到他眼里有些疑惑。

我转头，蛟爷继续说道："你先别问为什么，让我说完，这船契是一个菲律宾船行给我的，这是我一辈子的积蓄，福昌号已经很老了，这是我为船上的兄弟准备的一艘新船，准备这一次回去之后，就从洋行里领出来，这艘船比福昌号还要大。"

他顿了顿，拍了拍胸口："在海上营生，船就是家，福昌号养了这些人一辈子，现在船还没沉，人都死得差不多了，是我的错。这艘新船，不是我一个人的，是所有人赚来的。我等下可能要带着阿娣去还愿，但是我的腿脚已经是这样了，你帮我一个忙，和我一起去，事成了之后，你把这艘船领出来，在船头点上一炷香，给我们磕几个头，这船就是你的了。”

我拿着船契，不知道怎么反应，喃喃道：“蛟爷，别说这种话，我怎么能拿这么重的礼？你要我陪你去，我陪你去就是了。”

之前其实我已经想过，我会和蛟爷一起上去，因为阿娣是我的病人，我这种人的性格是不可能放任他们两个病人自己去冒险的，而七哥和黑皮蔡他们肯定不会答应，所以此时我便爽快地答应了，也没有想到有什么不妥当的地方。

蛟爷摇头：“这船上，不似人间，我不知道会有什么结果，我只求自己一个交代，如果不是我腿脚不便，如果不是为了阿娣，我也不会让你上去，不管你要不要这船契，你先拿着，我才安心，如果我们能平安回来，你再还给我我也不推辞。”

说着蛟爷把船契推到了我的口袋里。

我看着蛟爷这个样子，也没有办法，只有答应。我不由得感慨，之前蛟爷叱咤风云的样子我还记得清清楚楚，如今的蛟爷却要用这种方式来贿赂我才能得到安心，不由觉得一阵悲凉。

我看着周围依然死气沉沉环绕着福昌号的浓雾，独自坐在寂寥的船头，不禁开始想，自从我上船之后，我眼前的东西，一直在发生急速的变化，有人生死，有人重逢，有人从狗熊变成了英雄，有人从英雄变得衰弱，这一切的变化到底是因何而起的？

是什么妨碍了我简单的梦想生活，是泉州城里那几个外国洋人口中总念叨的万能造物的上帝？还是叔父嘴里尝尝说起的捉弄人生的命运？是蛟爷这样能决定一船人命运的人物？他们又是因为什么而改变？

又是谁，把我们逼入绝境，然后给我们两个选择，苟活残喘或者卑躬屈膝？是神吗？真的是蛟爷说的海神吗？

我们正被一股神秘的力量推往一个未知的海域，这股力量摧毁了福昌号，摧毁了日本的战舰，也摧毁了蛟爷，但是我弄不清楚神的目的是什么。

摧毁别人的价值观、改变别人的生活？我只想做一个好大夫好郎中，治病救人。无论有多少快感，我也不会喜欢以摧残别人为乐，看见别人遭遇困苦，我会怜悯他们并且毫不犹豫地伸出援助之手，就像先前在船上帮那些船客治病一样。这不对吗，这需要改变吗？

可我已经变了，为了生存，现在的我什么都能干得出来。可这样也不一定能活下去，在这片海上的挣扎是多么无力。海神希望我这样活着吗？

我呆呆地看着海面，心里犹如死灰一样，只希望这一切能尽快结束。

也许我的冥想感动了神灵，或者是单纯的运气，第二天，我们有了一个振奋人心的好消息。

在叉鱼的时候，我发现鱼叉上沾了很多油腻的东西，告诉其他人后，我们仔细盯着船外，又在附近的海面上陆续发现了许多地方有一大块一大块的油渍。黑皮蔡他们兴奋地说，这是机油，只有大的机器轮船才会用。这说明我们已经到了经常有船经过的海域，也许下一刻就会获救。

这件事情之后，船上的气氛却悄悄变了。我开始以为是获救的希望忽然增大导致的，但最后才知道，原来是和那张船契有关。

我发现这个变化是因为七哥的眼神，我发现他会不时地看着我的口袋，蛟爷的船契我就放在那里，一次还可以解释，两次三次我就发觉了异样。

我不知道这种变化是从哪儿来的，在船契出现之前，七哥从来没有理会过蛟爷，他似乎并不想和蛟爷产生任何联系，所以我以为只要蛟爷和七哥不出事，不管这艘船怎么样，至少在我们这群人中是不会出什么事情的。但是现在，事情有点儿出乎我的意料。

其实我觉得有点奇怪，七哥是个好人，我想他不会对船契有什么图谋，他很有钱，去了南洋，以他的身手和魄力，肯定会有一番作为的。

不过，话说回来，船契是一大笔钱，七哥说过，他在战场上学到的事情就是要狠，如果对自己有利的事情，昧着良心也要去做，任何对自己没利的事情，就算是帮人也不要做，我不知道他会不会觉得这是一个好机会。

七哥的想法，从杀人之后我就猜不透了，但之后的日子里，我发现，他看蛟爷的眼神变得很难捉摸，平时还和我说说话，现在基本不太说话。蛟爷显然也发现了他的异常，但是并没有表示什么，在这种微妙的气氛中，我也不知道怎么办，只好假装什么都没有发现。黑皮蔡他们摸不清楚状况，两边都不想得罪，也采取了和我一样的办法。

日子一天一天过去，仿佛又回到了船毁时的状态，每一天我们都盼望着会有一艘船出现在我们的视线，但一次次的失望后，好容易升起的希望又逐渐破碎。

没过几天，我们发现海水的漂流方向似乎又有所改变了，因为水的温度明显要比之前高了一些。蛟爷说，我们现在已经漂流到台湾岛与菲律宾岛的中间了，这时候海里过往的鱼也变得少起来，海里看不到什么鱼的影子，只有一些叫不出名字的像梭子一样的小鱼，偶尔从海面上飞进我们的船里，这种鱼没有肉，很难作为主食。

蛟爷腿上的伤势越发严重，站都站不稳。伤口不见愈合，反而开始出现恶臭味。我想，这伤势也许是他当时托付我的原因之一吧。随着储备越来越少，我开始着急起来。

本来以为自己已经算是个合格的渔夫，现在才知道，那只是刚刚入门的半吊子，在鱼多的时候还成，现在这种局面，在海面上瞪一天，别说叉到，连看得到的鱼都很少。

蛟爷说，这里的鱼少，是因为连年的战乱，太多铁皮船开来开去，又打炮又轰炸的，鱼全躲到深海去了。要在这里打鱼得靠拖网，往水深的地方去，或者用钓钩。

阿娣的情况更加糟糕了，醒来的时候总是一副呆滞的样子，更多的时候是陷入一种奇怪的昏睡状态里，却不见丝毫憔悴。她食量小，多余的鱼肉就分给蛟爷，蛟爷是我们这里最需要营养的。我觉得这样下去不是办法，光靠叉鱼是扛不下去了。

这个时候，就只能靠七哥，他似乎也没有什么好办法，虽然比起我来强得多，可有时候两天都只能叉到两三条鱼，蛟爷和阿娣分得多，但是我、七哥和黑皮蔡他们，基本上只能啃鱼头了。

对蛟爷这样的病人来说，食物远远不够吃。人都慢慢消瘦了下来。

我越来越预感到形势不太对劲，蛟爷的病这么下去，会不会突然恶化谁也说不准，如果蛟爷没撑住，这船就算是没了魂魄。那我们就算能活着，也只能永远在这片鬼海上漂流。

我想起了之前绑在船后的那些渔线，自从紫眼鱼吃完后，我总觉得钓上来的东西有些邪门，就不再用了，几乎忘掉了它们的存在。我重新在船上的一些残骸里拔出了一些铁钉，并把那些本来就很坚固的鱼绳弄成了一条又粗又长的拖钓绳，钩上鱼肉，抛入了深海中。做完这些之后，我发现在船头的七哥看着我们这边，脸上露出一种很难形容的表情。

这些鱼钩第二天拉上来的时候，真是出乎我们的意料，除了最普通的几条梭鱼外，最大的收获是一只大海龟。人总是那么奇怪，捕鱼方便的时候，我们天天吃鱼觉得腻，等捕不到鱼的时候，只希望能多吃一两块鱼肉就好，而现在这只大海龟，让我们有了更多的奢望。

我们小心翼翼地用了船上仅存的两根火柴，弄了些船上的木块，用它做了一大锅海龟汤，虽然味道不怎么样，但是对我们这种长久没有吃饱东西的人来说，那已经是人间极品了。

汤煮好之后，黑皮蔡二话不说就来吃，我看着七哥拿着鱼叉还站在船头，就舀了一碗汤过去。虽然觉得之前他的做法有些不妥，但是还是希望能够尽量缓和他和蛟爷之间的矛盾。

“七哥。”我说道，“今天别弄了，来吃饭了。”

七哥回头看着我，没有接过碗，忽然伸手牢牢把我端的汤碗压住，叹气道：“闽生，我们不能再这么漂下去了！”

我耐心地劝说道：“七哥，蛟爷说得有道理，现在雾气那么大，就算有轮船路过，也不会发现我们的。还愿的地方近在咫尺……”

七哥听着我这样说，看着我的眼神逐渐焦躁起来，挥了挥手，制止了我继续往下说，双手抱头，胸膛快速起伏，努力地深呼吸着。

不管是小时候一起玩耍的时光，还是在福昌号上重逢，在我的印象里，七哥都是一个非常从容的人。我从来没有见过七哥如此焦躁和无力，心里有些害怕，上前一步道：“七哥，先喝点儿汤吧，蛟爷不会害我们的。”

忽然，七哥挥手把我的碗打掉，抓着我的衣领，几乎要把我给凌空揪起来，对着我大喊道：“闽生，你以为他把船契给你是什么好事吗？这里面肯定有问题！”说完一把将我推开，我猝不及防，手里的碗掉在船板上，退了几步摔倒在地上。

我没想到七哥会这么激动，这一下摔得不轻，我有些发蒙，愣在那里不知道怎么办。

“当兵的！”蛟爷在后面大叫了一声，接着就剧烈地咳嗽了起来，“你他娘的发什么神经？”

“蛟爷，你老人家打的什么主意我不知道，也不想知道。你给闽生灌了迷药，一个狗屁传说、一张船契就能骗得他相信你，但你骗不了我。其他的不用说了，船现在就给老子停下来！”七哥大吼道。

我站了起来，看看蛟爷又看看七哥。

七哥的脸愤怒得有些扭曲，看上去有些可怕，但我相信七哥是不会害我的。蛟爷和七哥互相对视着，双方威势十足。我仔细打量着，却没有在蛟爷脸上看到一丝被拆穿诡计后不自然的神色。一时间头大如斗，不知道如何平息这场争执。

蛟爷哼了一声，把昏睡中的阿娣轻轻放在一旁，站了起来："看你这段时间古古怪怪的，你总算是说出来了。船是我的，船契我想给谁就给谁。我早就对你们说过，是神灵指引我们到这里来的。留在这里只会被雾困死。"

我也对七哥说道："七哥，蛟爷都说了，这船契是给阿娣的，只是我先保管着。船是蛟爷的，女承父业天经地义。已经找到了这片礁石，离蛟爷说的地方应该已经很近了。"

七哥怒得反而笑了起来："闽生，这老货见你喜欢她闺女，就拿这东西来拴着你。"

"放屁，你他妈的反了你！"蛟爷终于暴怒了，一下大骂了出来，"这福昌号现在还是我说了算！来人，给我把他扔到水里去。"

那一刹那，我看到七哥脸色闪过了一丝防备，显然对蛟爷，他还是当成一个很有威胁的对手。但是蛟爷骂完，迎来的是一片尴尬的安静。随后，七哥忽然就反应了过来，表情沉了下来。

"把我扔海里去？"七哥激动地说道，"蛟爷，你是疯了吧？要扔，也应该是把你自己扔下去。现在居然想要杀人灭口了，你到底要把福昌号，把我们带到什么地方去？"

"闭嘴。"蛟爷的脸黑了下来，"我今天一定要让你长长记性，这船还没沉，我还没死，没人可以在船上跟我这么说话。"

这句话说完，七哥看着蛟爷的眼睛立刻充满了凶光。

从争论开始到现在，黑皮蔡和全叔一直默不作声。而我这个时候虽然心急如焚，但矛盾因我而起，我现在开口只能火上加油。

短暂的沉默后，七哥开始朝蛟爷走去："呵呵，你不吼这一嗓子，我他妈人还以为现在这里还真是你老人家做主。蛟爷，既然你已经撕破了脸，那别怪我宋宗德不讲仁义道德。你说得对，福昌号是停是走，要看这船上谁能做主。我倒要看看，现在到底谁能做主！"

"放你妈的狗屁。"蛟爷暴怒，把还好的那只脚往船板上一跺，就听一声巨响，这船都抖了几分。七哥一下就停住了脚步，戒备地看着蛟爷的腿。我惊讶地看着，想到了之前叔父说的，蛟爷一脚能踢死一头牛，我还以为是叔父胡说，看来这蛟爷的脚力确实不同于常人，可惜双脚受海风侵蚀，这一下已经是全力了。

果然蛟爷急火攻心，身体本身就弱，猛然发力之后，人一下失去平衡倒了下去，七哥冷笑了一声道："蛟爷，这可是你逼我的！"

蛟爷勉强踮着伤腿站了起来，抡起他用来当拐杖的铁力木条，狠狠地抽向七哥。七哥被抽了一下，翻在船板上，反手拦住抽过来的第二下，拉住木条一把抢过。

蛟爷的身体看来已经很虚弱了，一下就被七哥推倒在地。然后我就看着七哥拿着木条对着蛟爷一阵抽打，一边打一边对着我们怒吼："船上的人都他妈的被他害死光了，现在还想害死我们。闽生，你真以为阿惠是被鬼杀的吗？她是被船上的人害死的！他妈的，还想要把我扔下海？我看到底是谁把谁扔海里！"

这句话让我脑袋嗡的一下，虽然之前对阿惠的死充满疑惑，但这艘船的诡异还是让我相信他们所说的。现在七哥虽然情绪狂暴，但他这样说，一定是心中早就肯定，只是忍住没有给我说而已。我一时间心绪大乱，阿惠对我的种种好在眼前掠过，我实在不知道怎么办，疑惑地看向蛟爷。

蛟爷腿脚不便，气极之下怒吼一声，那只伤脚使劲一跺，猛地推开七哥站了起来。我看见他腿上溃烂的伤口此时被震裂开来，流出不少混合着脓液的血，虽然有股彪悍的劲儿，但我已经感觉到了那种英雄末路的悲凉。

此时的七哥似乎已经进入疯狂状态，狞笑着扔掉木条，走过去直接抓住蛟爷的那条伤腿，就往船舷边拖去，拖了几步，蛟爷拼命抓着船板的木条死也不松手，嘴里大骂：“当兵的，你这样才是会害死全船人！”

七哥毫不理会他的大骂，使劲拉扯，但蛟爷拼了命，他拉了几下，有些气喘。蛟爷气急败坏扭头向后喊道：“快来帮我，他杀了我，海神一怒之下，你们都会被困在这里的！”

黑皮蔡他们也许是被七哥的狰狞镇住了，不敢上前。我想上去帮忙，心里却纠结万分，帮蛟爷还是帮七哥？我没有想到矛盾迅速发展到生死相搏，这个问题让我十分为难。

七哥这时候也喊道：“你们谁敢上来，我一起都杀掉！”蛟爷脚下一滑，终于敌不过七哥的力气，摔倒在地。七哥借机一用力，把他往船舷边拖。蛟爷一边怒骂，一边死死地抠着木条不撒手，七哥抓起地上的鱼棱，使劲一下扎进蛟爷的伤腿里，蛟爷剧痛下一声怒吼，震得我耳朵嗡嗡发响。

我眼见局面马上就无法收拾了，咬了咬牙，拿起鱼棱就冲了上去。

没想到的是，刚刚的大吼是蛟爷最后的力气了，我刚抬脚，就看到七哥重新拉住蛟爷的腿，将他一抡，就扔进了海里。

我终于冲到船舷边，看到蛟爷正在水中挣扎，我忽然想到那根拖钓线，大喊了一声，抓过钓线扔了过去。就听背后一声闷响，有什么东西重重摔倒的声音。

回头一看，黑皮蔡手里正拿着一截船板，七哥俯身趴在船板上一动不动。我举起鱼棱大喊道：“你想干什么？”

黑皮蔡连连挥手示意没有敌意，大声喊道：“他已经疯了，我只是把他打晕了！”

我心里大惊，不知道黑皮蔡他们到底要干什么，依然举着鱼棱，小心走到七哥面前低头去看，发现他的脑壳并没有被敲破，还有呼吸，只是昏迷过去而已，看样子并不是很严重，才稍微放心了些。

黑皮蔡也把手里的木板放下，过来和我一起查看，这一下敲得很重，我推了七哥几下也没喊醒他，只得暂时把七哥身体放平躺着。

全叔忽然奇怪道："快过来帮忙，我怎么也拉不动这绳子。"

我和黑皮蔡跑了过去，发现连着蛟爷的绳子竟然绷得非常紧，而且并不是往下坠的，反而横在了水面上，像是吃了很大的力。我心想还好蛟爷拉住了绳子，但担心蛟爷脱力之下会淹死在海里，连忙用力拉动，但入手却非常沉重，简直不像只绑了一个人。

我不由得着急起来，大声喊着蛟爷，和黑皮蔡他们齐齐发力，绳子终于慢慢拉近，但在浓浓的大雾中，我却忽然有一种感觉：其实不是我们把蛟爷拉上来，而是我们被蛟爷拉了过去。

这个想法让我有一种不祥的预感，心里突然忐忑起来，强压着不安继续拉动。约莫半炷香后，我看见雾中竟然隐隐出现一片五彩缤纷的光芒。

怎么回事？我和全叔、黑皮蔡停了下来，面面相觑，我突然打了个寒战，想到了蛟爷对我说的事，难道我们找到龙船了吗？那么蛟爷他……

全叔对我招呼了一声，绳子继续拉动，很快，我就看到雾中显露出一大块珊瑚岩，但仔细一看，那层薄薄的岩壳是包在一艘巨大无比的船上的，我心跳得厉害，蛟爷说的那个故事，竟然是真的！真有这样一艘船存在！

想到这里，我忙搜索蛟爷的身影，却看到他正趴在礁石旁边，那根拖钓线缠在了他身边的礁石上，他的状况非常不好，脸色铁青，在大口地喘气。看着他，我一阵阵地发冷，这是巧合还是命中注定？我们最终还是被蛟爷阴差阳错地带到了这里来。

我像梦游一样站了起来，呆呆地看着这一切，黑皮蔡游了过去把蛟爷架了过来，我和全叔把他们拉上甲板，我立刻去看蛟爷腿上的伤。

蛟爷的腿还在不停地流血，必须立即给他包扎上，我马上去找药箱，再过去时蛟爷却用力坐了起来，让黑皮蔡和全叔回避，说是有话对我说。

他们很快到七哥那里去了，估计也是要防止七哥突然醒过来。我小心地为蛟爷包扎着，他腿上的伤应该让他非常难受，看得出蛟爷在努力克制，脸上的表情因为忍耐而变得扭曲。我正疑惑他有什么话要说，蛟爷低声道："闽生，蛟爷我求你一件事，将来阿娣你一定要帮我照顾好。"

—— / 第四十五章 / ——

托孤

我有些吃惊，这时蛟爷这些话听起来有一股不祥的味道，我安慰他道：“蛟爷，阿娣我肯定会照顾的。你的伤没有大碍，很快会好起来的。你是我们的主心骨，可别说这种丧气话。”

蛟爷摇了摇头道：“之前血卜的那张黄表纸，是大凶，所以我没拿出来给大家看。但卦象上说，福昌号最后一定会到达南洋。我估计是不行了，你一定要照顾好阿娣，她阿姆去世得早，她从小就在海上长大，只要不犯病就一定行的。”

我越听越像托孤，却不知道怎么回答，只好咬牙答应道：“蛟爷，我尽力而为！”

“不是尽力而为，是一定要！”蛟爷一把紧紧抓住我的手，劲道非常大，我感觉手腕被捏得生疼。他本来是低声哀求，但这个时候心中着急，脸色狰狞，看上去非常凶狠，我这才想起，他毕竟是个纵横海上多年的人物。

蛟爷看着不远处熟睡的阿娣，凶狠的表情逐渐柔和下来，轻轻说道：

“阿娣这孩子命苦，没过什么好日子，我对不起她。”顿了顿，转头看向我，我被他打量得有点儿发毛，忽然觉得有些紧张，他越是这种轻描淡写地感慨，我就越感觉他要交代的东西很重要。

盯了我好一会儿，蛟爷像是终于下定了决心，缓慢地说道：“闽生，既然决定把船上的秘密告诉你，我就早已经把你当成是自己人了。一定要找到地方还愿，海神的东西不能欠，我这条命赔给它也就算了，千万不能再波及阿娣身上啊！”

我安慰道：“蛟爷，不用着急，这段海域和您口里说的那神仙地方很像了，说不定明天就能到了。神仙都是救人的，到时候咱们诚心给神仙还个愿，它一定会放过我们。只要过了这个坎，您熟识海性，带着我们漂到南洋一定没问题。还没上船之前，我叔父就跟我说过，上了您的船，什么都不用担心……”

说到这里，想到现在福昌号已经变成这个破样子了，顿时意兴阑珊，其他安慰的话也都说不出口了。

蛟爷叹道：“闽生，这一路你也看到了海里的古怪，说句心里话，我在这海里打滚了一辈子，还是觉得对这大海是又敬又畏，都说淘海客以海为家，那是没办法。上了岸，脚踏在实地上，心里才真的觉得有底儿。可这世道啊，人心太坏了，比起来，我是更愿意和海里的怪兽凶鱼打交道。”

我点了点头，这一路下来，我对蛟爷这番话是深感赞同，但没有接话，静静地听蛟爷继续说下去。

“十五年前的事，上次没有给你讲完。那次福昌号出海，船上二十多条汉子，最后活着回到泉州的，只有五个人。”

我心里满是疑问，嘴巴张了张，终究还是不知道该如何接话。

蛟爷叹了口气：“我最后给你一个忠告。记住，看到那船上的金银财宝，千万要忍住，不要拿。我一直觉得是神仙给我们的考验。贪念这东西，怎么挡也挡不住啊！”

说到这儿，蛟爷深深吐了口气，抬头看天，眼神中流露出对往昔的感慨。

不用再往下听，我也知道这无非是个简单又残酷的故事。之前听蛟爷描述时，我就在想，那船上既然是皇帝的坐船，一定有无数好东西。蛟爷能克制得住，那些手下却不一定了。看来是那些偷偷拿了船上东西的人被发现后，联合起来和蛟爷这边的人闹翻，结果不用说，蛟爷他们活了下来。

想到之前在船上度过的那个血腥之夜，我有些烦闷，岔开话题，问起另一个一直萦绕在我心中的问题：“蛟爷，阿惠到底是怎么死的？”

蛟爷表情奇怪地看了我一眼，摇头道：“我不知道。”

我听了一阵默然，从蛟爷的表情上我分不出真假，也许是他真的不知道，也可能是他现在依然在骗我。

蛟爷见我不说话，拍拍我的肩，从怀里掏出那个木质的匣子交给我：“该说的都说了，不该说的也都告诉你了。总之，闽生，你要答应我，带阿娣上去还完愿后，照顾好她！”

我心情复杂地发现，在朦胧的雾气中，蛟爷的眼睛里居然泛起了泪光。之前蛟爷在船上对我算是照顾有加，想起阿娣这个喜欢亲近我的小姑娘，想起她那双迷茫又纯净的大眼睛，我就觉得心里一软。于是郑重地点了点头。

蛟爷见我点头答应，拍了拍我的肩膀，转头看向船的另外一头，这两个简单的动作，他现在却都已经做得非常勉强。我顺着他的目光看去，阿娣正躺在船舱下的阴影里，一副和周遭环境隔绝开来的样子。

“闽生，记得，船上……不该拿的东西，千万不要……”蛟爷的声音忽然低沉了下去，最后一句话没说完就没动静了，我突然觉得不对劲儿，心里一凉，转而再次看向蛟爷，却发现他已经闭上了眼睛，手放在干瘪的肚皮上，那条患了黑寒病的腿，直挺挺地伸着。

我愣在那里，觉得好像什么东西被我忽略掉了，蛟爷是个高深莫测的人物，他的话实在难辨真假，我只知道他对阿娣的爱是真的，虽然他根本上是个凶狠粗鲁的淘海客头子。

蛟爷就这么干脆地走了，我不知道他是否心里充满了不甘，可他的遗愿重重地落在了我的肩头，我感到头大如斗，正在思索怎么办，黑皮蔡的声音忽然响了起来："这老头儿给你讲什么悄悄话呢？船上的财宝你可别想独吞！"

全叔猥琐的声音也飘了过来："嘿嘿，这时候他还敢打这种主意？小白脸，你放心，我们叔侄够义气，找到什么宝贝咱们肯定会分你的。但是……"

我回头，看到他手上握着明晃晃的鱼梭，继续牛皮哄哄地说道："要想打什么鬼主意，小心你和这小丫头的命！"

我心里苦笑，七哥被打晕过去，现在这两个家伙反而占了主动。不过此时我没什么特别愤怒的心情，也懒得和他们分辩。我一个人带着阿娣上这艘鬼船的话，我心里是一点儿底都没有，但看意思他们对船里财宝的急切心理，倒是不用我劝说也会跟着来，这个时候有两个帮手，总好过没有。

于是我点点头，说："我们一起进去，有财宝都给你们，我只是帮着蛟爷还愿。"全叔冷笑一声，显然不相信我真有那么大方，不过见我同意上船，也就不再说什么。

这两个恶棍显然对蛟爷的死没什么反应，我一个人把蛟爷的尸体安顿了一下。又看了一下七哥，他虽然还是在昏迷中，但应该没有什么大碍。我本来想等他醒转以后再说，但是黑皮蔡两人显然对他非常忌讳，催促着我快走。

我转念一想，七哥本来就是因为上船的事和蛟爷闹翻以致火并，这时候醒来如果又来阻止我，那就真的难办了。好在黑皮蔡和全叔都会随着我上船，他暂时待在福昌号上，也不怕被暗害。

我们整理了一些可以用来当武器的东西，我背起一脸漠然、有如痴呆的阿娣，把所有的鱼棱、鱼叉都分到每个人，三个人似乎有了默契，都深吸了口气，准备登上鬼船。

这是人不得不互相信任时候的表现，说起来好笑，之前我们恨不得撕碎对方，现在却不得不把自己的命交在对方手手里，即使我知道他们绝对靠不住，他们也知道我根本没什么用。

四个人来到船边上，往上看去，寻思怎么上去。我抬头看着这艘巨大的腐朽的木船，发现已经和蛟爷当初对我叙述时的情形有了很大的不同，那层珊瑚礁壳已经剥落了许多，露出了里面本来深黑色的船身。

我在心里稍微分析了一下，船身上悬挂着的那些几百年的藤壶倒是小事，有一个致命的问题是，巨船的大部分船侧，因为年代久远，已经破损，出现了很多丑陋的巨大破洞，这表明船的木质几乎完全腐朽了，我们爬上去，随时可能会因为木板碎裂而摔下来。

全叔就道："我看，我们得找个人先上去踩踩情况，好过四个人一起。你看，那儿有个大洞，我们不用爬到船舷上，只需要爬进那个洞里，就算进了船舱了。里面情况可能比外面要好一些。蛟爷说了，十五年前他们进到舱里的时候，很多东西都还像新的一样。"

我们看向那个洞，离我们有十几米，我的渔线可以够到。看着也够大，里面黑漆漆的，看不清楚。

能干这活的只有黑皮蔡自己，他最瘦，也最灵活，我看着这十几米的距离，要是让我去爬，估计能上去就不错了。

果然黑皮蔡说完就后悔了，看我们都看着他，他就指我道："你娘的，叔，我的意思是他去。"

"我娘是你奶奶，什么你娘的。"全叔道，"他要能去老子刀早架他脖子上去了，这家伙就是个废物你又不是不知道。"

黑皮蔡看向我，我立即点头："全叔说得是，我就是一废物。"

黑皮蔡低头跺脚骂，全叔就道：“想发财，这时候就别磨蹭了，该是你上的时候了。”

“干。”黑皮蔡道，“将来，老子要是有事，一定缠得你们翻船。”说着就让我们帮忙。

我们在他腰上绑上渔线，黑皮蔡说得狠，但是还是有点儿害怕。我心中却有一丝快感，全叔拍了拍他道：“招子给我放亮点儿，千载难逢的机会，别打了水漂。”

黑皮蔡点头，一下把带着铁钩子的渔线甩上去，甩了两下，终于钩住了那个破口，咬牙开始爬。

一踩上去，上面钩子钩住的腐朽部分，发出一连串让人十分不舒服的木板爆裂声，我们顿时都屏住了呼吸，黑皮蔡也脸色惨白得一动不动，唯恐木板一下破裂。

然而幸运的是，只响了一下，爆裂声就停住了。

我带着一种奇怪的心情看着黑皮蔡，希望他能安全上去，但是他摔下来，我也会很开心。

黑皮蔡继续向上爬，走得更加小心，几次踩到某块木板，就会有一些藤壶和腐朽的木片掉下来，但他总算是比较凶悍的人，不再减速，而是咬牙爬了上去，一下爬进了洞里。

“里面有什么？”全叔马上就问。

黑皮蔡骂道：“急什么急，一片漆黑，什么也看不到。”说着他便点了火把，往里面照去。

“有什么？有金子吗？”全叔问道。

黑皮蔡却不回答，而是直接往里走去，火把的光看着就是朝洞里船舱深处去了。

“这臭小子该不会想独吞吧？”全叔有一些愤怒。

我看着上面摇头：“不会的，船就在这里，他想独吞也没用。有钱回不去也白搭啊。而且这船那么大，独吞他也吞不了。”

“那他他妈的干吗去了，刚才还那么害怕！”

我也奇怪，看着上面，那火光只剩下一点点，全叔就叫：“阿蔡，别搞花样了，到底怎么样，给个信儿。”

刚说完，那火光又亮了起来，黑皮蔡探出头来道：“我干，这地方真他妈的奇了，快上来。”说着，就从上面扔下来一个东西。

那东西打着卷儿翻下来，一直翻到我们面前，我看到竟然是一条悬梯。

我一看就看出这条悬梯非常眼熟，我在福昌号上见到过类似的东西，黑皮蔡叫道：“这应该是蛟爷上次来留在这里的，还很结实，上来吧。”

我心中一定，看来和蛟爷说的不差，上面并没有什么危险，全叔在我没反应过来之前就立即开始爬，我怕悬梯断掉，等他爬进洞里之后，才背着阿娣往上爬去。

即使是悬梯，也比绳子好用力多了，这十几米的攀爬把我弄得筋疲力尽，全叔和黑皮蔡根本没有理我，我背着阿娣到达那个破洞的时候，立即瘫软了下来。

往破洞里看去，能看到黑皮蔡拿着火把，正在看着什么东西。船舱内部很是宽敞，但是并不如蛟爷说的完美如新，整个船舱板同样腐朽得很厉害，呈现一种和福昌号一样的黑色，甚至比福昌号更黑。

船舱之内，有很多腐朽的木片，不知道腐烂之前是什么东西，木片已经完全看不出形状。木墙上，有些藤壶甚至长进了船舱内壁里面，看上去更像是某种巨大海兽的尸体。

回头看了看，浓雾之下的福昌号已经看不清楚了，七哥不知道有没有醒过来，我看了看阿娣，她并没有对船舱里的东西产生反应。只好再次将她背起，也点起火把，往黑皮蔡那边走去，想看他到底在看什么。

走到他边上，才发现全叔也在，只不过蹲在地上，我惊讶地看到腐朽的木板上，放着四只瓷碗。

这是四只崭新的瓷碗，里面盛着一些透明的液体，不知道是酒还是水，平平稳稳地放在那里，似乎在等待我们的到来。

——／第四十六章／——

龙船中的盐尸

“这是怎么回事？”全叔道，“这水怎么没干，还排得那么整齐？”

“这碗也太新了。”黑皮蔡道，“你看这里，怎么可能出现这么新的东西，即使是新的，这么多年灰尘也早就蒙满了，这看上去，倒是像刚倒上的一样。我干，我说有意思吧，搞不好，这船上有人。”

我被黑皮蔡说得起了鸡皮疙瘩，看了看四周，腐朽的木墙上全是洞，通到其他的舱室，里面无比幽深，传出一股腐朽木料的气味。这船非常巨大，如果里面有人，要藏起来根本不可能找到，但是，怎么可能有人呢？这艘船在海上漂浮了几百年，有鬼还差不多。

“这碗里的是什么？”全叔还在研究那四只碗，他趴倒凑近闻了闻，“没什么味道。不是酒，看样子是水。难道是给我们喝的？”说着就要去拿。可是，他的手被黑皮蔡抓住了：“叔，恐防有诈，不明的东西还是不要去碰。”说着问我，“小白脸，蛟爷和你说的事情，有没有提到这玩意儿？”

我摇头，黑皮蔡看了看这四碗水后面的走廊，道：“奇了，这船还真的鬼气逼人。”

“现在应该怎么办？”我道，离十五年的期限已经很近了，如果在天亮之前还没有还愿，我不知道阿娣会怎么样，“蛟爷说，他在甲板上看到了一座宫殿一样的船塔，盒子就是从那儿拿过来的。这儿什么也没有，我估计都在那宫殿之内。”

黑皮蔡和全叔看了一眼，分别点头，我道：“那我们要不要往这碗后面的走廊过去？这碗看来是给我们指路的。”

黑皮蔡摇头道：“不可。这路我可不敢走，不如，走这一条。”他指了另一边的破洞，通到另一个漆黑一片的舱口，“这破口大，有什么问题我们逃起来也快。”

我心中觉得不妥，不过，蛟爷说上船的过程说得很简略，他们也没遇到什么危险，我想海神既然把我们引到这里来，总不会害我们，否则那么多风浪，要我们死我们早死了。

跟着黑皮蔡他们往黑暗中摸，四个人在一起，虽然昏暗的火把光照出来的木板显得无比诡异，但还是有一股奇怪的力量在推着我们往深处走去。

每一间舱室的情况都和第一间差不多，有些舱室内的摆设还没有完全腐朽，依稀可见当年的繁华，一些墙壁上还能看到当年壁画的痕迹，我们一步一步地走了不知道多深，似乎已经进入了巨船的核心。在一间房间里，我看到了一道往上的楼梯。

楼梯盘旋而上，上面都雕着汉草的纹路，往深了走还有很远的距离，似乎能直接到达甲板，看不到最上面。

我们小心翼翼地陆续而上，终于到达了甲板之上，腾起火把，我立即就呆住了。

从下面看我们也能感受到这船的巨大，但是在甲板上一看，浓雾之中，只看到一个巨大的黑影矗立在甲板的正中。

看影子，我就知道那是一座巨大的宫殿。

发着抖走到宫殿之前，我看到一排崭新的琉璃瓦飞檐，朝风龙头镇宅的鸱吻顺着飞檐鱼贯而下，在火把微弱的光下都显得贵气逼人。我们几个人战战兢兢地站在下面，感觉就像马上要朝圣的贱民。

黑皮蔡目瞪口呆，眼中的贪婪都被震飞了，直问道："这……这……这是什么地方？"

我看到一边墙外的廊柱，廊柱建在雕龙的石板之上，我第一次看到这样的结构，船上竟然嵌入那么多石板，这船身该有多重，船不会沉吗？在廊柱与廊柱之间，都是一只只巨大的青铜鼎，所有的一切，竟然都没有腐朽，似乎是全新的一样，连青铜鼎都是金色的。

我们顺着廊柱走，很快就来到一扇大门之前，这是一扇黑木的大门，门上全是黄铜的乳头钉，浓雾中黑木门上全是水珠，木门紧闭，连一丝缝隙都没有。门几乎有我们两个人那么高，抬头那种压迫感，让人简直有窒息的错觉。

我们站在门口良久，都觉得有点儿喘不过气来，黑皮蔡问我道："要不要进去……"

我咽了口唾沫，还是咬牙点了点头。

黑皮蔡就道："这一次你先进去。"

我看了他一眼，他道："别看我，我不逼你。"

我叹了口气，只好把阿娣放下来，然后掏出了鱼楼。

门基本上没有缝隙，我们刚想用鱼棱去撬，只摆弄了几下，却发现门根本没锁，只一推，两扇大门便摆动了起来。黑皮蔡看了我一眼，我和他试探性地用力一推大门，就听得咯吱一声。

我们三个人的心跳，几乎到了极限，我甚至感觉不到重新背起的阿娣的重量，我们凑近那道门缝，因为穷尽我们的力气，都不能再将其打开更多的，只看到里面灯火辉煌。

几个人鱼贯而入，一个一个，终于挤进了门里。

瞬间我的眼前一片明晃晃的，我想起蛟爷跟我形容的景象，当时穷尽我的想象力，我也只能想象出金碧辉煌的到处是金色，此时我发现我的想象力和现实的差距太大了。

我首先看到的，是六根巨型的贴金柱子，直插上头的两道巨梁，抬头看去，巨梁和四周的梁架，全部都贴着黄金，压得犹如箔镜一般。

在巨柱的底座上，是无数的黄金的“鹤”，有一人多高，数量极其多，姿态各异，分布在整个大殿的大堂之内，在这些鹤的鹤嘴上，都点着油灯，火光明亮，将整个大殿照得金光荡漾，有一种迷离魔幻极度奢靡的感觉。

在这些鹤之间，是散落在地的黄金器皿、红蓝宝石、珍珠玛瑙、翡翠猫眼，数量之多，让人不敢相信。在火光和金光的各种衍射之下，这些宝石器皿发射着各种让人迷醉的光芒。整个大殿就像一个巨型的万花筒一样。

这些应该就是朱允炆逃离的时候带出来的财宝吧，这些东西很可能当初分散于皇宫的各个角落，如今堆积到一个大殿之内，竟然是如此惊人的辉煌。

黑皮蔡和全叔已经完全崩溃了，他们是贪财的人，但是在海上漂流了那么久，他们也明白这些黄金翡翠对他们的生存来说没有任何价值，可是，这一刻，这种震撼似乎和财富没有关系。

我们几个站在门口，隔了很久才反应过来，往前迈去，黑皮蔡走到那些金堆之前，竟然畏惧得不敢去碰，我一路过去也不知道是背着阿娣太久了，还是太过于紧张，脚开始不停地发抖。

终于黑皮蔡抓起了一把，几乎是瞬间之后，他和全叔两个人开始下意识地往自己的口袋里塞，黄金非常重，很快就从他们的衣服下面漏了出来，但他们还是不停地往里塞。

我往前走了几步就看到，在这大殿的尽头，还有更加多的东西，那些是一些巨大的缸，缸里面，全部都是各种宝石。

我抓起一把，宝石从我的指尖流下，竟然就像小时候抓沙子一样，随便一颗，就能让我舒服地过上一辈子。在这一刻，我忽然就感觉到一切都没有意义了。我不明白这是什么感觉，但是我觉得，拥有和不拥有，在这种数量的财富下，无关紧要。

我一直顺着路走到大殿的尽头，一下就看到了一座巨大的龙座。龙座呈现红色，不知道是珊瑚还是木料，上面到处是点金的装饰，龙座之上，有一道黑色的幕帘，我看到一个影子，端坐在其中。

我咽了口吐沫，看了看背后的阿娣，她的头埋在我的肩膀上，能感觉到她呼吸的湿润。我摸了摸那只匣子，定了定神，就往龙座上走去。心脏几乎在同时，开始剧烈地跳动起来。

我战战兢兢地一路走到帘子的前面，里面的黑影子更加真实，我迟疑了片刻，将帘子拨开。

那一瞬间，我就看到了帘子里面的景象，我的心脏几乎停止了跳动，只见一个人正端坐在龙椅之上，须发皆全，面若还生，头戴着盘龙冠，穿着一身崭新的龙袍，手呈现怀抱状，确实很像戏里的皇帝。

这就是蛟爷说的皇帝不化之尸吗？

我发着抖，看着那具不化尸，总感觉他随时都会醒过来一样，不由冷汗如雨，想着这事情由不得废话，也不敢像蛟爷一样上去摸一下，哆哆嗦嗦地拿出了那只盒子，慢慢地放到了尸体的怀里。

几乎是同时，我整个人就缩了起来，我不知道这是不是所谓的还愿，但我感觉立即会有事情发生。

屏住气，等了片刻，我却发现周围没有什么变化，但是，我明显感觉到一股凉风从脸上刮过。接着，我就看到，在龙椅后的照壁上，出现了一道暗门。一股奇怪的气味，从暗门里幽幽地传了出来。

这是一种奇怪的味道，我辨别了一下，感觉很熟悉，似乎是某种奇怪的香料。

我有些紧张地把手中的火把举起，往前探去，发现面前是一间暗室，有衙门的大堂那么大，有些低矮，我伸手能摸到顶上的木板，等我走进去几步，我立即发现这间暗室的结构有点儿奇怪。

我所站的地方，是一条悬空的走廊，两边都是悬空的，能看到下一层的舱室。但是下一层舱室似乎非常深，我的火把光线照射不下去。一片漆黑中什么也看不到。

而我的前方，悬空走廊的尽头，一直通向暗室深处的黑暗中，似乎摆着一个什么东西。

和外面的金碧辉煌完全不一样，这里面非常暗，手里火把的亮光只能照到眼前的一块，远处反而显得更加黑暗。我继续往前小心翼翼地走着，将火把举高，拿远了一些，走廊尽头那个巨大的东西在微弱的火光中隐约显露了出来。

那是一具巨大的黑色神像，不知道什么材质构成，通体乌黑，和黑暗几乎融为一体。我开始以为是一块突出的木头，盯着看了许久，才确定下来。同时我发现，它和蛟爷之前出外海时候，祭祀的那个雕像一样。

这个雕像就在我腰间的匣子里，看来，我找到事情的关键了。

此时，我心里升起了一阵淡淡的恐惧。这个雕像，看着非常邪恶，不像是什么好的神，如果让我们还愿的就是这个神，我总觉得有些不吉利。

犹豫了一下，我还是没有选择退出这里，而是背着阿娣小心地跪了下来，在神像面前祈祷。我不是很擅长还愿，但是在妈祖庙里听人念叨过，于是低头闭目，念道："信男程闽生，信女林娣禾，得偿所愿。"

闭目念了一会儿，我便抬头，看是否有什么变化，那神像冷冷地看着我，四周寂静得让人发冷。

我不知道这算不算已经完成还愿，但是肩头的阿娣还是没有醒过来，我把阿娣放下，发现她没有任何起色，苍白的脸色还是一样。手里的火把随着移动火焰飘忽，把我和阿娣的影子投射在舱壁上，这种感觉十分不好，像是有什么怪物在旁边盯着我们一样。

难道还愿还得不对？我焦虑起来，重新背起她，忽然，我往边上的悬空看去，看向下面的黑暗。

不知道是什么原因，我的注意力被下面的黑暗吸引了过去。

这下面是什么？这个神坛的结构很奇怪，下面应该有东西。

我把火把小心翼翼地探下去，忽然手没拿稳，火把一下就掉了下去。

我心中暗骂，就见火把摔下去八九米的样子，一下到底，滚了几下，砸出一片火星。

几乎是同时，在火把的照耀下，我看到，下面的房间里，竟然站满了人，密密麻麻，足有上百个。

我心里一个激灵，几乎摔了下去！下面怎么会有这么多人？再仔细一看，我就发现更不对，这些人，完全没有动作，全部的人都是呆呆地站在那里，好像被冰冻了一样。

那么，下面的难道都是雕像？我用力揉了揉眼睛，仔细去看，看完以后，后背已经被冷汗打湿。我能肯定那不是雕像，那肯定是人。可是，这些人都已经僵化了，他们身上结了一层极厚的盐碱。

转身看着下面层层叠叠的人，我呼吸艰难，心中惊骇莫名。但是，我很快就明白了这些是什么人。

尸体上所穿的衣物，从明朝到清朝都有，最外面的十几具的穿着，分明就是淘海客的打扮，看样子来到这里的人虽然多，但几乎没有人能够逃出。看来这几百年里，已经有无数的人登上过这艘船，可是，他们怎么会变成这个样子?

看他们的情况，他们已经死了，但是，人怎么会站着死亡呢?

我绝望地看着那些人，又发现一个诡异的现象：下面尸体的排列并不是胡乱堆放的，而是摆成了一个奇怪的螺旋形，只是数量太多，初看时完全看不出来。

而在螺旋形的末尾，通往另一个舱室的大门，显然这个队伍非常非常长，昏暗中我看到整个螺旋上，很多位置是空的，这些空的位置没有任何规律，这边一个，那边一个。这种感觉非常突兀，仿佛是很多人在这里排队，但是有人等不及离开了，而后面的人没有及时上去补上那个空位一样。

我想到这里顿时寒毛倒立，环顾四周，还是一片安静，只能听得到自己和阿娣的呼吸声。我隐隐觉得有什么不对，脑中忽然闪过钟灿富的模样，紧接着一个念头闪过。

正想把这个念头整理一下，忽然后面传来一阵脚步声，黑皮蔡和全叔嘻嘻哈哈地进来："这船上的宝贝真不少啊，小白脸，你默不作声地跑进来，找到了什么好东西？"

他们两个大活人一进来，暗舱里的压抑气氛顿时被驱散了不少，脑中的那个念头更加清晰，我打断黑皮蔡的话，着急地问道："福昌号上有多少人？"

他们俩被问得一愣，全叔疑惑地答道："怎么也有上百人吧。不过现在早就都喂鱼虾了。我说小白脸，你问这个干什么……"

我完全没有在听他后面的话，问这个问题时我已经有了一个可怕的猜测，问他们只是想通过别人的嘴得到证实。

福昌号，或者说是蛟爷的目的，根本不仅仅是还愿那么简单!

上船时钟灿富对我说的那句话此刻又萦绕在耳边：天堂有路你不走。又想到钟灿富临死前说的那句：人数不够了，老子可不想回去补那些空位。

人数不够了。

人数不够了。

人数不够了。

空位。

空位。

空位。

—— / 第四十七章 / ——

海洋邪神

我喃喃地念着这句话，脑中轰然作响，无数的碎片猛然拼接了起来。

黑皮蔡他们见我呆立当场，也没加理会，举着火把转了一圈，全叔忽然“咦”了一声，走向那个神像，嘴里说着：“这个为什么看着那么面熟？”说着伸出手想要去摸。

我连忙上前两步，猛地打开他的手，喊道：“这个东西不能碰！”

黑皮蔡上前一步，厉声说道：“拍花子的，你想干什么？”

“绝对不要碰这个东西。”我说道，“这是陷阱，我们都被蛟爷骗了，事情完全是另一回事！这里什么东西都不能拿，我们必须立即回去。”

“什么意思？”黑皮蔡问道，“不拿不是傻瓜吗？我们跟你上船，图什么？你倒是赶快还愿，让雾气散掉。”

我告诉他们我推测的结论：“这里没有愿可以还！蛟爷骗了我们。”

听我这样说，两人狐疑地对视一眼，全叔向我问道：“蛟爷千辛万苦想要到这里来，不是为了还愿，那来这里干什么？”

我摇摇头，说道：“你们看看下面吧。”说着让他把火把往旁边举了举，他们也学着我的样子，马上看到了下面排队的尸体，脸色大变，全叔更是吓得手脚发抖，火把都险些从手上掉落下去，大叫道：“我干，怎么回事？”

我继续道：“你们仔细看一下那些尸体上的衣物就明白了。你们还记得钟灿富死之前说的那句话吗？人数，不够了啊。我不想回去填那些空位。”

黑皮蔡的声音有些颤抖，问道：“到底这句话是什么意思？”

我发着寒说道：“这个暗舱被改造成祭坛的模样，虽然不知道供奉的是什么神，但肯定是个邪神。下面那么多死人，肯定也是以前误上这艘船的人，而最近的一批应该就是那几个穿着淘海客衣服的人，他们全部死在这里，这些应该就是蛟爷说的，十五年前他船上的船员。”我顿了顿，“我们不知道当年具体发生了什么事情，但是，显然这些人死了，而蛟爷没有死。那一定有什么理由存在。”

“再说钟灿富，他说的人数不够，不想回来填那些空位。”我指了指人群中的一些空位，“你看，这个非常长的队伍里，有很多很多的空缺，这个队伍很可能非常长，蔓延到船下面所有的船舱内，那里面的空位，可能有几百个之多，蛟爷载着整艘船，很可能就是想用我们这些乘客来补这些空位的。”

“可是为什么？”黑皮蔡说道。

“我相信蛟爷对我说的应该不假，他当时能从这艘船上活下来，很可能是答应了这个邪神一个条件，可能就是允诺会带着这么多人回来补足这些空缺。但是他活着回去之后，没有履行这个承诺，结果时间一到，福昌号和阿娣就会出问题，于是他才会再次出外海，本来他的计划完美无缺，可是被日本人一炸，人全死了，人数就不够了，钟灿富怕自己被抓来凑数目，才设计造反。”

终于将心里这个可怕的推测说了出来，我心里感到轻松了一点儿，神色复杂的黑皮蔡惨然说道："我们，完了，那现在怎么办？"

"我不知道。"我绝望地摇头，"我看我们还是赶快回船上去。"虽然我救不了阿娣于心不忍，但是我们从哪儿去找那么多人过来补上这些漏洞？

说完这最后几个字，我感觉气氛一下子凝固了起来。全叔和黑皮蔡完全愣在当场。

隔了半晌，全叔像是才回过神，问道："不对，你说得不对！要说蛟爷是为了来这里还愿，可为什么一路上福昌号的怪事都是和阿娣这小娘皮有关，反倒蛟爷看起来很正常？"

全叔这话说得我一呆，蛟爷之前告诉我，那次脱险之后才有的阿娣。难道他说的是假话，阿娣那时也在船上？但是，不太可能啊，以阿娣现在的年纪，当时最多两岁，蛟爷怎么可能带着这么小的孩子上船？不吉利啊。

全叔的疑问确实非常有道理：为什么一路上的异象都会集中在阿娣身上呢？我蹲下身，轻轻把阿娣放在地上，看着她天真的脸庞，心说，这事情的真相到底是什么样子的？

这时黑皮蔡从衣兜里摸出几颗宝石，放在手里上下掂弄着，对着全叔继续说道："这船上这么多值钱的宝贝，我们刚刚都被晃花了眼，如果蛟爷当年随手带上一些出去，又何必后面的十几年还要在海上辛苦搏命？小白脸说得对，蛟爷一定在骗人。"

全叔听到这里，脸色大变道："这些东西有问题。"说着就赶紧把兜里的东西掏出来往地上扔，我看着片刻之间被宝石盖满的地面，吃惊于这家伙是怎么在身上装下这么多东西的。

黑皮蔡若有所思地把玩着宝石，转头对我们道："小白脸，蛟爷有没有说，如果还愿失败，会发生什么事情？"

我摇头："不过，福昌号从三年前开始变黑，阿娣的问题也是三年前开始产生的，这好像是邪神的诅咒一样，时间一过，很可能我们都会死。”

阿娣的问题我最清楚，她的身体状况十分奇怪，一直在一种十分难以控制的状态下，我觉得最有可能的是，时间一到，她可能会发疯起来，再也控制不住，我们会被滔天的巨浪淹没，或者干脆深陷巨大的雾气之中被困到老死。

“我干，蛟爷他妈的把我们害惨了，早说老子就……”黑皮蔡说到一半也说不下了，因为他发现早说也没有任何帮助。

“还有多久天亮？”黑皮蔡想了想说道，“与其等死，不如先把这丫头杀掉！”说着掏出鱼棱就要动手。

我立即阻止，把阿娣背了起来：“再怎么样你们也不能这么干啊，如果是邪神，怎么可能会让你们得手？”黑皮蔡骂道：“少来这一套，在泉州没弄死你，算你命大，这一次你再多事，老子连你一起收拾。叔，来帮忙。”

叫了一声，却见全叔摆了摆手，示意我们噤声，眼神看向那个神像，疑惑地说道：“你们不觉得这个神像很面熟吗？”

黑皮蔡看了一眼神像，没好气地说道：“这不知道雕的什么鬼玩意儿，明明是个鸟头，怎么会看上去很熟呢？”

全叔摇摇头：“你们看它的眼睛。”

这神像我虽然见过几次，但从来没有仔细打量过，我听了全叔的话，抬头看去，发现那神像虽然是个鸟头，但那双眼睛却像是人眼，而且出奇地大。

我们三个人同时想到了什么，看向我背上的阿娣。在火把的照映下，阿娣还是处在昏迷中，但她睁着大眼睛的表情自动浮现在我脑海里，不知道是不是被这气氛所感染，我居然觉得，阿娣和那神像的样子有几分相似。

“难道……”全叔忽然退后一步，看着阿娣，想说什么。

正在这时，一阵喊叫声忽然隐隐从外面传来。尽管我们只能隐隐听到一些声音，但可以肯定，这是人的声音。

我大吃一惊，船上这时候怎么可能有其他人？我脑中闪过一个可怕的念头，低头看下去，那些尸体依然呆滞地站在下面，没有如我想象的那般活过来。黑皮蔡和全叔显然也被外面隐约传来的声音搞得大惊失色，黑皮蔡紧张地问道："怎么回事？难道这船上还有其他的人？"

全叔一听，更是吓得浑身哆嗦："我就知道这是艘鬼船，肯定是住在上面的恶鬼都被我们吵醒了，这下我们要被吃掉了……"

我烦躁地打断了他："不要乱说了。听不出来这是人的声音吗？不要吵，再听听。"

被我这样一说，全叔立时安静了下来。我们竖起耳朵仔细聆听，可等了一盏茶时间，黑暗中却不再有任何声音传来。

黑皮蔡疑惑地说道："要不我们出去看看吧。说不定是有其他船路过，不是说这一片海离航线很近吗？"

全叔没好气地说道："这片海古里古怪的，除了我们还会有谁那么倒霉开过来？肯定是鬼怪在引诱我们出去。"

我想起之前在海上发现的轮船机油的痕迹，觉得黑皮蔡说得有一些道理，正在这时，那喊声又模模糊糊地传了过来，但仿佛从很远的地方飘来，一个字也听不清楚。

我迅速做出了判断，这船上已经诡异透顶，我们已经是束手无策，说不定真如黑皮蔡所说，是有船只发现了我们。虽然我知道这种机会完全是自己安慰自己，可如果真错过了，肯定会后悔得死掉，于是对他们说："我们出去看一下，大家小心一点儿，最好不要露出身形。"

穿过暗门回到大厅的一瞬间，我有一种如释重负的感觉，与那奇怪的神像和下面恐怖的尸体再待久一点儿，一定会让人崩溃的。因为不知道外面到底发生了什么事，而阿娣依然处在没有知觉的昏迷中，我把她留在了暗舱里，只希望她不要忽然醒来，不然在那种恐怖的环境里，也许当场吓疯都有可能。

金碧辉煌的大厅里，那些财宝依然毫无遮挡地放在那里，走过的时候，我们没有一个人多看一眼。

喊话声断断续续地从海上传来，这次能听得比较清楚了，是一种非常别扭的口音，而且喊话的声音非常远，应该是从铁皮大喇叭里传出来的，我们努力分辨着声音的内容，脸色却都渐渐地变得难看起来：

“这里是大日本帝国……巡逻队，前方船只……接受检查……立即击沉。警告……停船……”

为什么日本人会出现在这里？我们被这一状况给搞蒙了，不过经过刚刚的一番合作，似乎已经有了一些默契，对视一眼后，同时往来时的路跑去。

飞快地跑过大殿，我们来到甲板上，趴在地上，透过腐朽的缝隙，紧张地往声音传来的地方看去。

在浓重的雾气中，一道刺眼的光柱划破浓雾，正照在龙船上，光柱缓缓地移动着，我看到光柱的末端是一个巨大的黑影，应该是一艘巨大的轮船，而且距离我们已经不远了。我屏住呼吸，紧张地注视着，忽然之间，巨大的船身一下子出现在我们的视线里，把雾气都撕开了一条裂口。

我从来没有见过这么大的船，比安庆号还要大得多，这是一艘完全用钢铁做成的船。

船身的曲线凌厉流畅，船头高高翘起，轻松地划开水面，向我们这个方向驶来。光柱是船上的一盏大灯发出的，巨大的船首上飘荡着很大一面代表着身份的白底红日旗帜。

对面的日军大船继续向我们喊话，只是这次换成了我们听不懂的语言。我心中这时候简直如同被浇下一盆凉水。既然日本人的军舰已经发现了我们这艘船，当他们发现这艘船根本开不动的时候，一定会派人登船的。

可我心里还是非常疑惑，福昌号是被指引到这里来的，日本人又是怎么闯过雾气来到这里的？经历过这么多事，我已经不太相信巧合了。只是现在来不及细想，日本人的威胁比这鬼船更直接，现在迫在眉睫的是我们如何应付。

我回过头问道："怎么办？这下没地方去了。"

全叔惊慌地说道："来的路上不是有很多船舱吗？我们去那里躲起来。"

我摇头道："不行，日军肯定会一间间地搜过去的。"

全叔带着哭腔喊道："那躲在哪里？这船虽然大，他们总要仔细搜查的，难道只有跳海了吗？"

黑皮蔡沉声道："先去暗舱躲起来好了。"

我想了想，确实没有更好的办法了，拉着大家一起小心地离开甲板，重新奔向大殿。

等我们迅速跑到龙椅旁，全叔当先着急地蹿了进去，我走在最后，却发现一个问题，那扇暗门是自动打开的，我现在却不知道怎么关上。但现在时间不多，船上也没有更好的地方，我咬咬牙，搬了一个屏风到门口挡住，虽然知道这是自欺欺人，也没有办法了。

我们躲在神像背后的阴影里，大气不敢喘一口。没有了火把的亮光，整个舱里漆黑一片，鼻间闻到的那股气味，让我想到下面堆积的无数死尸，胸口一阵憋闷。

暂时的安静中，我能够听到自己急促的心跳声。这种明知道有危险，但只能等待它慢慢到来的感觉非常难挨。不知道过了多长时间，我隐隐听到外面的大厅里传来了声音，是日本人在说话，接着传来了欢呼和大笑，显然他们也被这艘船上的财富给震惊了。

听着杂乱的脚步声和笑闹声，我估计上船来的这一批日本兵有好几十个，我有些担心，这个暗门并不见得牢靠，如果日军发现我们，我们肯定很快就会和下面的尸体一样，堆放在这里，等待着被下一批倒霉的海上迷失者发现。

这时，耳边传来了黑皮蔡轻轻的说话声：“全叔，看来咱们是活到头了，你有没有什么遗憾的？”全叔没有答话，只是悠悠地叹了一口气。我被这种绝望的情绪所感染，原本的一丝侥幸心理也消失了，心里反而轻松许多，想到马上要和这两个家伙死在一起，想到上船时和他们相遇的场景，忽然有些好奇起来，轻声问道：“你们叔侄俩怎么临时想起上船来？”

全叔本来正在悠悠地叹气，一副要死不活的样子，听到我的话，一下子气愤起来，压低声音说：“还不是你这臭小子害的？”

我“咦”了一声，表示不解。但全叔听到这个话题，显然把怒气都迁到了我头上，一个劲儿喋喋不休地用泉州的土话骂我，我也懒得和他计较，当作没听见。

黑皮蔡倒是想得开，打断了全叔，感慨地说道：“后生仔，我知道你看不起我们。也是，我们这些年坏事做了不少，善良人都说生前要多做好事，积阴德。但这年头，做好人的有几个有好下场？”

我默然不语，这一路走来，发生的事情让我对好人坏人的看法已经不像原来那么简单了。

“日本人打来了，我们本想趁乱在码头拐一两个人，那个丫头真是不错，但被你小子给坏了事。”说到这里黑皮蔡一顿，虽然黑暗中看不见，但我能感觉到他转头看向我，想必是狠狠瞪了我一眼。

“后来一盘算，日本人越来越近，指不定哪天就打到泉州，福昌号都要逃南洋了，谁知道以后还有没有船？反正我们爷俩也没什么牵挂，家当都在身上，干脆趁着和福昌号原来有些交情，也逃走算了。这世道，在南洋也是活，在泉州可不一定活得下去了。”

说完，黑皮蔡哼哼冷笑两声，也不知道是感慨自嘲，还是对当时的决定有了悔意。

我听了，嗟叹一番，心想当初他们是第一个想要杀我的人，此时我却和他们一同胆战心惊地躲在这里等死，老天爷也真是够有意思的了。

渐渐地，外面的嘈杂声停了下来，接着随着舱门现出光亮，一片惊呼的日语响了起来。日军终于还是发现了这个密舱。

我在心里默默地念着：叔父，我就要来见你了。

就在这个时候，一直昏迷躺在地上的阿娣抽动了一下，我看向她，就发现她的眼睛睁开了。接着，阿娣爬了起来，我刚想抱住她先捂住她的嘴巴，却马上发现有些不对。她起身的动作非常迅速，但四肢的举止很僵硬，就着舱口透出的光线，我看到她苍白的脸上隐隐透出黑气，带着一丝诡异的笑容。

刚刚进来的几个日本兵显然也被吓住了，纷纷端起枪，嘴里大喊着我听不懂的话。阿娣好似没有看到他们一样，看向我淡淡地笑着，说道："现在，人数够了。"

随着这句话出口，整艘船开始摇晃起来，船上的所有人都在高声惊呼。

两个日本兵立即被震翻在地，一下摔进了走廊下面的巨大房间里，我抓住一边的神龛才没有滚下去。黑皮蔡和全叔也学我的样子，死死抱住了黑色神像。

唯有阿娣，站在那里，似乎是被钉在甲板之上，无论如何震动，她都纹丝不动。

我朝她大叫："阿娣！快抓住东西。"

"别叫她，她就是邪神！"全叔在我边上大叫，"这是鸟刁菩萨！我见过这东西！你看她的眼睛！十五年前，她肯定附在蛟爷的身上让蛟爷的老婆受孕，现在十五年的时间到了，她肉身长成，力量恢复了，她使用了一个阴谋，把蛟爷骗回到这片海上来！"

“啊？”我看向全叔。

“你看下面这些人，这陷阱她肯定已经用了很多次了，快把她杀了，让她回到海里，几十年后她还会浮上来杀更多的人。”

我无法反应，什么鸟刁菩萨，我从来没有听说过，就见一边的黑皮蔡，忽然一下把鱼棱甩了过去，鱼棱一下就刺向阿娣，我大叫一声“不要”，就见那鱼棱才靠近阿娣，就变成了黑色，接着一下碎成了腐朽的木片，就和福昌号一样。

接着就见阿娣的眼睛里精光四射，全叔和黑皮蔡身上竟然开始浮现出大量的盐斑，我眼看着他们张大眼睛，慢慢被盐斑吞没，然后摔入下面的房间。

我的脑子已经一片空白，最后大喊了一声“阿娣”，她却无动于衷，大眼睛里深邃得似乎海洋的深处。

接着，一副让我完全崩溃的景象出现在了我的面前，到处不停地落下各种碎块，悬空的走廊在没有人的情况下开始坍塌，有几块不知道是柱子还是船板的东西砸在了我的身上，却感觉不到疼痛，只是砸得烟尘四起，整艘船都开始以一种难以想象的速度迅速腐朽毁坏。整个左船舷片刻之间都解体了，我一下看到了海面。

浓雾竟然已经完全散去，我一下就看到了外面的日本战舰，上面乱作一团，竟然有一股黑色从海水中蔓延出来，似乎在吞噬着一切，整艘战舰开始分崩离析。我看到无数的日本兵掉落到水里。

一切发生得太快了，那噩梦般的场景还没有让我摸到什么门道，我脚下的一切就都粉碎了。

阿娣就那么看着我，笔直地和我一起掉入海里，黑色的长发散落在水中，犹如一尾美丽的海妖。然而她没有任何慌乱，而是笑得更加淡定。

这一刻她忽然安静下来，大眼睛深深地看着我，我觉得我能读懂她眼神里的含义。

那是极为哀伤的眼神。我忽然意识到，那是告别。接着她以比我快得多的速度，往海的深处沉了下去。

我的手一直没有停，拼命地向下潜，想要把她抓住。阿娣依然保持双手交叉胸前，平躺在水里的姿势，我虽然努力向她游去，但下潜了一小段后却绝望地发现很难再往下游动了，每一次蹬腿都沉重无比，肺里也憋气憋得难受，好像整个人都要炸了似的。

就这样，阿娣和我的距离越来越远，当她渐渐消失在深不见底的深海里，我意识到自己再也不可能抓住她的时候，脑子里完全是一片空白。

忽然，我看到一个让我永生难忘的景象。

在海底深处忽然发出一股幽幽的蓝光，第一感觉以为是错觉，但那蓝光很快就越来越强，从深不见底的黑色海底里扩散出来，周围稀薄的雾气像是瞬间被蒸发，照得方圆几百丈的海面都蓝莹莹的。这光线虽然很亮却并不刺眼，反而让人觉得很舒服，感觉海下面好像是有一颗巨大的蓝色夜明珠，让我觉得心里安静了一些，胸中因为无法呼吸而产生的闷胀感也减轻了不少。

我很快就反应过来，这个奇景一定和阿娣有关，可那神秘的蓝光持续了几秒钟就渐渐暗淡下去，阿娣却依然不见踪影。

接下来，我忽然看到一个让我魂飞魄散的景象，从阿娣消失的海下面，在微弱的蓝光逐渐暗淡下去后，却忽然有一片鲜亮的红色爆发出来，这红色的火焰猛然从海底炸开，接着迅速燃向海面。我看着这诡异莫名的火焰在海水中迅速蔓延，越来越近，脑中一片空白，眼见即将烧到我面前，却发现这火焰原来是由一种奇怪的小鱼组成，大概只有指头粗细，巴掌长短，看不清具体的模样，却很明显看到它们浑身通透，红光就是从它们的体内发出的。

这些奇怪的亮鱼虽然个头不大，但非常多，密密麻麻地涌过来，速度极快，我根本没办法躲避。正在想这些东西撞到身上会不会疼，却诧异地发现这些鱼靠近我时就灵活地游开，由几千几万条红鱼组成的潮瞬间淹没了我，却没有一条撞到我的身上。

我勉力回头看去，惊骇地发现，透过海水看去，最后的阴霾都消失了，可以清楚地看到，没有一丝云的蓝色天空。

随着红鱼群疯狂地向海面冲去，我看到无数道黑影在这些小鱼组成的亮带后，也迅速地从海底游来，很快就到了肉眼可以看清楚的范围之内。借助发着红光的小鱼，我看着这些奇怪的生物，不由得打了个冷战，浑身冒起了鸡皮疙瘩。

首先是我见过许多次的海蛇，无数的海蛇密密麻麻得像是一层厚厚的黄黑相间的绒布从水里浮上来。我闭上眼睛恐惧地等待着被海蛇噬体，却没有任何感觉，睁开眼发现如同那些奇怪的红鱼一般，所有的海蛇根本不理我，只是从我身边擦过。

还好，这些凶猛的海中巨兽都离我比较远，否则即使它们不想伤害我，那些舞动着的毒蛇只要不小心咬我一口，估计我的小命就会立即断送。

当海蛇逐渐从我身旁远处掠过后，我最终看到一片熟悉的巨大黑影逐渐浮起，那一瞬间，我产生了一种错觉，仿佛是整个海底都在慢慢向海面上升。接着，我看到了黑影里那对巨大的眼睛，来不及等它再靠近我，过度的惊惧和无法呼吸的窒息感终于让我失去了知觉。

在逐渐失去意识的时候，我感觉好像有人在使劲地拉我，昏迷过去之前，我忽然想到，七哥还在福昌号上，不知道他怎么样了。

—— / 第四十八章 / ——

又一次醒来

我缓缓地醒了过来，感觉到眼前一片闪亮，完全无法睁开眼睛。晕眩中发现好像有什么不对劲儿的地方，努力想动动手，却浑身酸麻动弹不得，只有指尖勉力动了动。但仅仅身体这么微弱地动了一下，我立刻发现是哪里不对了。

我没有在海里。

指尖的感觉明显是在空气而不是水里划过，而脸上的触觉似乎是什么硬物，接下来身体更多的感觉开始复苏。昏迷之前那难忘的窒息感让我下意识深呼吸了一口，咸咸的空气此刻让我感觉到无比美好。

我一个激灵，勉强爆发出一股力气，手撑着坐了起来。手掌的感觉让我确认，我也许正在一艘船的甲板上，说不定就是福昌号上。

心里惊疑地猜测着各种可能性，但怎么都不得其解。我试图让自己平静下来，试图听到有什么声音，可只听到海水拍打船舷的细微响声，四周一片寂静。

眼睛的刺痛逐渐减退，在睁开眼之前，我有一种预感，可能见到的景象会超出我的想象。又坐了一阵，直到我觉得积累起足够的勇气，才猛然睁开了眼睛。

很多年以后，我依然清晰地记得当我睁开眼时，所看到的一切——那种震撼已经无法用语言形容。

我醒来时的判断没有错，自己果然是躺在福昌号上，四周没有一丝一毫的雾气，那股跟随了我们许久的浓雾似乎从来就没有存在过。七哥站在不远处，手里拿着一根木棍，在聚精会神地叉鱼。

之前已经残破不堪的福昌号现在只能算是一块大船板了，海面上漂浮着无数的垃圾，直到看到不远处浮着的一块巨大残骸，浮着的那一面露出几行日本字，我才确定这真的就是那艘日本军舰。

到底发生了什么？我心里怦怦直跳，在海面无数的残骸中紧张地寻找着，发现了许多日军的尸体，都穿着黄色的军服，面朝下混在船的碎片里。我感觉自己像处在修罗场中，不敢仔细去看，只是寻找着阿娣的身影，想发现点儿什么，却怎么也找不到。

阳光照在身上，我却感觉到从身体里面渗透出来的疲惫，忽然之间，我觉得眼前的一切都有种不真实的感觉，我抬头，问了一句很傻的话："七哥，我们还能活着到南洋吗？"

七哥笑着拍了我的脑袋一下，坚定地说："能，你看——"

我朝他指的方向看去，忽然就看到了海平面的尽头，出现了一长片绿色的线条。

—— / 尾声 / ——

距离那个奇怪的年份已经过去了整整五十年，我已经年届八十，从一个年轻的郎中变成了须发斑白的老者。有时候想想，我已经活了太久，如果这辈子还有什么心结，那就不得不提到这件至今让我难以释怀的事了。

也许真是大难不死必有后福吧，我们九死一生地漂到了海边后，在七哥超强的能力下，我们很快安顿了下来。不久之后，甚至重新开了一家医馆，名字依然叫泉涌堂。我们相互帮持着在那个异国他乡生存了下来，最后各自有了一双儿女，如今已经是四世同堂。

但那天可怕的场景依然萦绕胸怀，无数次让我从梦中惊醒。上龙船之前，我不会想到会经历如此可怕的事。即使过去了很久，依然有很多疑惑让我想不清楚。

我无法忘记也忘不了阿娣那双大眼睛里透出的极度哀伤，她为什么那样看着我？为什么黑皮蔡和全叔极其古怪地身死，而我安然无恙？甚至那些疯狂的鱼群和海蛇竟然也像具备意识一样，并不伤害我？

如果那些可怕的东西是被她控制的，又是什么让她对我网开一面？只是因为我对她的救治吗？

阿娣的身份让我一次次地猜想，又一次次地推翻。我并不希望阿娣真的像全叔说的那样，是什么鸟刁菩萨附在蛟爷身上降生的，我宁愿相信她只是一个普通的少女，即使因为诅咒而不可控制，却依然善意地救了我和七哥。

不过毫无疑问的是，我们被蛟爷骗了。他只对我说了一部分事实。但现在已经无法证实到底什么是真、什么是假。想到蛟爷，我也感慨万分，虽然不知道真相到底如何，可他谋划日久，却还是未能成功，想来这也是人算不如天算吧。

后来，我也向许多人打听过一些关于南洋邪神的事情，但是我只在一些老人的口中得到一些极其零碎的信息。我大致拼凑起来，才知道，也许是一千年前，那个鸟刁菩萨就突然出现了，它常年在海上游荡，造出幻象诱人踏上龙船，而后把人杀死用盐腌制起来，等到凑够了一千二百人便沉入海底冬眠，过五十年又会再度出现，如此循环。

当然这些传说版本无数，而且大部分都是牵强附会，我当然也不会把它完全当真。只是能够大致肯定，在人们口口相传中，确实有鸟刁菩萨这么一个东西，且亦正亦邪。至于是不是我们遇到的那个，就说不清楚了。

老人们在讲这些故事的时候，神采飞扬，直如亲身经历过一般。而我作为亲历者，却只有暗自苦笑。

图书在版编目（CIP）数据

怒海妖船 / 雾满拦江著. — 北京：北京联合出版公司，2017.10（2018.5重印）

ISBN 978-7-5596-1092-8

Ⅰ. ①怒… Ⅱ. ①雾… Ⅲ. ①长篇小说－中国－当代 Ⅳ. ①I247.5

中国版本图书馆CIP数据核字（2017）第247375号

怒海妖船

作　　者：雾满拦江

选题策划：北京磨铁图书有限公司

责任编辑：肖　桓

版式设计：刘珍珍

北京联合出版公司出版

（北京市西城区德外大街83号楼9层　100088）

三河市冀华印务有限公司印刷　新华书店经销

字数277千字　700毫米×980毫米　1/16　印张17

2017年11月第1版　2018年5月第3次印刷

ISBN 978-7-5596-1092-8

定价：39.80元